# Les Quatrains

# d'Omar Kháyyám

Les Quatrains d'Omar Kháyyám

*Tiré à cinq cents exemplaires, tous numérotés et paraphés par l'éditeur, savoir :*

15 sur papier de Chine, de 1 à 15 ;
30 sur papier du Japon, de 16 à 45 ;
455 sur vergé d'Arches, de 46 à 500.

N°

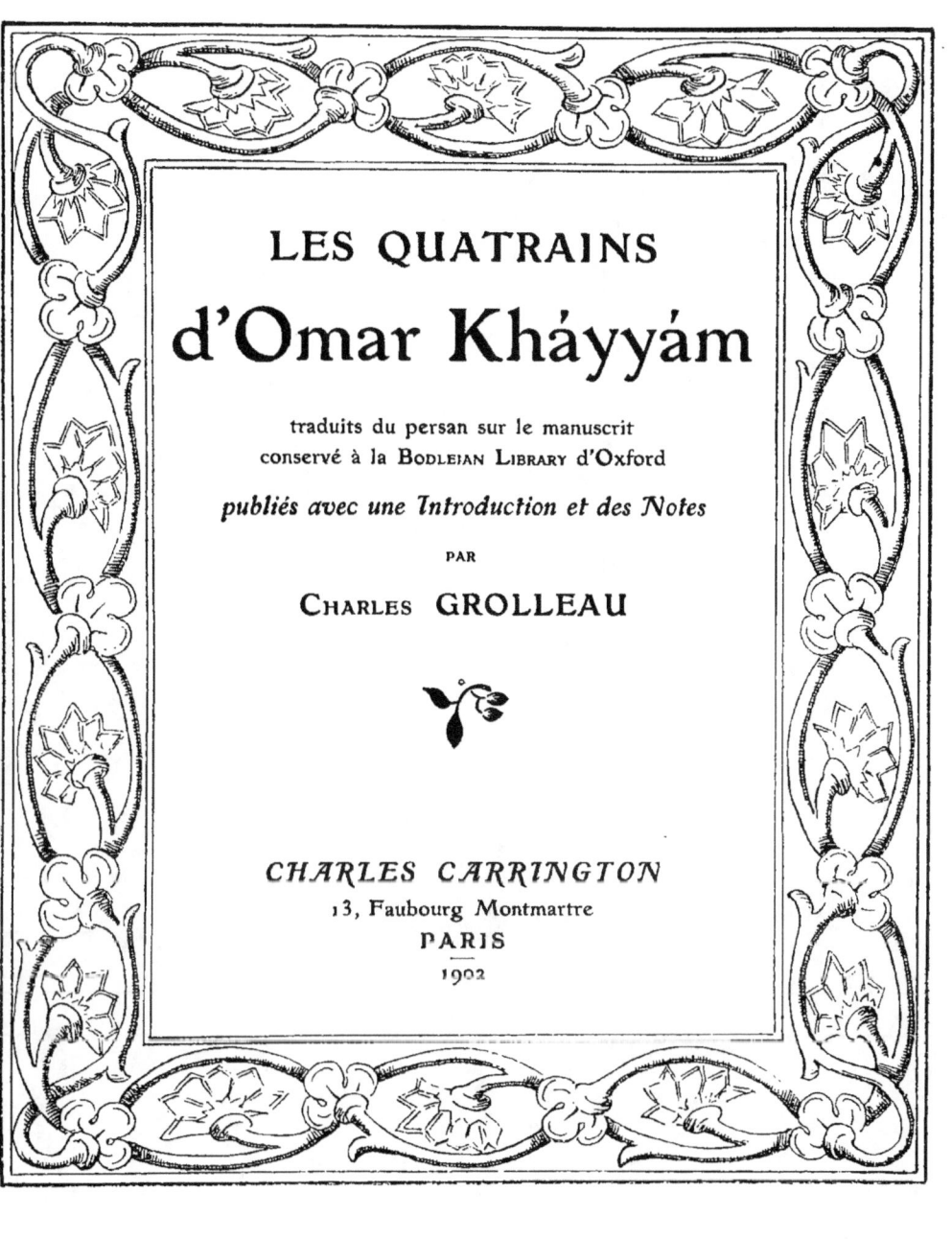

# LES QUATRAINS
# d'Omar Kháyyám

traduits du persan sur le manuscrit
conservé à la Bodleian Library d'Oxford

*publiés avec une Introduction et des Notes*

PAR

Charles GROLLEAU

CHARLES CARRINGTON
13, Faubourg Montmartre
PARIS
——
1902

# A ALBERT SÉRIEYS

*Son ami*

C. G.

# INTRODUCTION

# INTRODUCTION

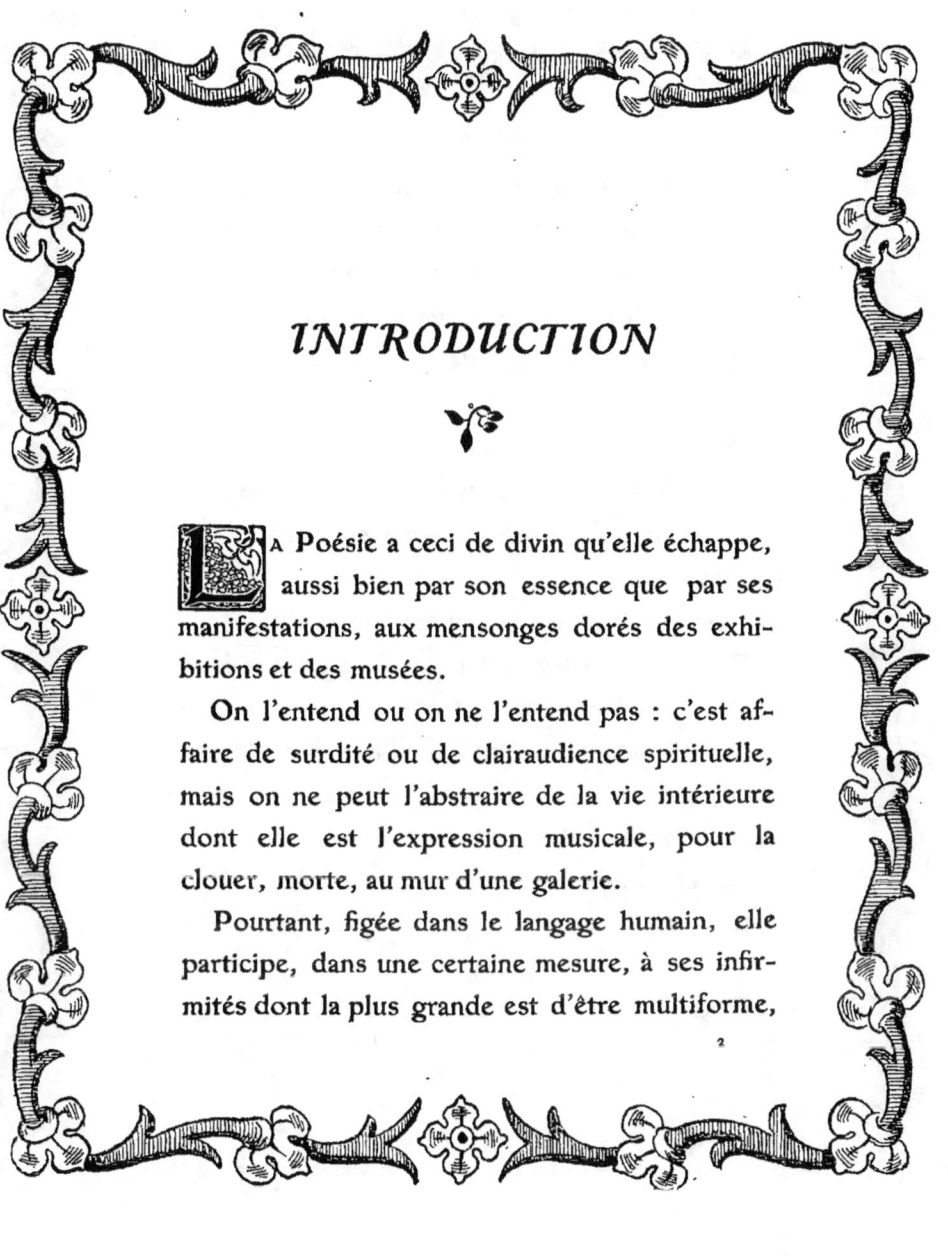

LA Poésie a ceci de divin qu'elle échappe, aussi bien par son essence que par ses manifestations, aux mensonges dorés des exhibitions et des musées.

On l'entend ou on ne l'entend pas : c'est affaire de surdité ou de clairaudience spirituelle, mais on ne peut l'abstraire de la vie intérieure dont elle est l'expression musicale, pour la clouer, morte, au mur d'une galerie.

Pourtant, figée dans le langage humain, elle participe, dans une certaine mesure, à ses infirmités dont la plus grande est d'être multiforme,

2

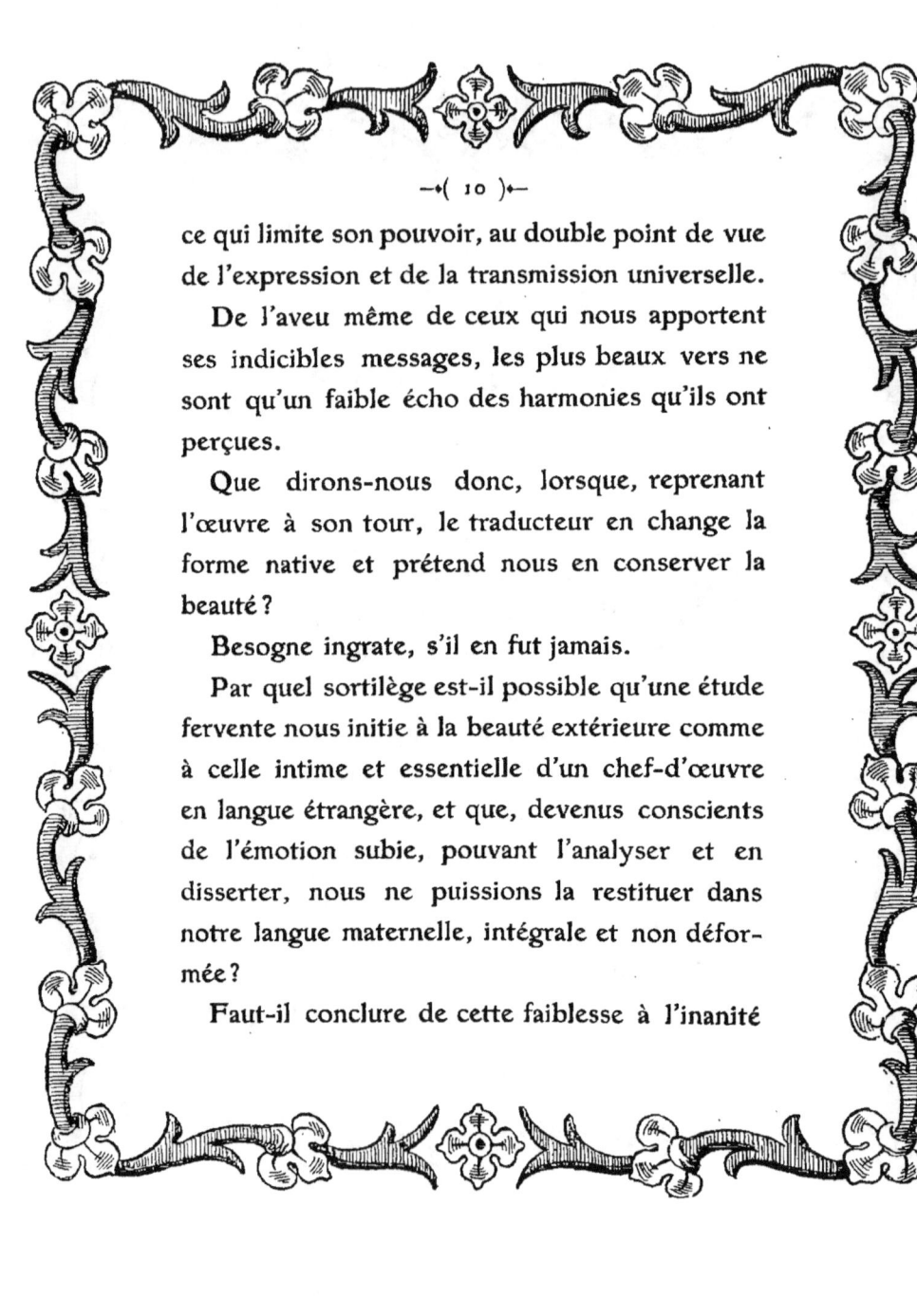

ce qui limite son pouvoir, au double point de vue de l'expression et de la transmission universelle.

De l'aveu même de ceux qui nous apportent ses indicibles messages, les plus beaux vers ne sont qu'un faible écho des harmonies qu'ils ont perçues.

Que dirons-nous donc, lorsque, reprenant l'œuvre à son tour, le traducteur en change la forme native et prétend nous en conserver la beauté?

Besogne ingrate, s'il en fut jamais.

Par quel sortilège est-il possible qu'une étude fervente nous initie à la beauté extérieure comme à celle intime et essentielle d'un chef-d'œuvre en langue étrangère, et que, devenus conscients de l'émotion subie, pouvant l'analyser et en disserter, nous ne puissions la restituer dans notre langue maternelle, intégrale et non défor-mée?

Faut-il conclure de cette faiblesse à l'inanité

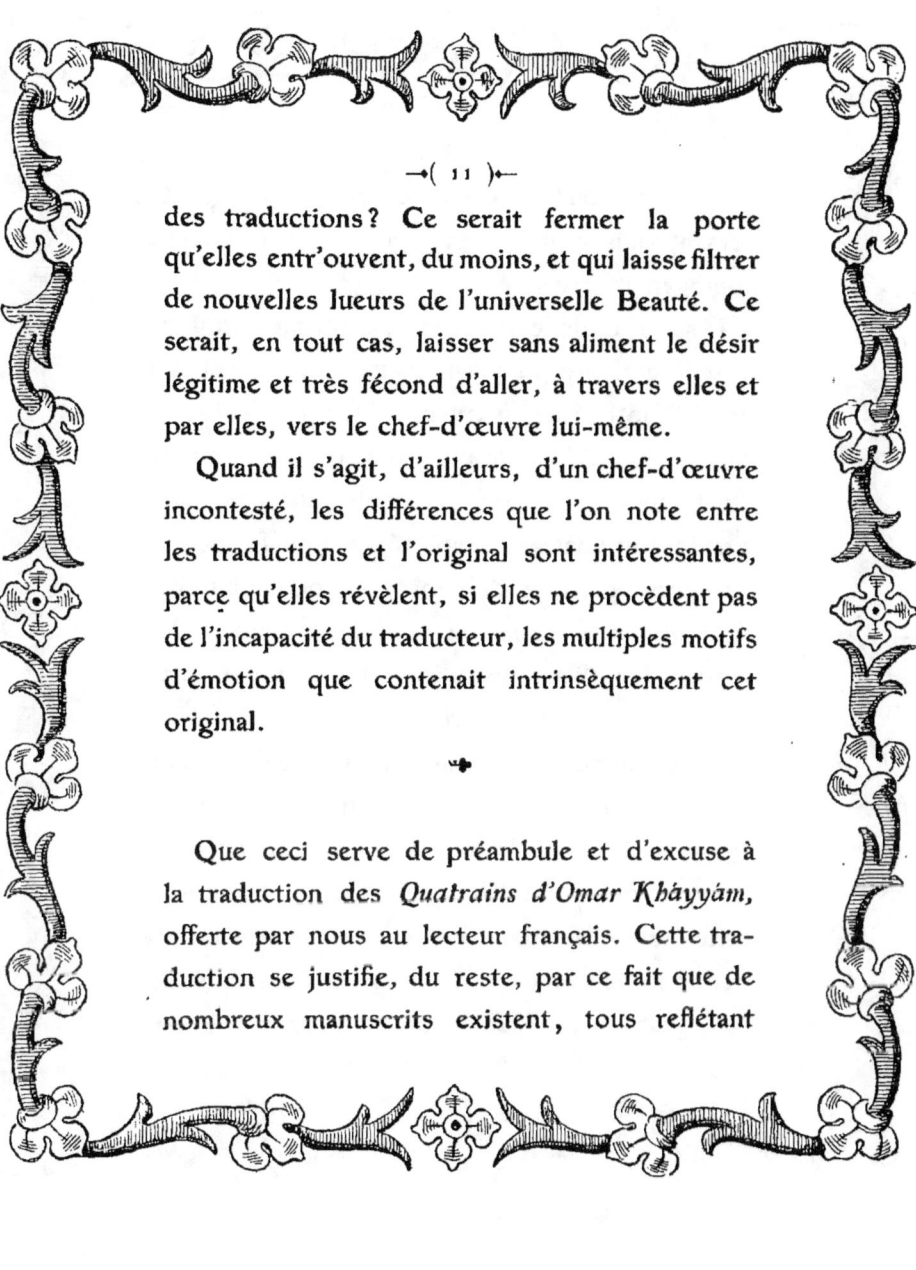

des traductions? Ce serait fermer la porte qu'elles entr'ouvent, du moins, et qui laisse filtrer de nouvelles lueurs de l'universelle Beauté. Ce serait, en tout cas, laisser sans aliment le désir légitime et très fécond d'aller, à travers elles et par elles, vers le chef-d'œuvre lui-même.

Quand il s'agit, d'ailleurs, d'un chef-d'œuvre incontesté, les différences que l'on note entre les traductions et l'original sont intéressantes, parce qu'elles révèlent, si elles ne procèdent pas de l'incapacité du traducteur, les multiples motifs d'émotion que contenait intrinsèquement cet original.

Que ceci serve de préambule et d'excuse à la traduction des *Quatrains d'Omar Khâyyâm*, offerte par nous au lecteur français. Cette traduction se justifie, du reste, par ce fait que de nombreux manuscrits existent, tous reflétant

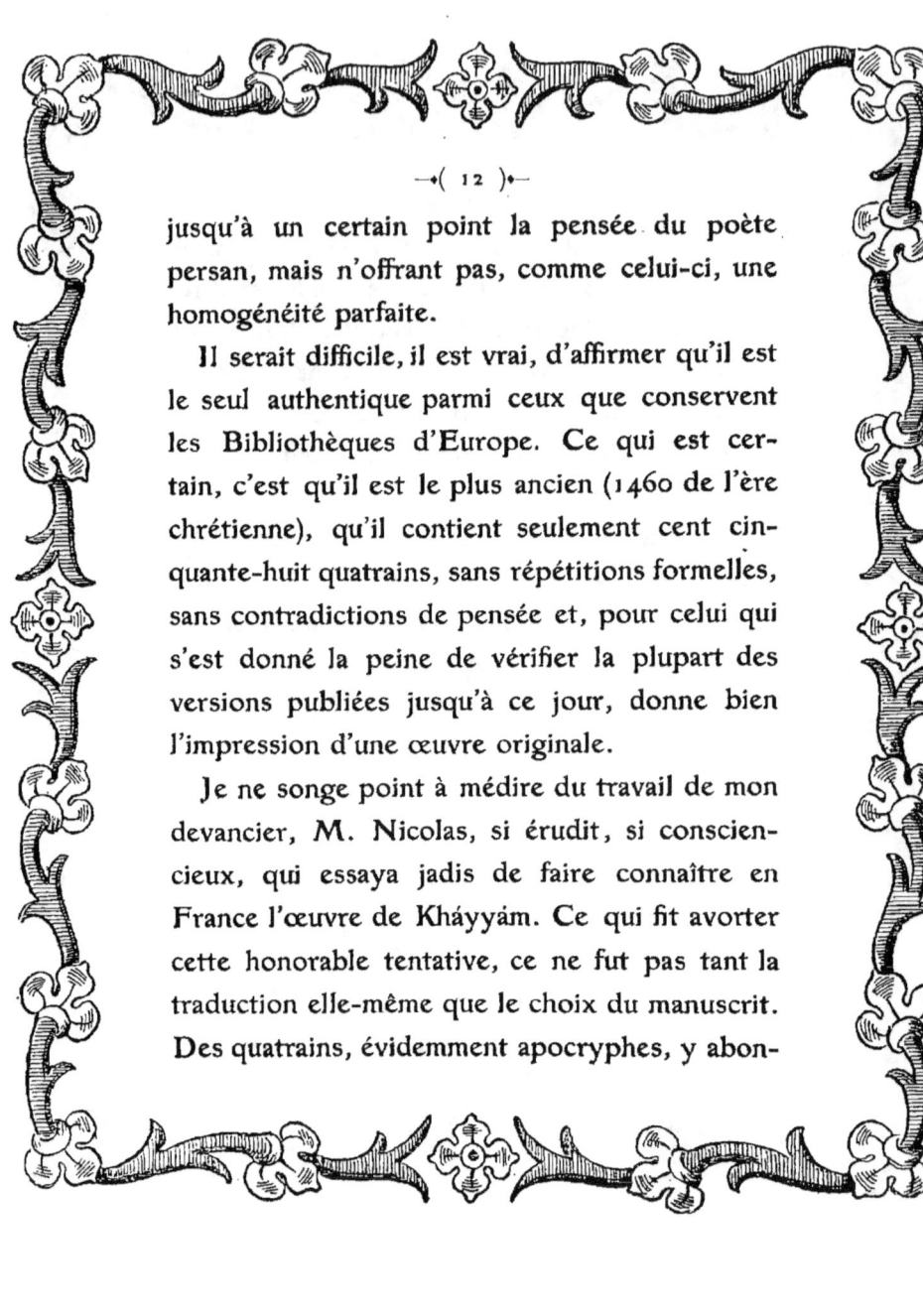

jusqu'à un certain point la pensée du poète persan, mais n'offrant pas, comme celui-ci, une homogénéité parfaite.

Il serait difficile, il est vrai, d'affirmer qu'il est le seul authentique parmi ceux que conservent les Bibliothèques d'Europe. Ce qui est certain, c'est qu'il est le plus ancien (1460 de l'ère chrétienne), qu'il contient seulement cent cinquante-huit quatrains, sans répétitions formelles, sans contradictions de pensée et, pour celui qui s'est donné la peine de vérifier la plupart des versions publiées jusqu'à ce jour, donne bien l'impression d'une œuvre originale.

Je ne songe point à médire du travail de mon devancier, M. Nicolas, si érudit, si consciencieux, qui essaya jadis de faire connaître en France l'œuvre de Kháyyám. Ce qui fit avorter cette honorable tentative, ce ne fut pas tant la traduction elle-même que le choix du manuscrit. Des quatrains, évidemment apocryphes, y abon-

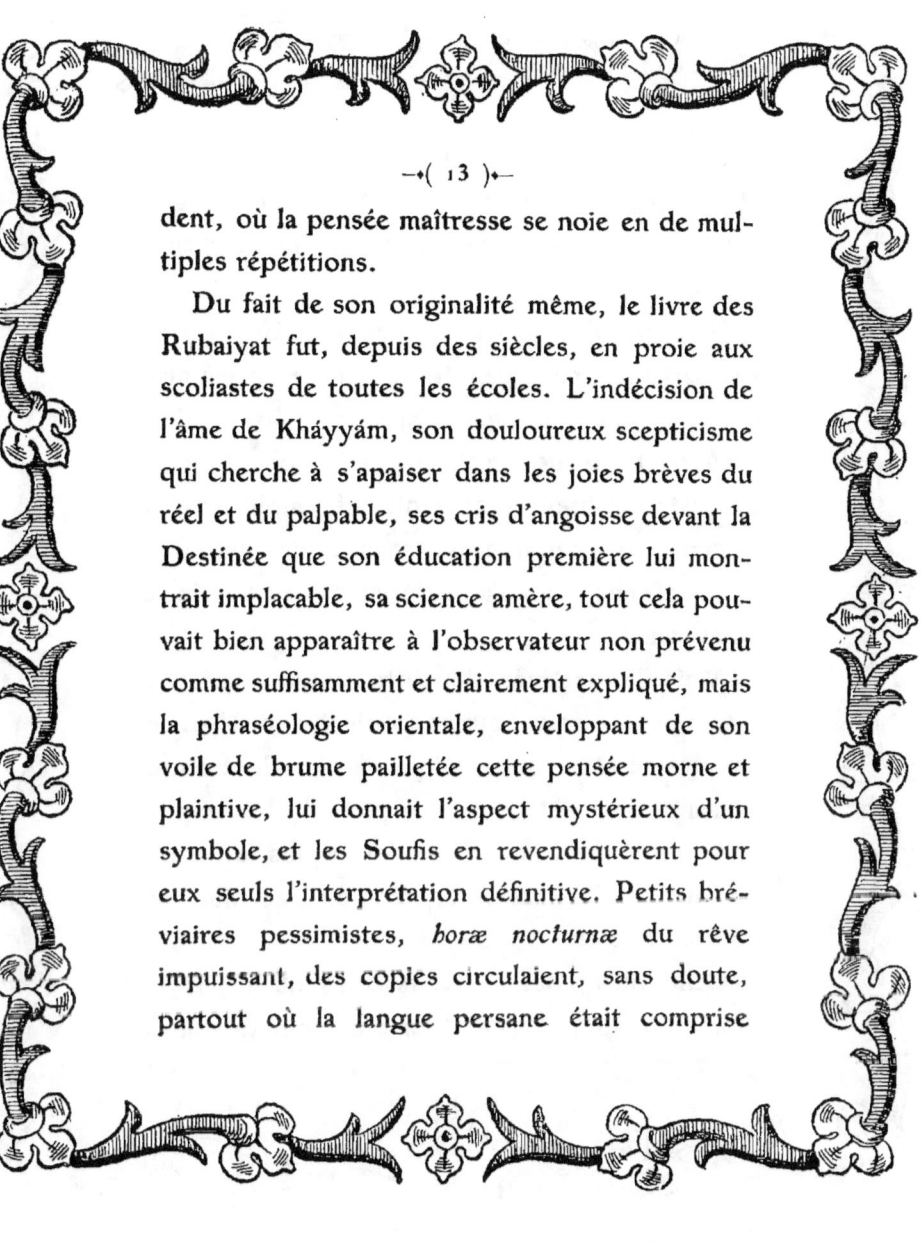

dent, où la pensée maîtresse se noie en de multiples répétitions.

Du fait de son originalité même, le livre des
Rubaiyat fut, depuis des siècles, en proie aux
scoliastes de toutes les écoles. L'indécision de
l'âme de Kháyyám, son douloureux scepticisme
qui cherche à s'apaiser dans les joies brèves du
réel et du palpable, ses cris d'angoisse devant la
Destinée que son éducation première lui mon-
trait implacable, sa science amère, tout cela pouvait bien apparaître à l'observateur non prévenu
comme suffisamment et clairement expliqué, mais
la phraséologie orientale, enveloppant de son
voile de brume pailletée cette pensée morne et
plaintive, lui donnait l'aspect mystérieux d'un
symbole, et les Soufis en revendiquèrent pour
eux seuls l'interprétation définitive. Petits bré-
viaires pessimistes, *horæ nocturnæ* du rêve
impuissant, des copies circulaient, sans doute,
partout où la langue persane était comprise

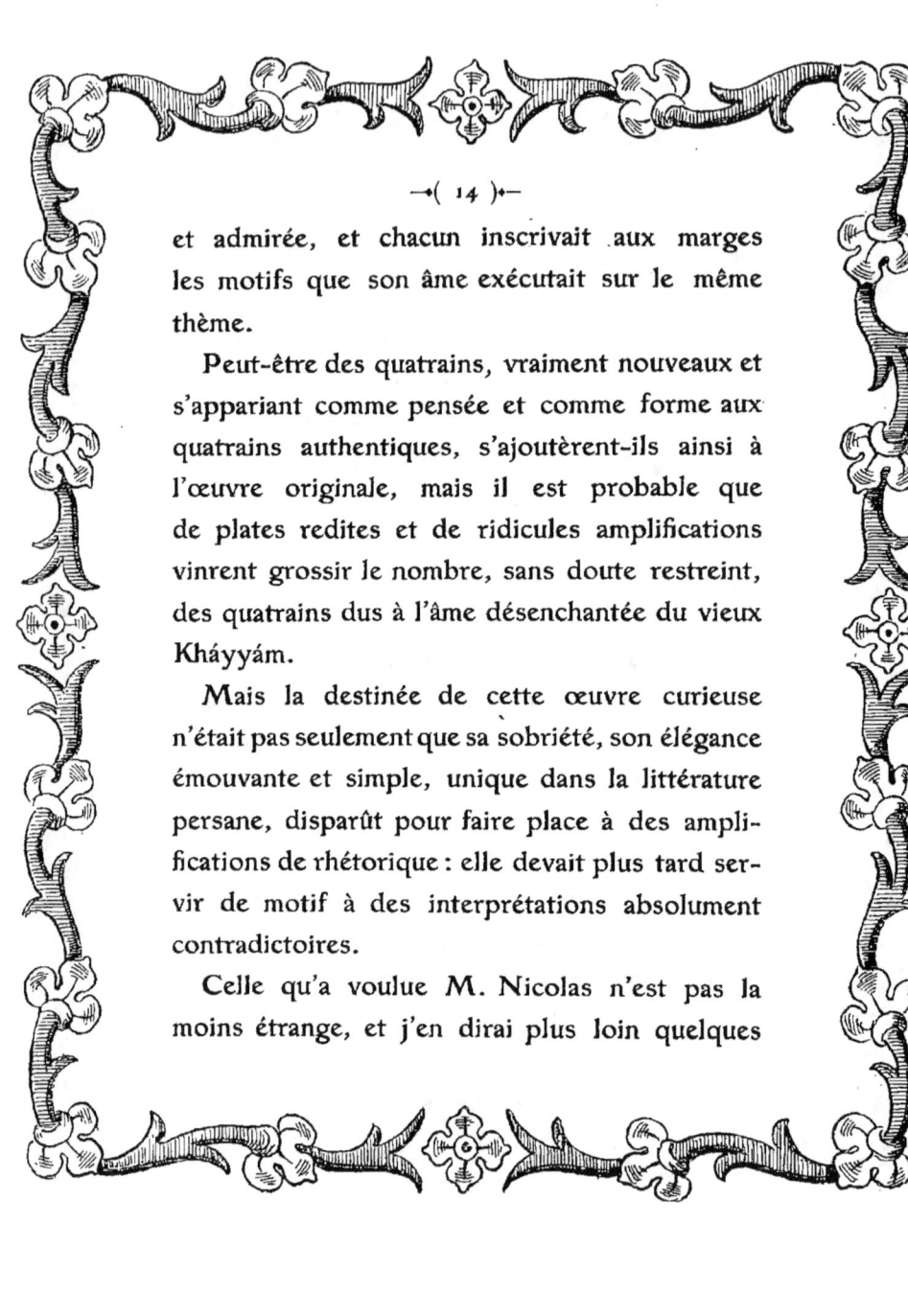

et admirée, et chacun inscrivait aux marges les motifs que son âme exécutait sur le même thème.

Peut-être des quatrains, vraiment nouveaux et s'appariant comme pensée et comme forme aux quatrains authentiques, s'ajoutèrent-ils ainsi à l'œuvre originale, mais il est probable que de plates redites et de ridicules amplifications vinrent grossir le nombre, sans doute restreint, des quatrains dus à l'âme désenchantée du vieux Kháyyám.

Mais la destinée de cette œuvre curieuse n'était pas seulement que sa sobriété, son élégance émouvante et simple, unique dans la littérature persane, disparût pour faire place à des amplifications de rhétorique : elle devait plus tard servir de motif à des interprétations absolument contradictoires.

Celle qu'a voulue M. Nicolas n'est pas la moins étrange, et j'en dirai plus loin quelques

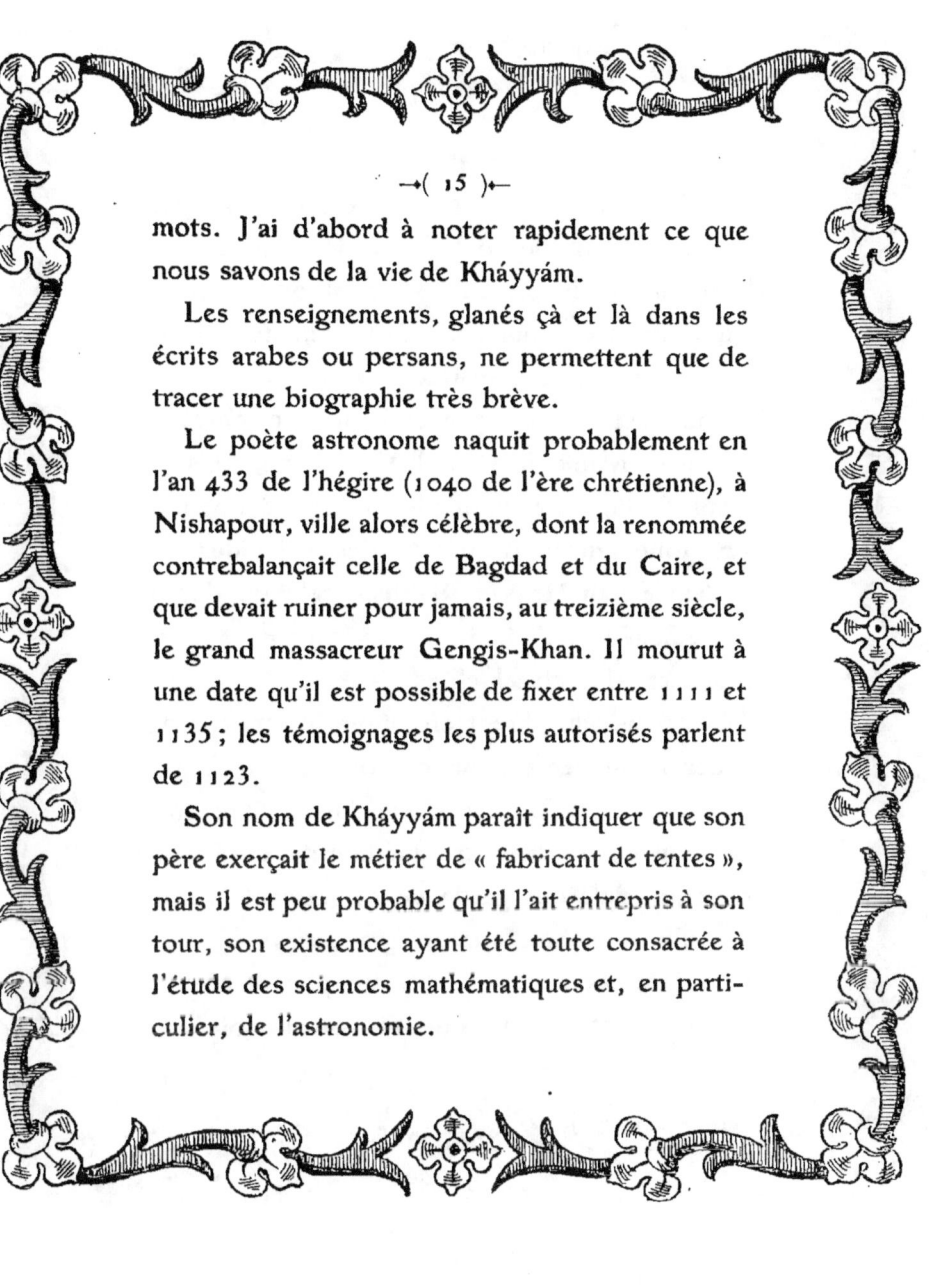

mots. J'ai d'abord à noter rapidement ce que nous savons de la vie de Kháyyám.

Les renseignements, glanés çà et là dans les écrits arabes ou persans, ne permettent que de tracer une biographie très brève.

Le poète astronome naquit probablement en l'an 433 de l'hégire (1040 de l'ère chrétienne), à Nishapour, ville alors célèbre, dont la renommée contrebalançait celle de Bagdad et du Caire, et que devait ruiner pour jamais, au treizième siècle, le grand massacreur Gengis-Khan. Il mourut à une date qu'il est possible de fixer entre 1111 et 1135 ; les témoignages les plus autorisés parlent de 1123.

Son nom de Kháyyám paraît indiquer que son père exerçait le métier de « fabricant de tentes », mais il est peu probable qu'il l'ait entrepris à son tour, son existence ayant été toute consacrée à l'étude des sciences mathématiques et, en particulier, de l'astronomie.

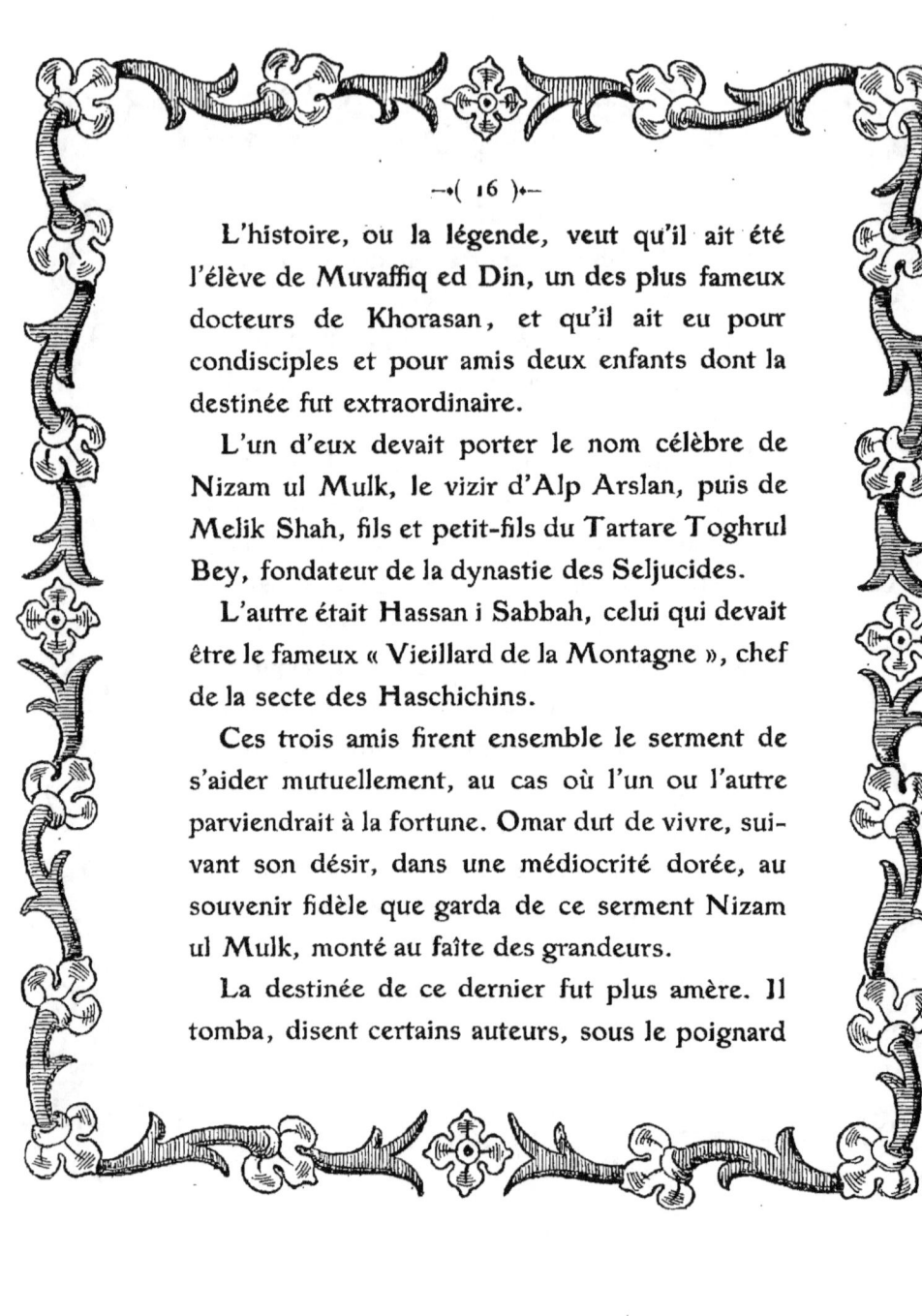

L'histoire, ou la légende, veut qu'il ait été l'élève de Muvaffiq ed Din, un des plus fameux docteurs de Khorasan, et qu'il ait eu pour condisciples et pour amis deux enfants dont la destinée fut extraordinaire.

L'un d'eux devait porter le nom célèbre de Nizam ul Mulk, le vizir d'Alp Arslan, puis de Melik Shah, fils et petit-fils du Tartare Toghrul Bey, fondateur de la dynastie des Seljucides.

L'autre était Hassan i Sabbah, celui qui devait être le fameux « Vieillard de la Montagne », chef de la secte des Haschichins.

Ces trois amis firent ensemble le serment de s'aider mutuellement, au cas où l'un ou l'autre parviendrait à la fortune. Omar dut de vivre, suivant son désir, dans une médiocrité dorée, au souvenir fidèle que garda de ce serment Nizam ul Mulk, monté au faîte des grandeurs.

La destinée de ce dernier fut plus amère. Il tomba, disent certains auteurs, sous le poignard

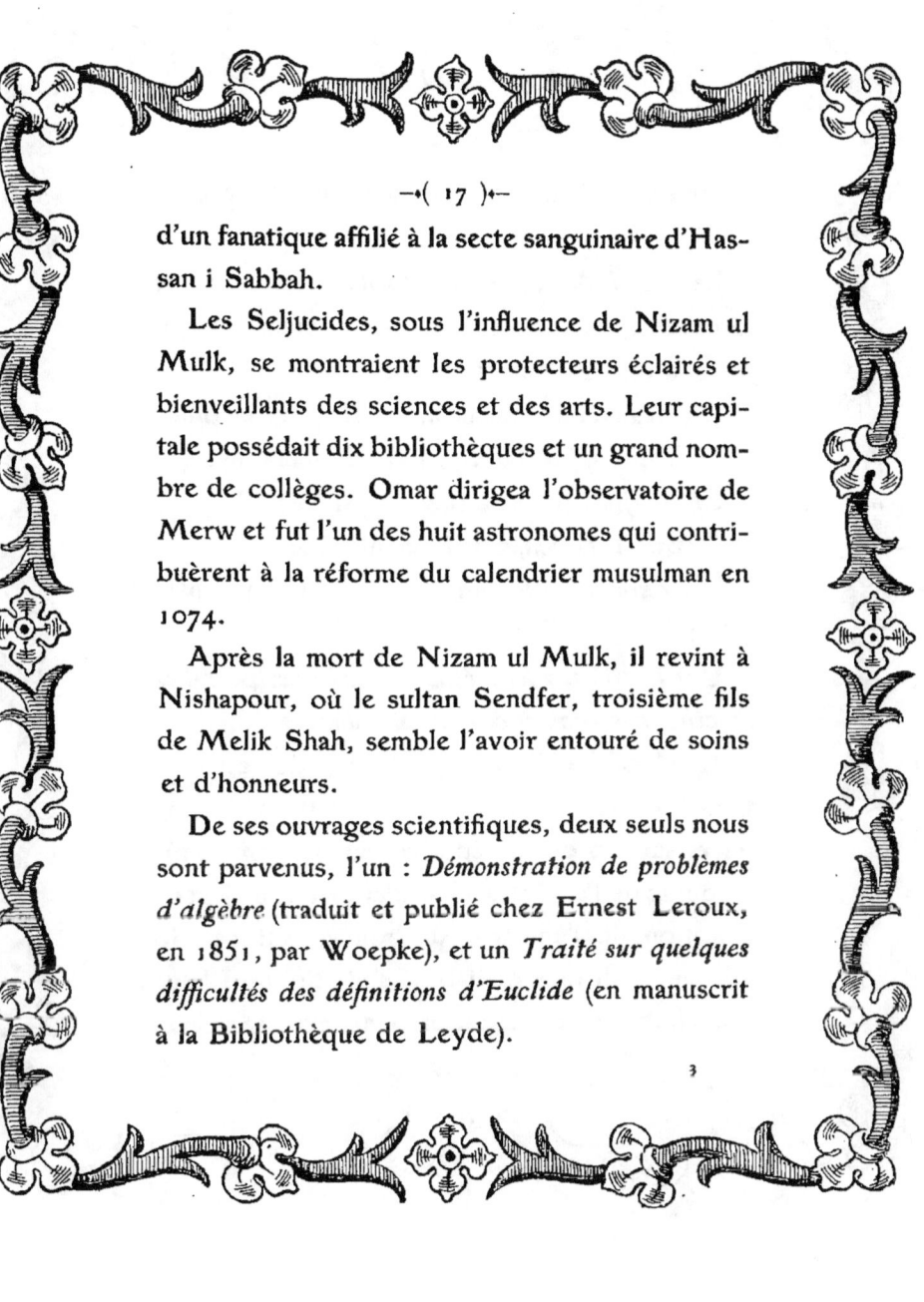

d'un fanatique affilié à la secte sanguinaire d'Hassan i Sabbah.

Les Seljucides, sous l'influence de Nizam ul Mulk, se montraient les protecteurs éclairés et bienveillants des sciences et des arts. Leur capitale possédait dix bibliothèques et un grand nombre de collèges. Omar dirigea l'observatoire de Merw et fut l'un des huit astronomes qui contribuèrent à la réforme du calendrier musulman en 1074.

Après la mort de Nizam ul Mulk, il revint à Nishapour, où le sultan Sendfer, troisième fils de Melik Shah, semble l'avoir entouré de soins et d'honneurs.

De ses ouvrages scientifiques, deux seuls nous sont parvenus, l'un : *Démonstration de problèmes d'algèbre* (traduit et publié chez Ernest Leroux, en 1851, par Woepke), et un *Traité sur quelques difficultés des définitions d'Euclide* (en manuscrit à la Bibliothèque de Leyde).

3

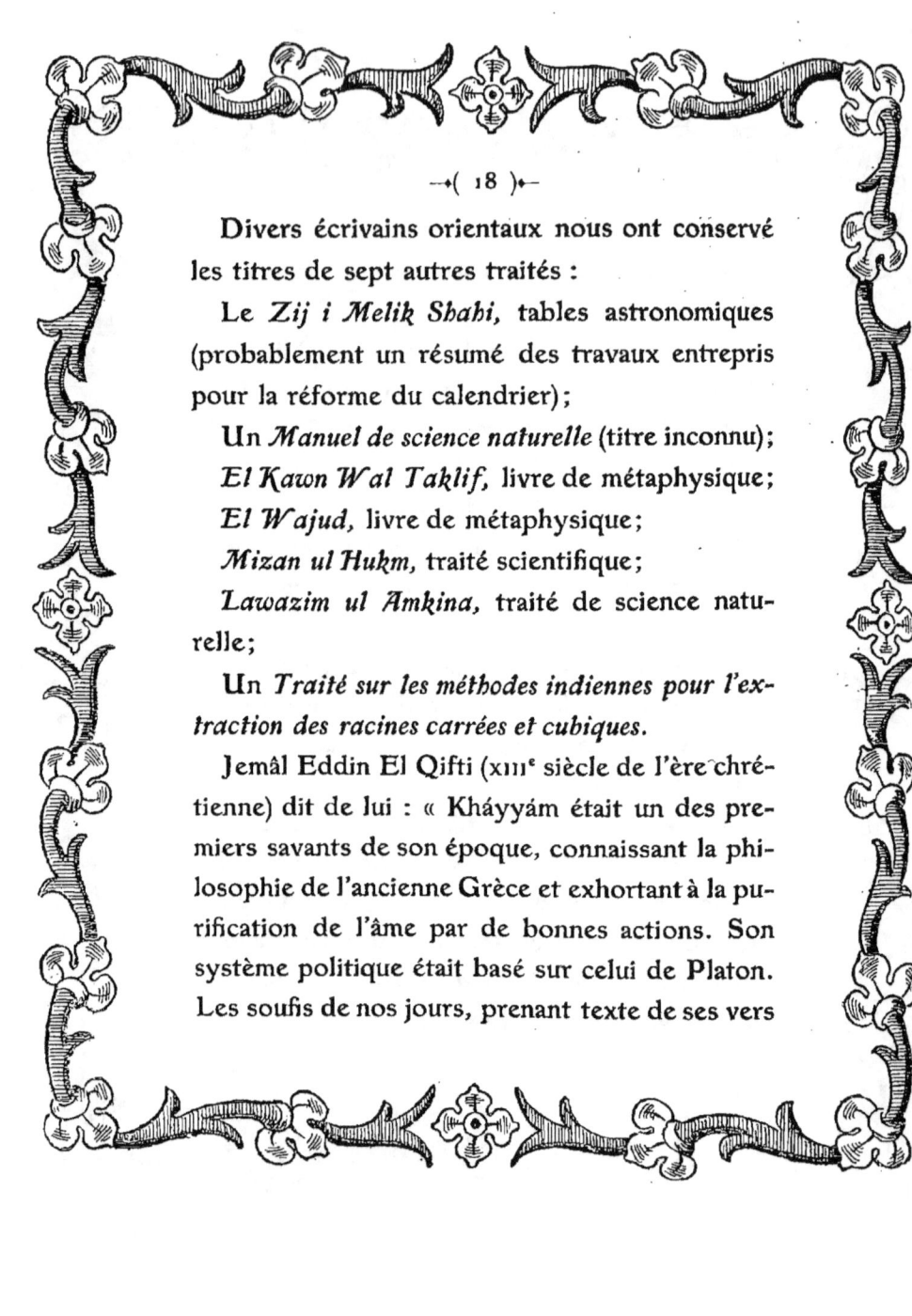

Divers écrivains orientaux nous ont conservé les titres de sept autres traités :

Le *Zij i Melik Shahi*, tables astronomiques (probablement un résumé des travaux entrepris pour la réforme du calendrier);

Un *Manuel de science naturelle* (titre inconnu);

*El Kawn Wal Taklif*, livre de métaphysique;

*El Wajud*, livre de métaphysique;

*Mizan ul Hukm*, traité scientifique;

*Lawazim ul Amkina*, traité de science naturelle;

Un *Traité sur les méthodes indiennes pour l'extraction des racines carrées et cubiques.*

Jemâl Eddin El Qifti (xiiiᵉ siècle de l'ère chrétienne) dit de lui : « Kháyyám était un des premiers savants de son époque, connaissant la philosophie de l'ancienne Grèce et exhortant à la purification de l'âme par de bonnes actions. Son système politique était basé sur celui de Platon. Les soufis de nos jours, prenant texte de ses vers

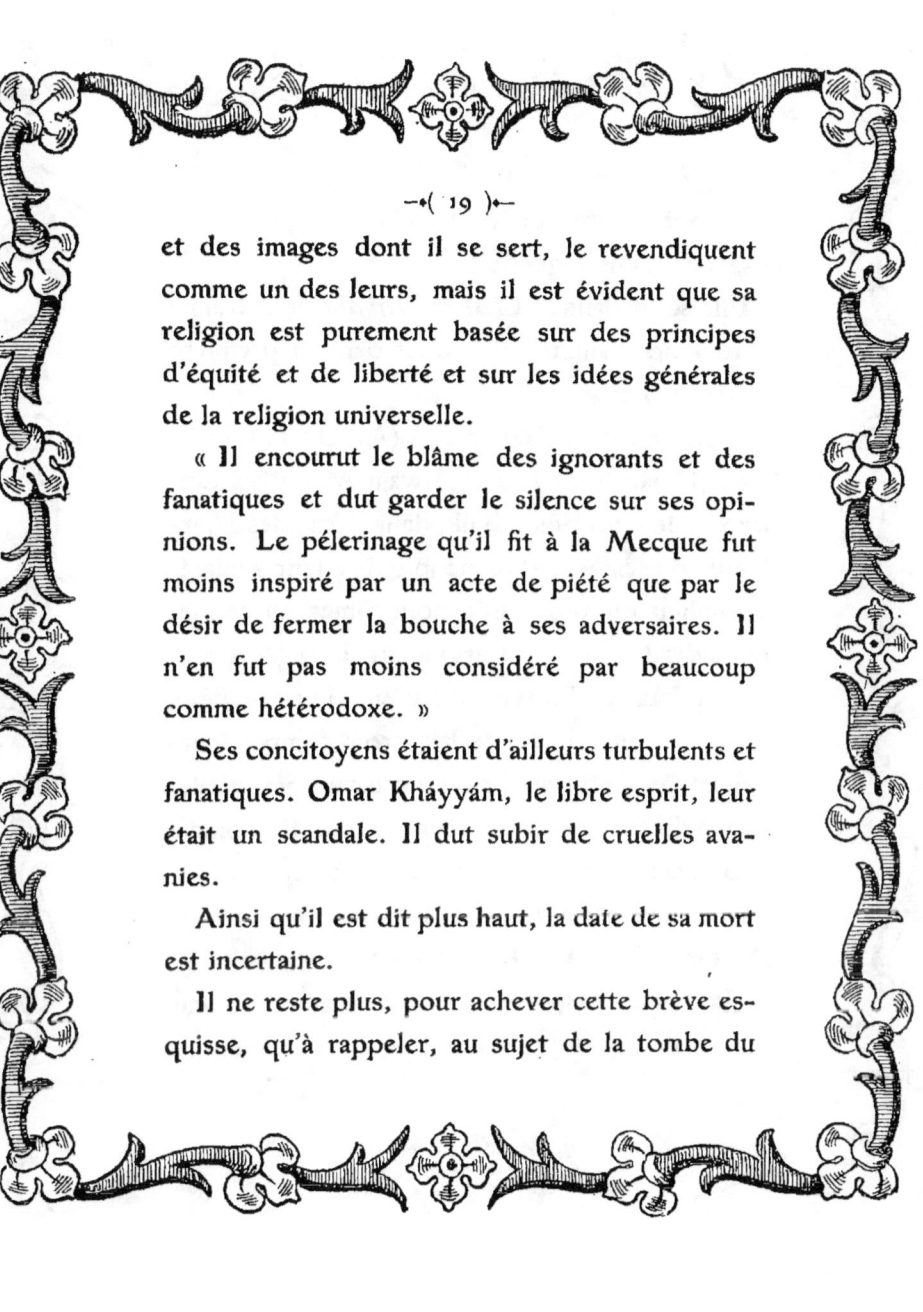

et des images dont il se sert, le revendiquent comme un des leurs, mais il est évident que sa religion est purement basée sur des principes d'équité et de liberté et sur les idées générales de la religion universelle.

« Il encourut le blâme des ignorants et des fanatiques et dut garder le silence sur ses opinions. Le pélerinage qu'il fit à la Mecque fut moins inspiré par un acte de piété que par le désir de fermer la bouche à ses adversaires. Il n'en fut pas moins considéré par beaucoup comme hétérodoxe. »

Ses concitoyens étaient d'ailleurs turbulents et fanatiques. Omar Kháyyám, le libre esprit, leur était un scandale. Il dut subir de cruelles avanies.

Ainsi qu'il est dit plus haut, la date de sa mort est incertaine.

Il ne reste plus, pour achever cette brève esquisse, qu'à rappeler, au sujet de la tombe du

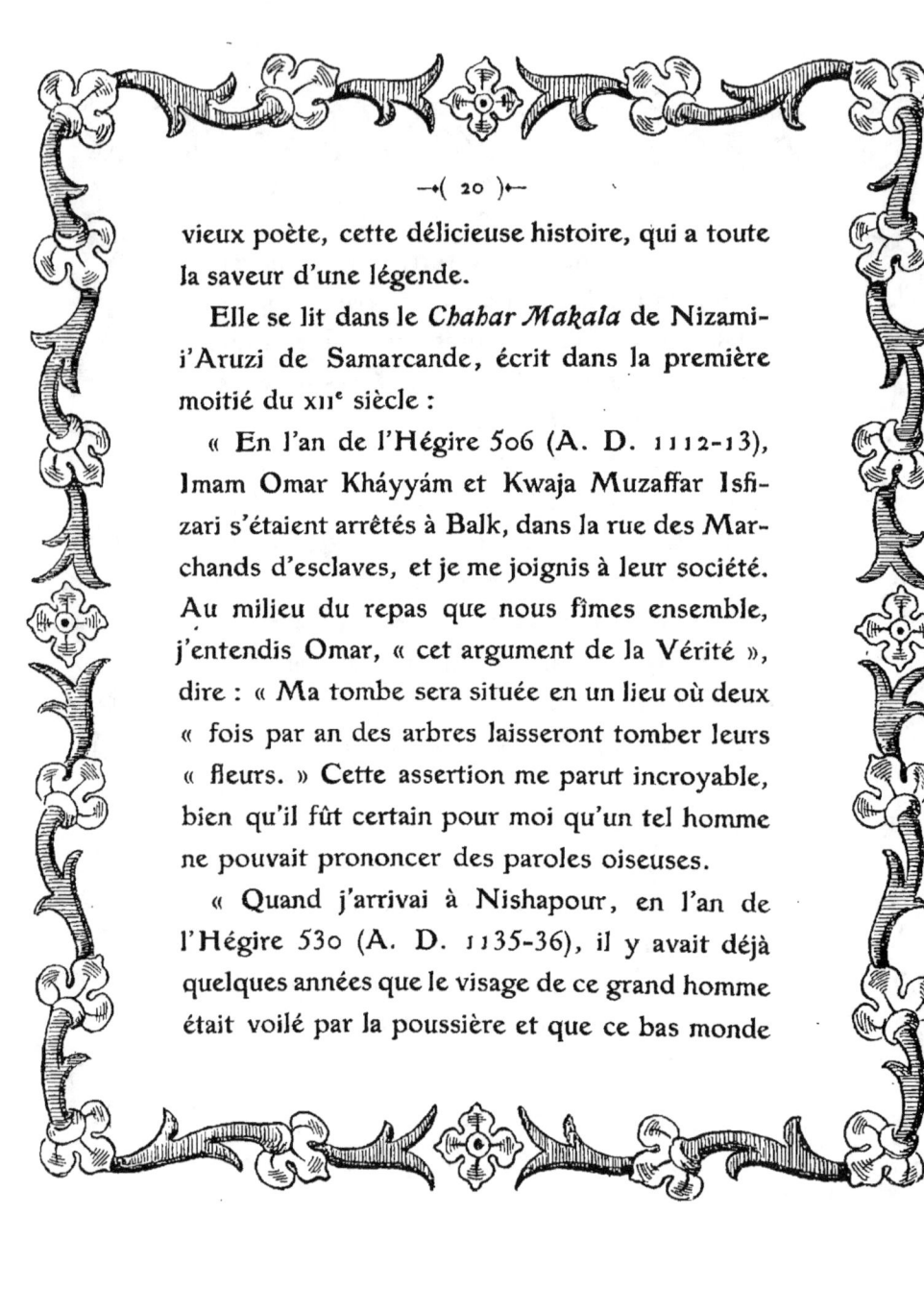

vieux poète, cette délicieuse histoire, qui a toute
la saveur d'une légende.

Elle se lit dans le *Chahar Makala* de Nizami-
i'Aruzi de Samarcande, écrit dans la première
moitié du xɪɪ° siècle :

« En l'an de l'Hégire 5o6 (A. D. 1112-13),
Imam Omar Kháyyám et Kwaja Muzaffar Isfi-
zari s'étaient arrêtés à Balk, dans la rue des Marchands d'esclaves, et je me joignis à leur société.
Au milieu du repas que nous fîmes ensemble,
j'entendis Omar, « cet argument de la Vérité »,
dire : « Ma tombe sera située en un lieu où deux
« fois par an des arbres laisseront tomber leurs
« fleurs. » Cette assertion me parut incroyable,
bien qu'il fût certain pour moi qu'un tel homme
ne pouvait prononcer des paroles oiseuses.

« Quand j'arrivai à Nishapour, en l'an de
l'Hégire 53o (A. D. 1135-36), il y avait déjà
quelques années que le visage de ce grand homme
était voilé par la poussière et que ce bas monde

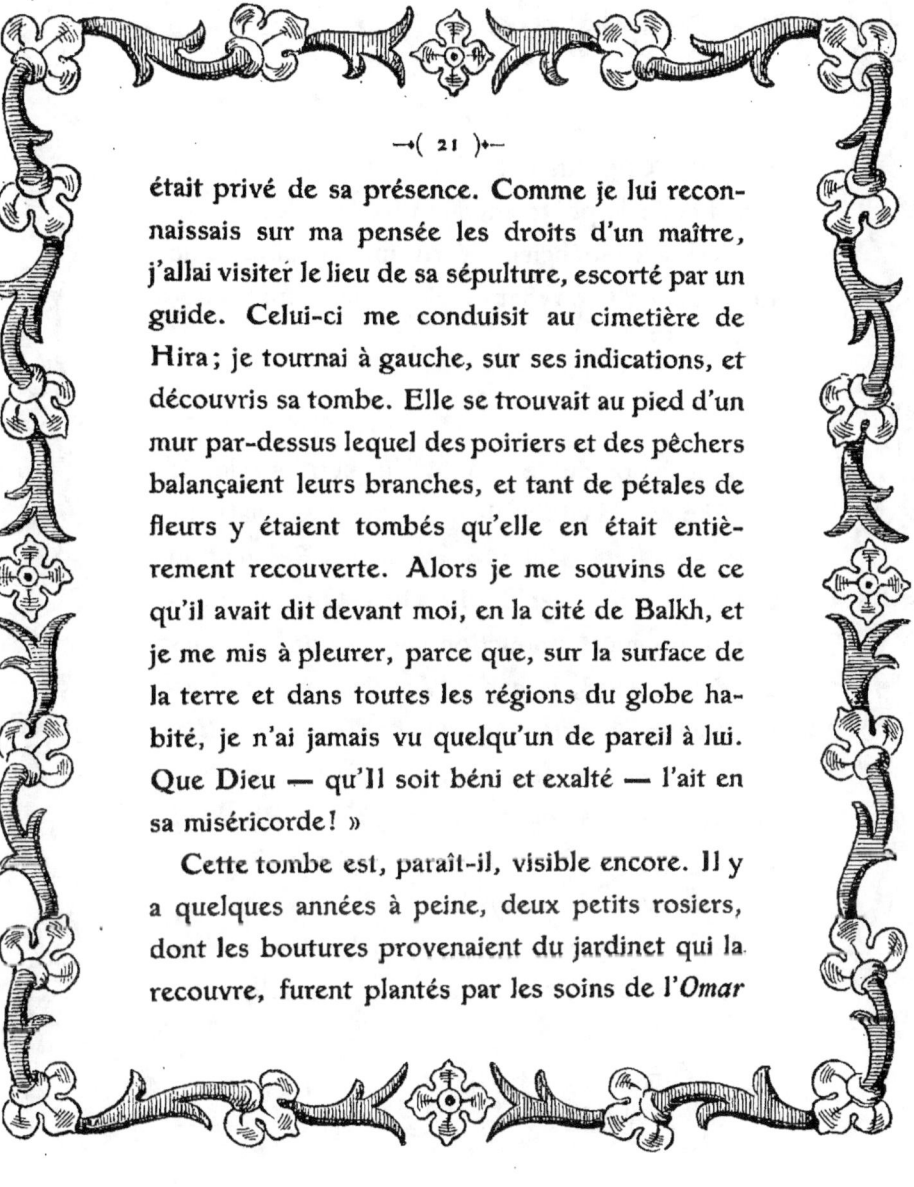

était privé de sa présence. Comme je lui reconnaissais sur ma pensée les droits d'un maître,
j'allai visiter le lieu de sa sépulture, escorté par un
guide. Celui-ci me conduisit au cimetière de
Hira ; je tournai à gauche, sur ses indications, et
découvris sa tombe. Elle se trouvait au pied d'un
mur par-dessus lequel des poiriers et des pêchers
balançaient leurs branches, et tant de pétales de
fleurs y étaient tombés qu'elle en était entiè-
rement recouverte. Alors je me souvins de ce
qu'il avait dit devant moi, en la cité de Balkh, et
je me mis à pleurer, parce que, sur la surface de
la terre et dans toutes les régions du globe ha-
bité, je n'ai jamais vu quelqu'un de pareil à lui.
Que Dieu — qu'il soit béni et exalté — l'ait en
sa miséricorde ! »

Cette tombe est, paraît-il, visible encore. Il y
a quelques années à peine, deux petits rosiers,
dont les boutures provenaient du jardinet qui la
recouvre, furent plantés par les soins de l'*Omar*

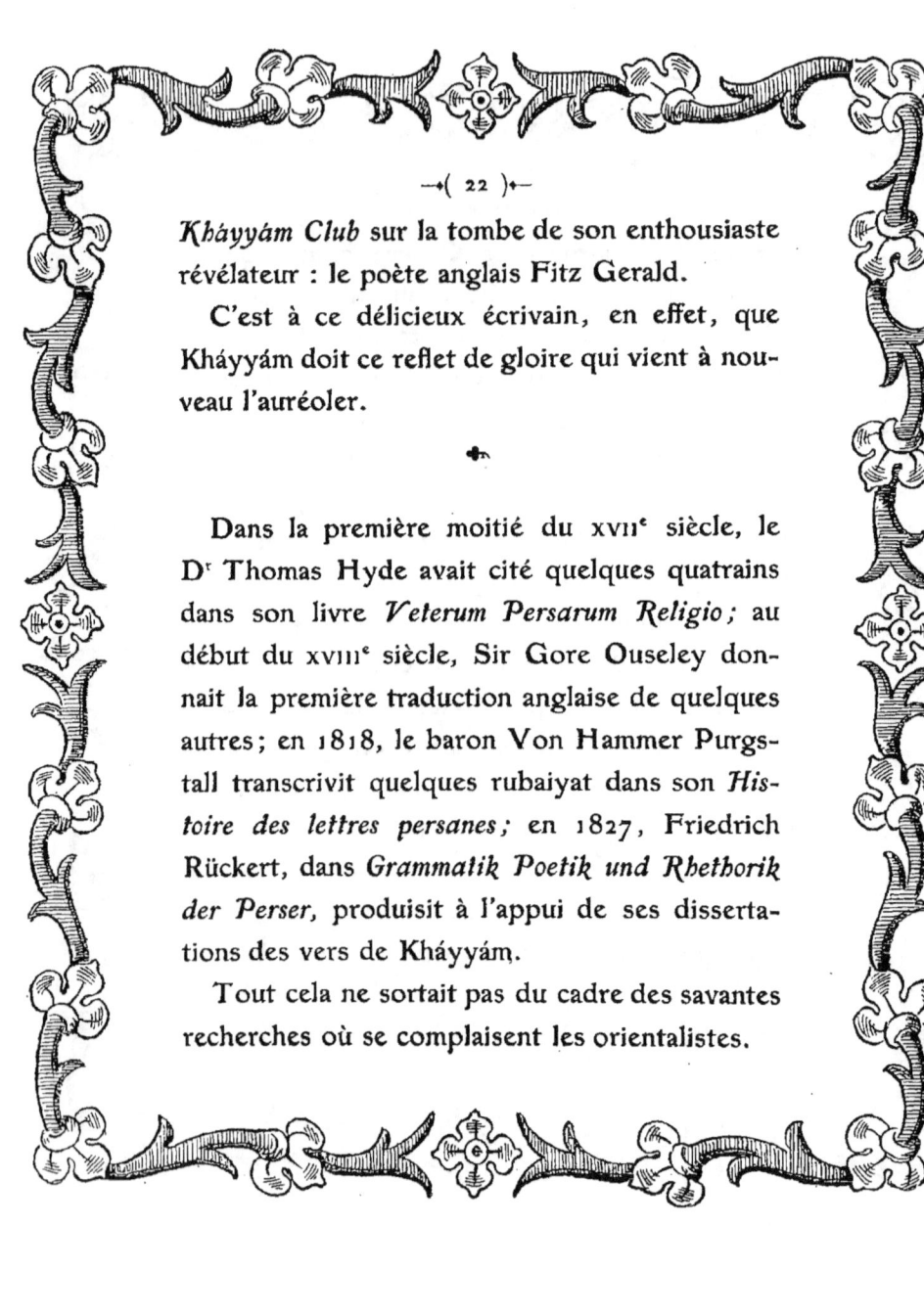

*Kháyyám Club* sur la tombe de son enthousiaste révélateur : le poète anglais Fitz Gerald.

C'est à ce délicieux écrivain, en effet, que Kháyyám doit ce reflet de gloire qui vient à nouveau l'auréoler.

Dans la première moitié du xviiᵉ siècle, le Dᵣ Thomas Hyde avait cité quelques quatrains dans son livre *Veterum Persarum Religio ;* au début du xviiiᵉ siècle, Sir Gore Ouseley donnait la première traduction anglaise de quelques autres ; en 1818, le baron Von Hammer Purgstall transcrivit quelques rubaiyat dans son *Histoire des lettres persanes ;* en 1827, Friedrich Rückert, dans *Grammatik Poetik und Rhethorik der Perser,* produisit à l'appui de ses dissertations des vers de Kháyyám.

Tout cela ne sortait pas du cadre des savantes recherches où se complaisent les orientalistes.

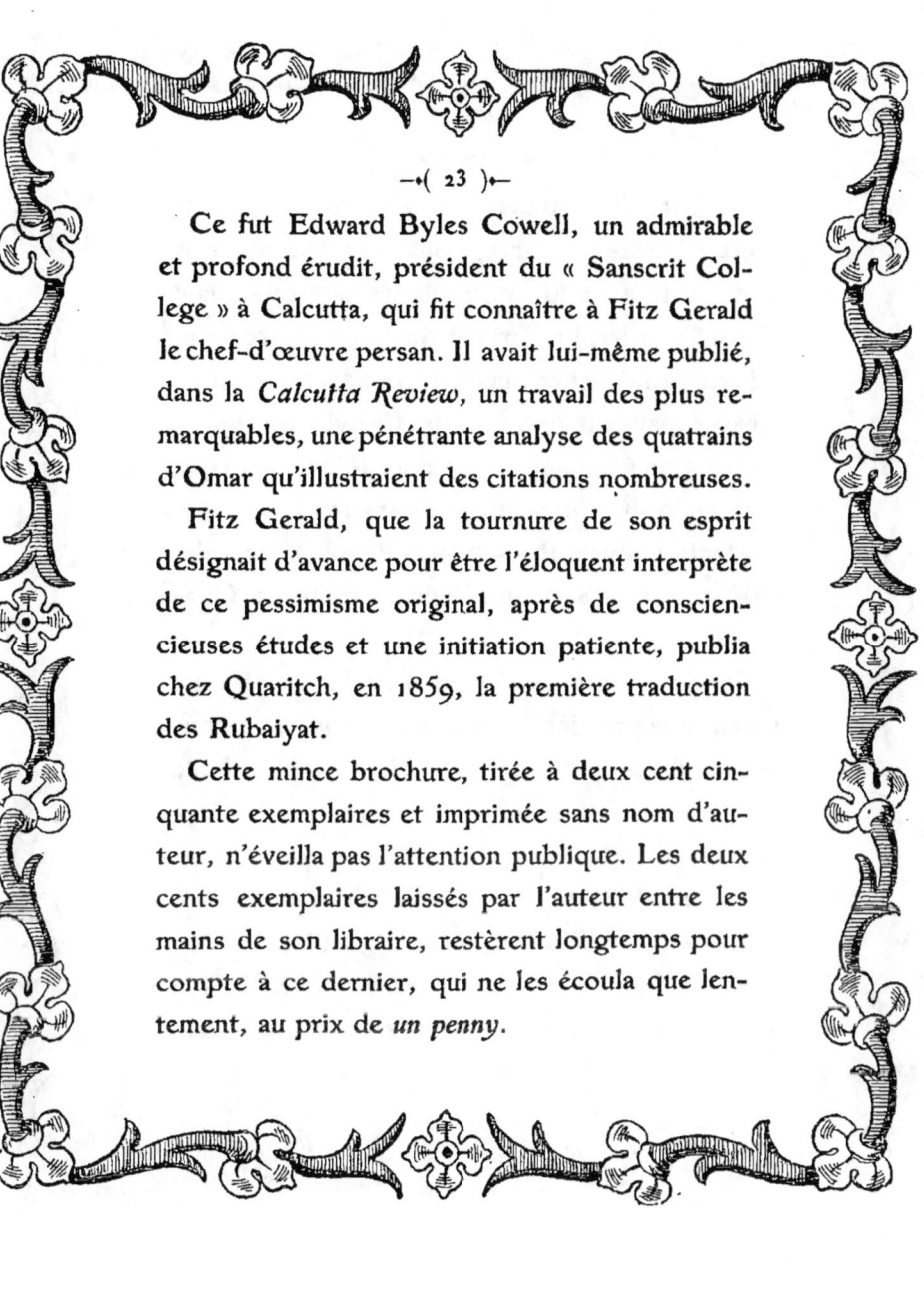

Ce fut Edward Byles Cowell, un admirable et profond érudit, président du « Sanscrit College » à Calcutta, qui fit connaître à Fitz Gerald le chef-d'œuvre persan. Il avait lui-même publié, dans la *Calcutta Review*, un travail des plus remarquables, une pénétrante analyse des quatrains d'Omar qu'illustraient des citations nombreuses.

Fitz Gerald, que la tournure de son esprit désignait d'avance pour être l'éloquent interprète de ce pessimisme original, après de consciencieuses études et une initiation patiente, publia chez Quaritch, en 1859, la première traduction des Rubaiyat.

Cette mince brochure, tirée à deux cent cinquante exemplaires et imprimée sans nom d'auteur, n'éveilla pas l'attention publique. Les deux cents exemplaires laissés par l'auteur entre les mains de son libraire, restèrent longtemps pour compte à ce dernier, qui ne les écoula que lentement, au prix de *un penny*.

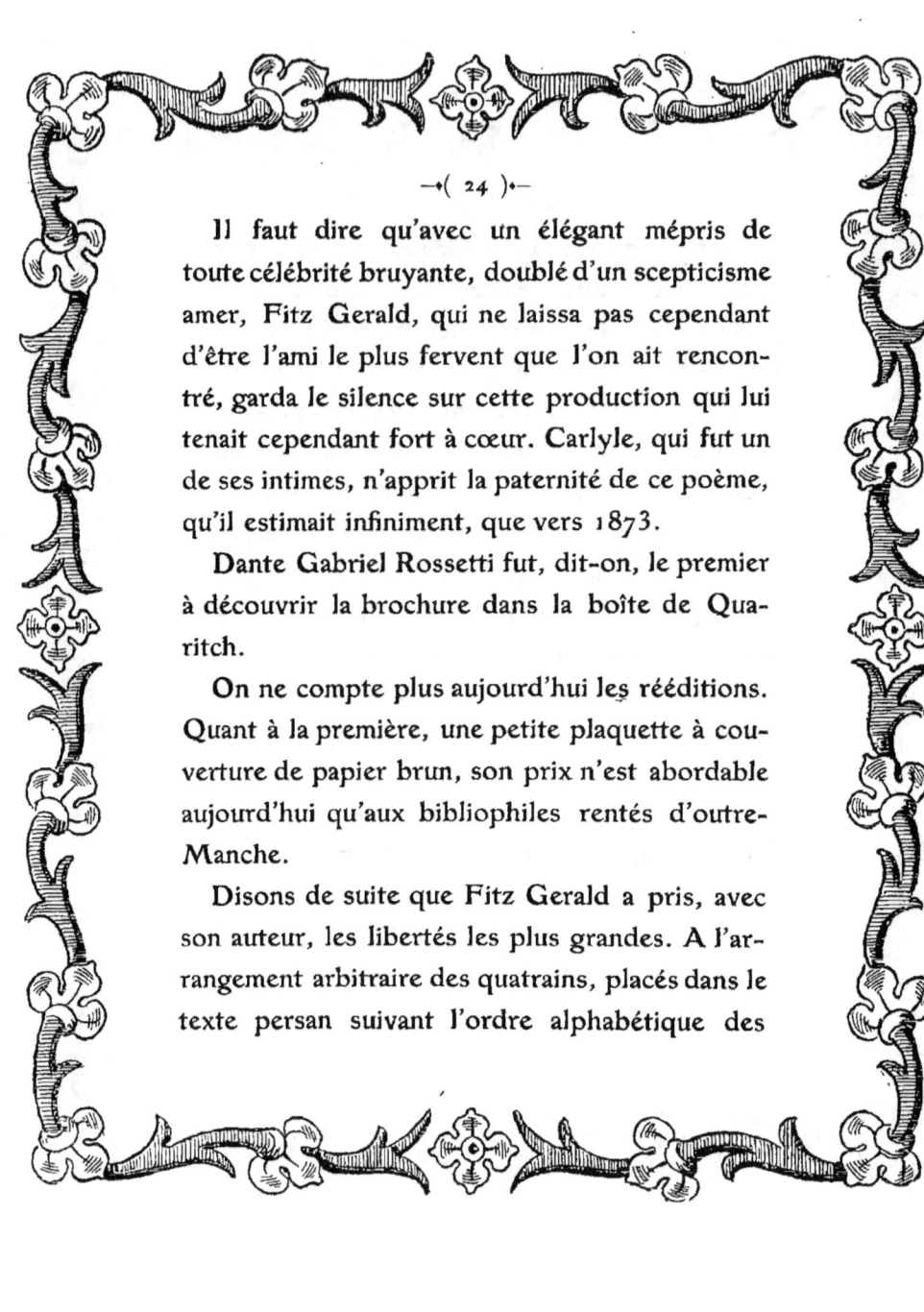

Il faut dire qu'avec un élégant mépris de toute célébrité bruyante, doublé d'un scepticisme amer, Fitz Gerald, qui ne laissa pas cependant d'être l'ami le plus fervent que l'on ait rencontré, garda le silence sur cette production qui lui tenait cependant fort à cœur. Carlyle, qui fut un de ses intimes, n'apprit la paternité de ce poème, qu'il estimait infiniment, que vers 1873.

Dante Gabriel Rossetti fut, dit-on, le premier à découvrir la brochure dans la boîte de Quaritch.

On ne compte plus aujourd'hui les rééditions. Quant à la première, une petite plaquette à couverture de papier brun, son prix n'est abordable aujourd'hui qu'aux bibliophiles rentés d'outre-Manche.

Disons de suite que Fitz Gerald a pris, avec son auteur, les libertés les plus grandes. A l'arrangement arbitraire des quatrains, placés dans le texte persan suivant l'ordre alphabétique des

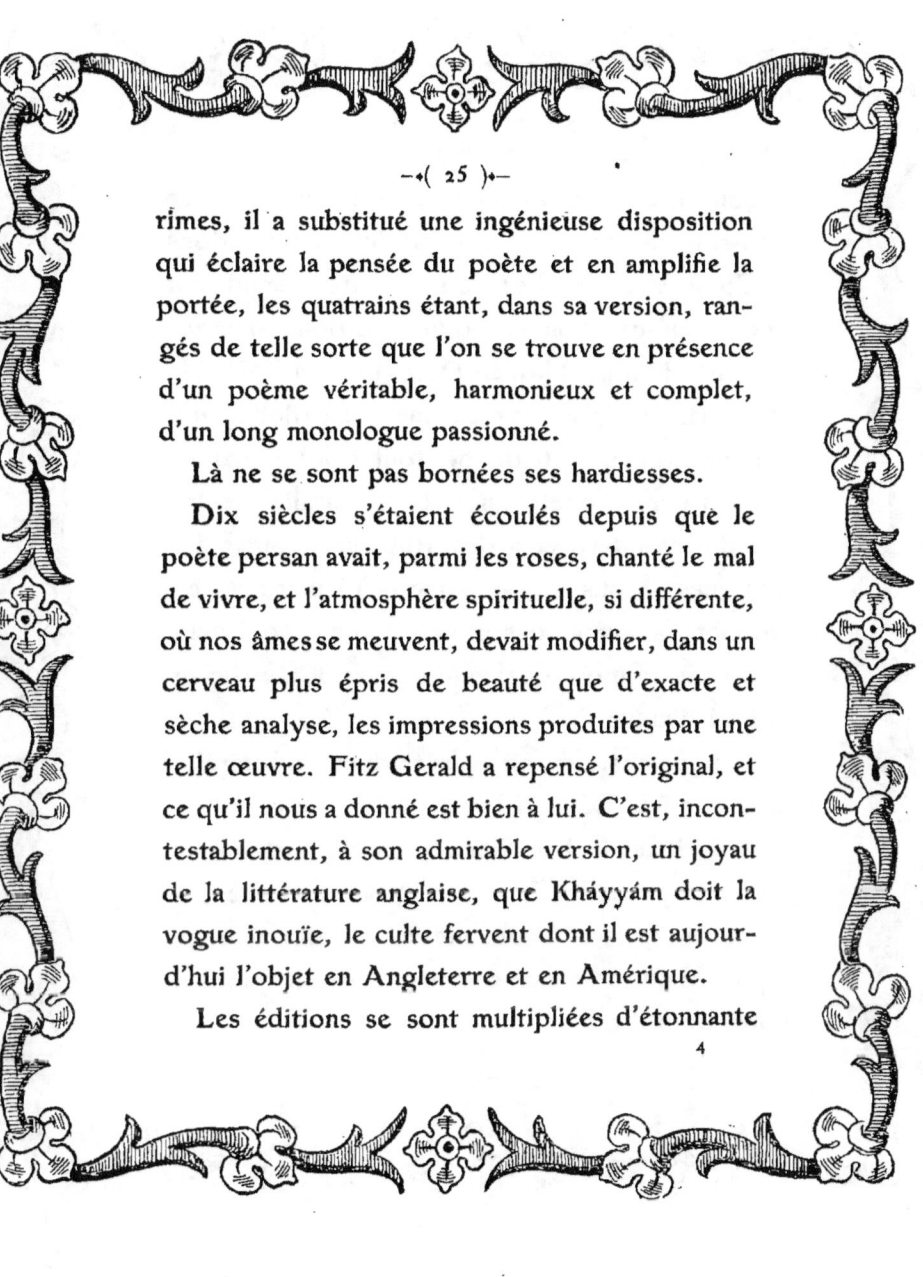

rimes, il a substitué une ingénieuse disposition
qui éclaire la pensée du poète et en amplifie la
portée, les quatrains étant, dans sa version, ran-
gés de telle sorte que l'on se trouve en présence
d'un poème véritable, harmonieux et complet,
d'un long monologue passionné.

Là ne se sont pas bornées ses hardiesses.

Dix siècles s'étaient écoulés depuis que le
poète persan avait, parmi les roses, chanté le mal
de vivre, et l'atmosphère spirituelle, si différente,
où nos âmes se meuvent, devait modifier, dans un
cerveau plus épris de beauté que d'exacte et
sèche analyse, les impressions produites par une
telle œuvre. Fitz Gerald a repensé l'original, et
ce qu'il nous a donné est bien à lui. C'est, incon-
testablement, à son admirable version, un joyau
de la littérature anglaise, que Kháyyám doit la
vogue inouïe, le culte fervent dont il est aujour-
d'hui l'objet en Angleterre et en Amérique.

Les éditions se sont multipliées d'étonnante

4

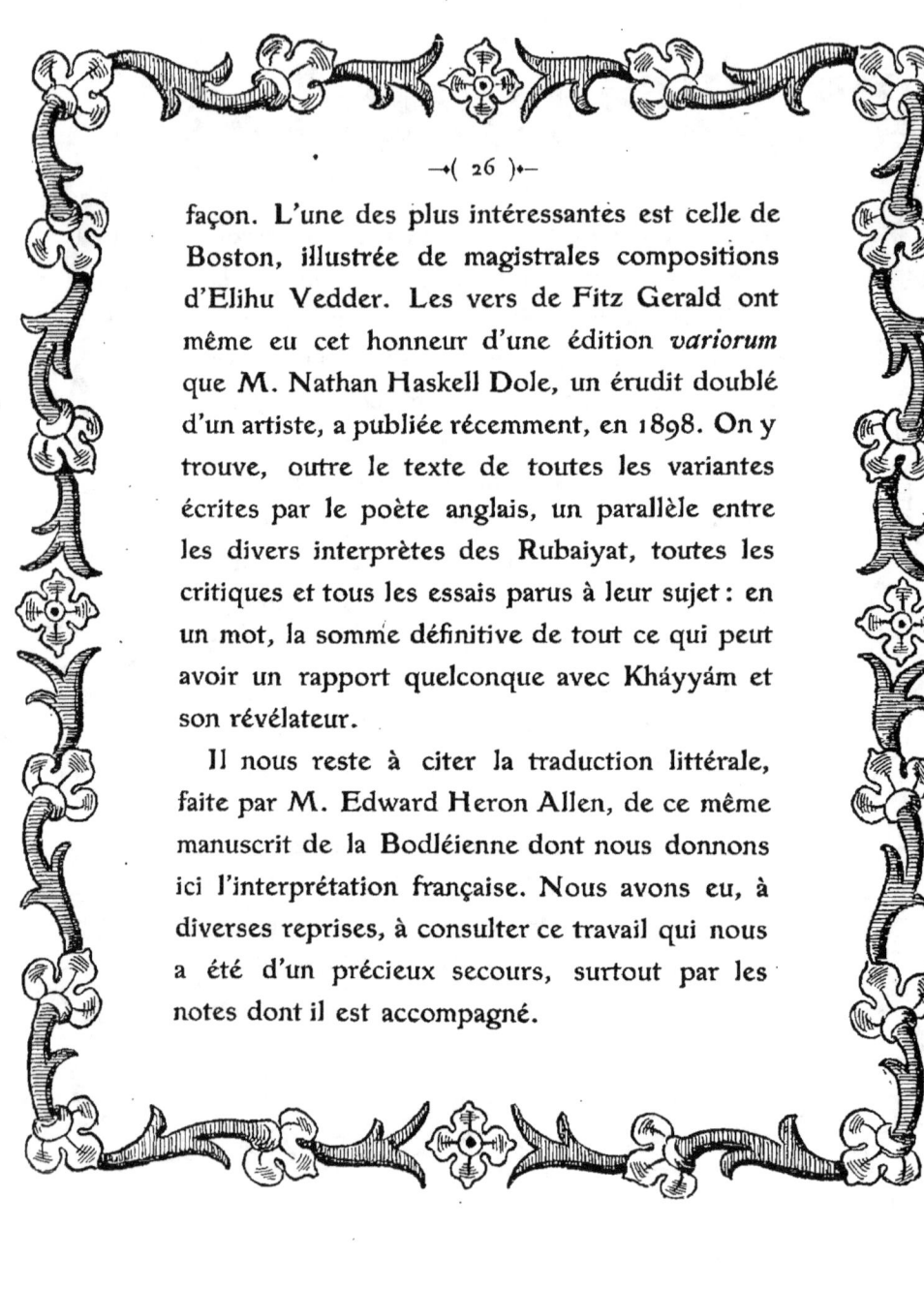

façon. L'une des plus intéressantes est celle de
Boston, illustrée de magistrales compositions
d'Elihu Vedder. Les vers de Fitz Gerald ont
même eu cet honneur d'une édition *variorum*
que M. Nathan Haskell Dole, un érudit doublé
d'un artiste, a publiée récemment, en 1898. On y
trouve, outre le texte de toutes les variantes
écrites par le poète anglais, un parallèle entre
les divers interprètes des Rubaiyat, toutes les
critiques et tous les essais parus à leur sujet : en
un mot, la somme définitive de tout ce qui peut
avoir un rapport quelconque avec Kháyyám et
son révélateur.

Il nous reste à citer la traduction littérale,
faite par M. Edward Heron Allen, de ce même
manuscrit de la Bodléienne dont nous donnons
ici l'interprétation française. Nous avons eu, à
diverses reprises, à consulter ce travail qui nous
a été d'un précieux secours, surtout par les
notes dont il est accompagné.

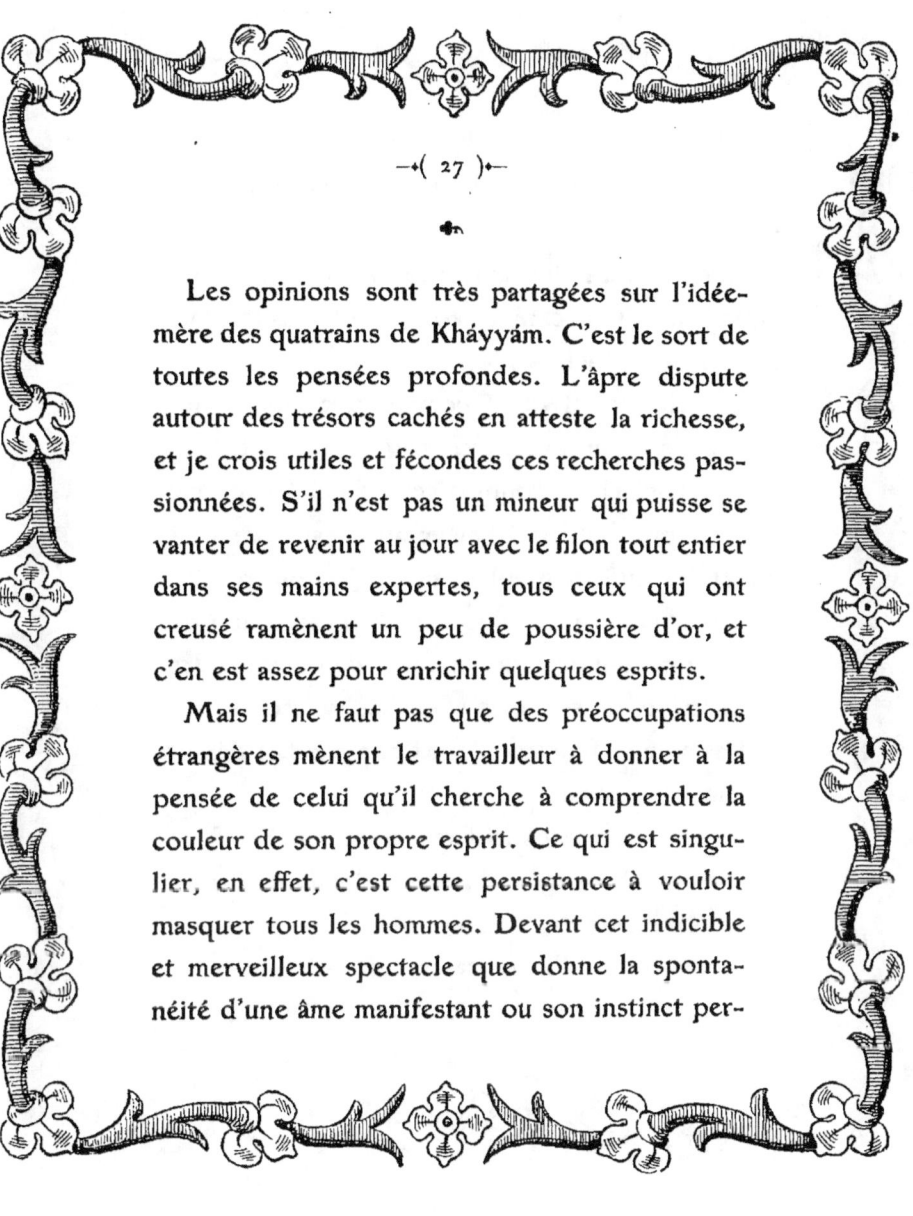

Les opinions sont très partagées sur l'idée-mère des quatrains de Kháyyám. C'est le sort de toutes les pensées profondes. L'âpre dispute autour des trésors cachés en atteste la richesse, et je crois utiles et fécondes ces recherches passionnées. S'il n'est pas un mineur qui puisse se vanter de revenir au jour avec le filon tout entier dans ses mains expertes, tous ceux qui ont creusé ramènent un peu de poussière d'or, et c'en est assez pour enrichir quelques esprits.

Mais il ne faut pas que des préoccupations étrangères mènent le travailleur à donner à la pensée de celui qu'il cherche à comprendre la couleur de son propre esprit. Ce qui est singulier, en effet, c'est cette persistance à vouloir masquer tous les hommes. Devant cet indicible et merveilleux spectacle que donne la spontanéité d'une âme manifestant ou son instinct per-

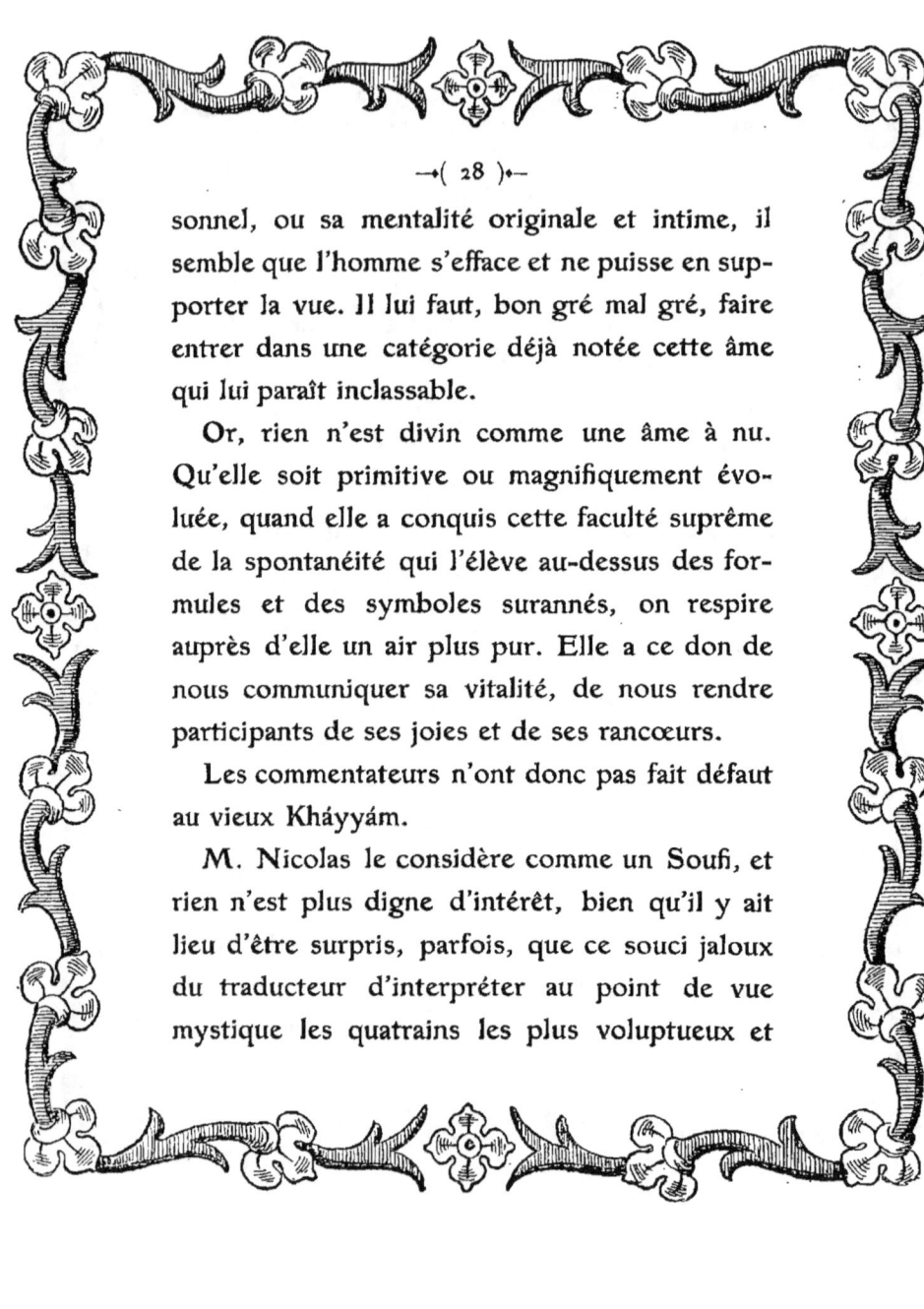

sonnel, ou sa mentalité originale et intime, il
semble que l'homme s'efface et ne puisse en sup-
porter la vue. Il lui faut, bon gré mal gré, faire
entrer dans une catégorie déjà notée cette âme
qui lui paraît inclassable.

Or, rien n'est divin comme une âme à nu.
Qu'elle soit primitive ou magnifiquement évo-
luée, quand elle a conquis cette faculté suprême
de la spontanéité qui l'élève au-dessus des for-
mules et des symboles surannés, on respire
auprès d'elle un air plus pur. Elle a ce don de
nous communiquer sa vitalité, de nous rendre
participants de ses joies et de ses rancœurs.

Les commentateurs n'ont donc pas fait défaut
au vieux Kháyyám.

M. Nicolas le considère comme un Soufi, et
rien n'est plus digne d'intérêt, bien qu'il y ait
lieu d'être surpris, parfois, que ce souci jaloux
du traducteur d'interpréter au point de vue
mystique les quatrains les plus voluptueux et

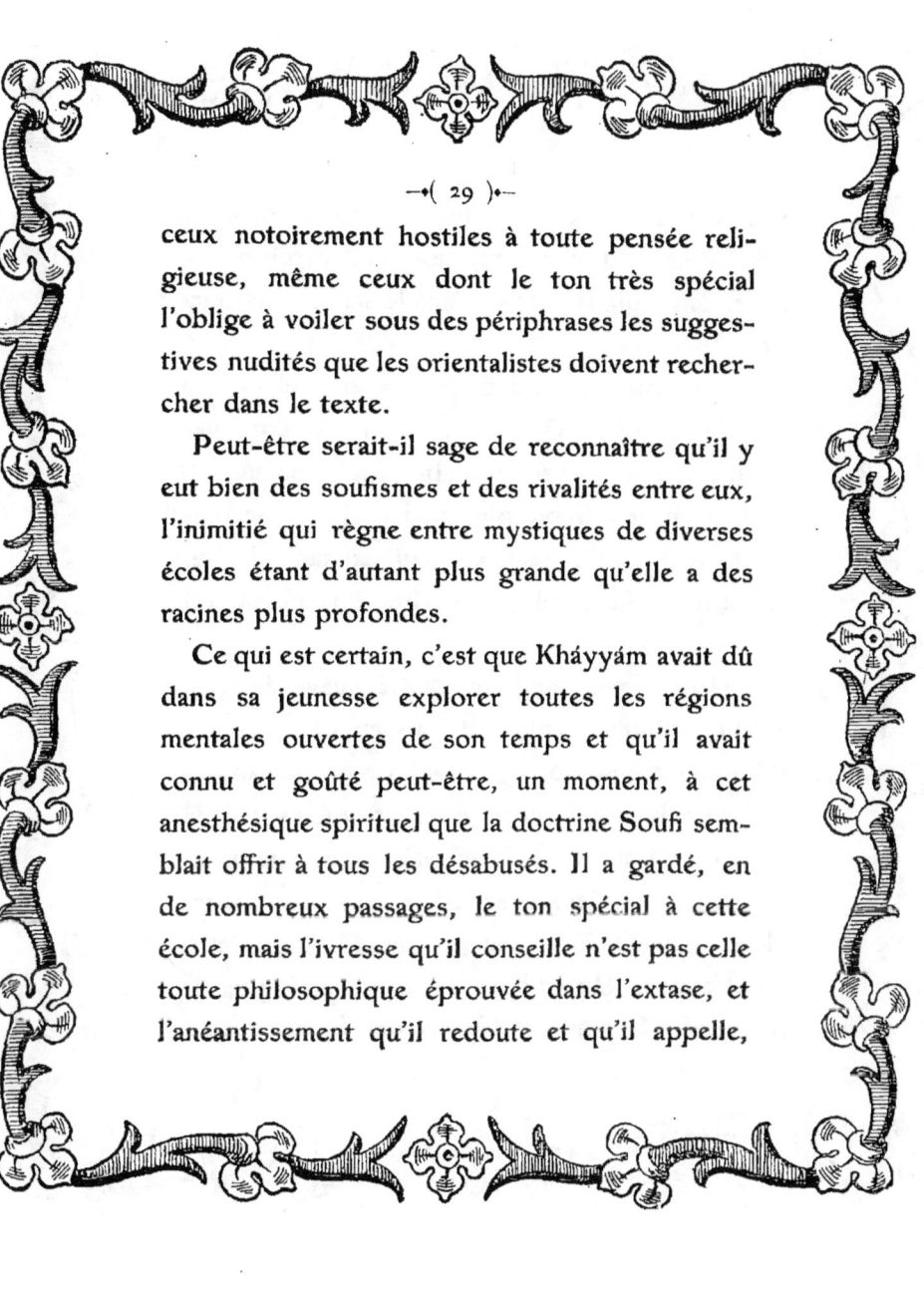

ceux notoirement hostiles à toute pensée religieuse, même ceux dont le ton très spécial
l'oblige à voiler sous des périphrases les sugges-
tives nudités que les orientalistes doivent recher-
cher dans le texte.

Peut-être serait-il sage de reconnaître qu'il y
eut bien des soufismes et des rivalités entre eux,
l'inimitié qui règne entre mystiques de diverses
écoles étant d'autant plus grande qu'elle a des
racines plus profondes.

Ce qui est certain, c'est que Kháyyám avait dû
dans sa jeunesse explorer toutes les régions
mentales ouvertes de son temps et qu'il avait
connu et goûté peut-être, un moment, à cet
anesthésique spirituel que la doctrine Soufi sem-
blait offrir à tous les désabusés. Il a gardé, en
de nombreux passages, le ton spécial à cette
école, mais l'ivresse qu'il conseille n'est pas celle
toute philosophique éprouvée dans l'extase, et
l'anéantissement qu'il redoute et qu'il appelle,

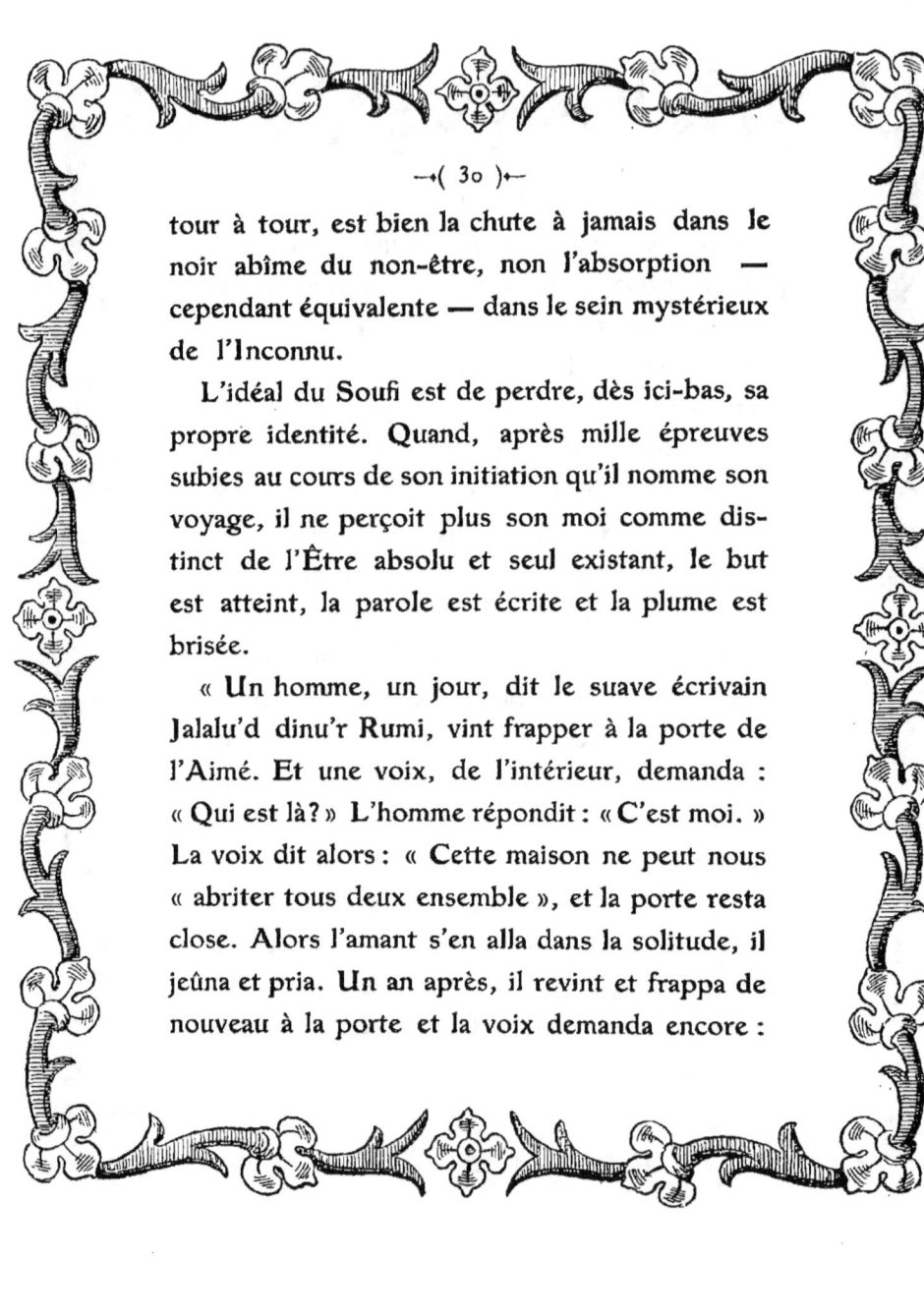

tour à tour, est bien la chute à jamais dans le noir abîme du non-être, non l'absorption — cependant équivalente — dans le sein mystérieux de l'Inconnu.

L'idéal du Soufi est de perdre, dès ici-bas, sa propre identité. Quand, après mille épreuves subies au cours de son initiation qu'il nomme son voyage, il ne perçoit plus son moi comme distinct de l'Être absolu et seul existant, le but est atteint, la parole est écrite et la plume est brisée.

« Un homme, un jour, dit le suave écrivain Jalalu'd dinu'r Rumi, vint frapper à la porte de l'Aimé. Et une voix, de l'intérieur, demanda : « Qui est là ? » L'homme répondit : « C'est moi. » La voix dit alors : « Cette maison ne peut nous « abriter tous deux ensemble », et la porte resta close. Alors l'amant s'en alla dans la solitude, il jeûna et pria. Un an après, il revint et frappa de nouveau à la porte et la voix demanda encore :

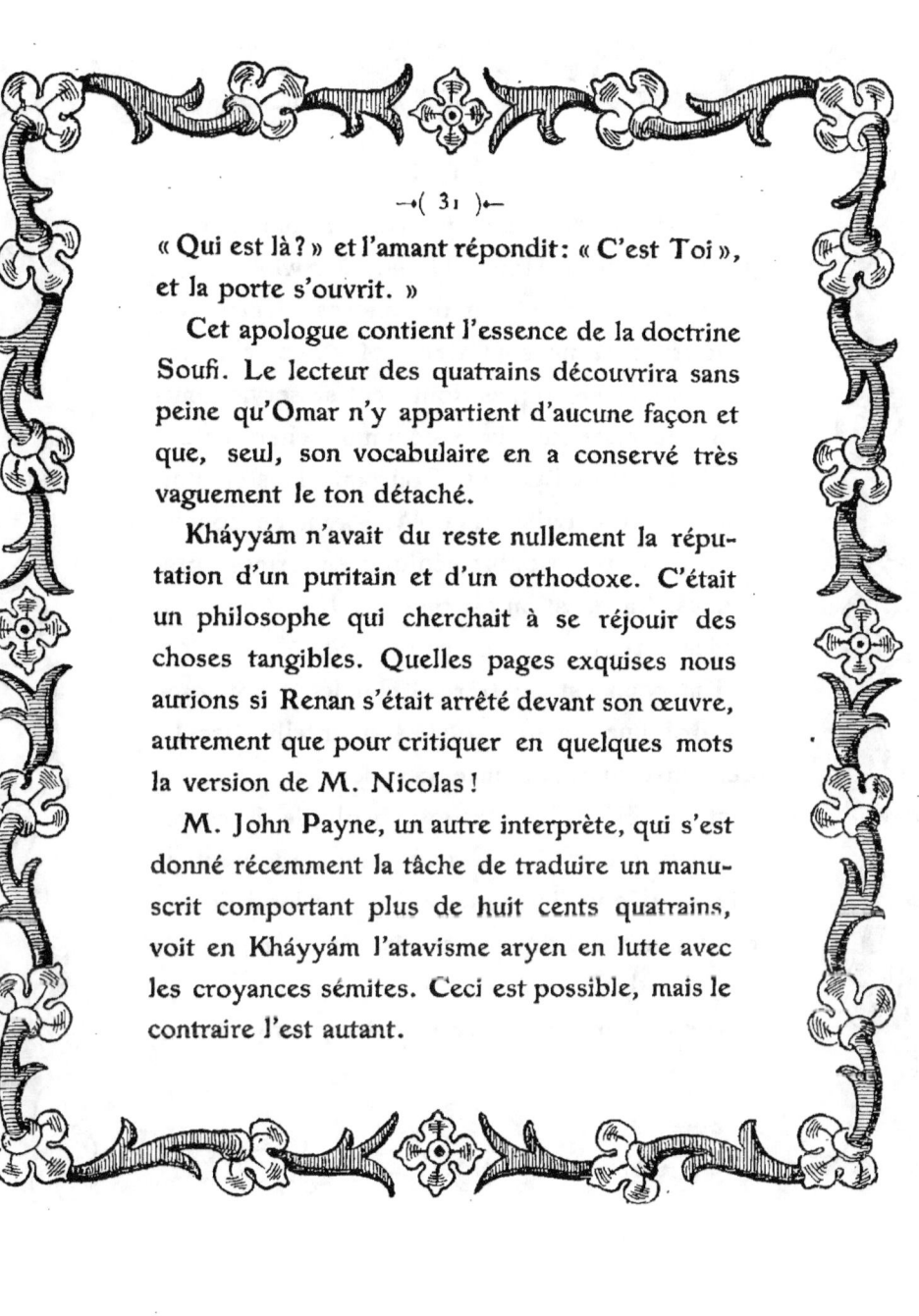

« Qui est là ? » et l'amant répondit : « C'est Toi »,
et la porte s'ouvrit. »

Cet apologue contient l'essence de la doctrine
Soufi. Le lecteur des quatrains découvrira sans
peine qu'Omar n'y appartient d'aucune façon et
que, seul, son vocabulaire en a conservé très
vaguement le ton détaché.

Kháyyám n'avait du reste nullement la réputation d'un puritain et d'un orthodoxe. C'était
un philosophe qui cherchait à se réjouir des
choses tangibles. Quelles pages exquises nous
aurions si Renan s'était arrêté devant son œuvre,
autrement que pour critiquer en quelques mots
la version de M. Nicolas !

M. John Payne, un autre interprète, qui s'est
donné récemment la tâche de traduire un manuscrit comportant plus de huit cents quatrains,
voit en Kháyyám l'atavisme aryen en lutte avec
les croyances sémites. Ceci est possible, mais le
contraire l'est autant.

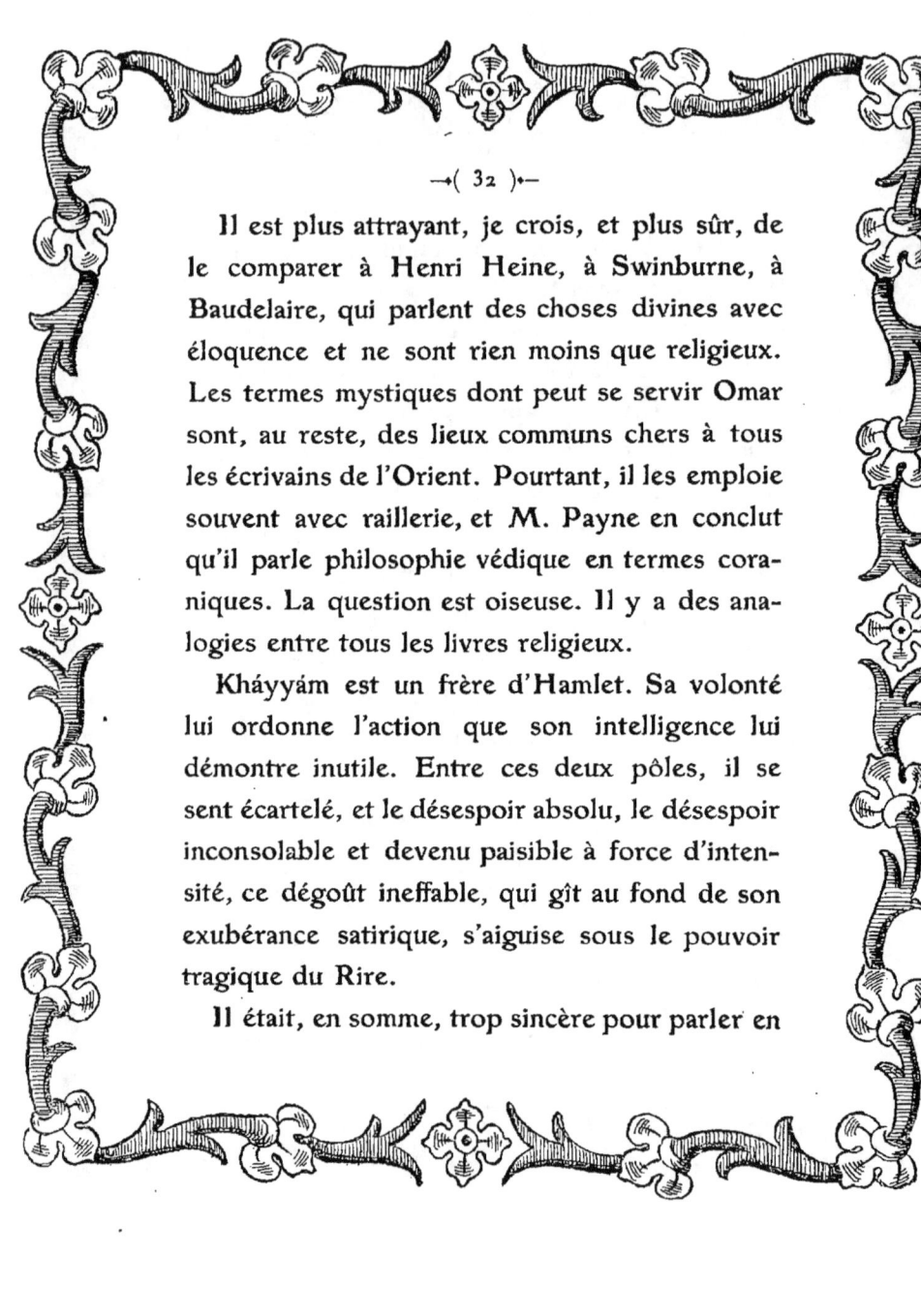

Il est plus attrayant, je crois, et plus sûr, de
le comparer à Henri Heine, à Swinburne, à
Baudelaire, qui parlent des choses divines avec
éloquence et ne sont rien moins que religieux.
Les termes mystiques dont peut se servir Omar
sont, au reste, des lieux communs chers à tous
les écrivains de l'Orient. Pourtant, il les emploie
souvent avec raillerie, et M. Payne en conclut
qu'il parle philosophie védique en termes cora-
niques. La question est oiseuse. Il y a des ana-
logies entre tous les livres religieux.

Kháyyám est un frère d'Hamlet. Sa volonté
lui ordonne l'action que son intelligence lui
démontre inutile. Entre ces deux pôles, il se
sent écartelé, et le désespoir absolu, le désespoir
inconsolable et devenu paisible à force d'inten-
sité, ce dégoût ineffable, qui gît au fond de son
exubérance satirique, s'aiguise sous le pouvoir
tragique du Rire.

Il était, en somme, trop sincère pour parler en

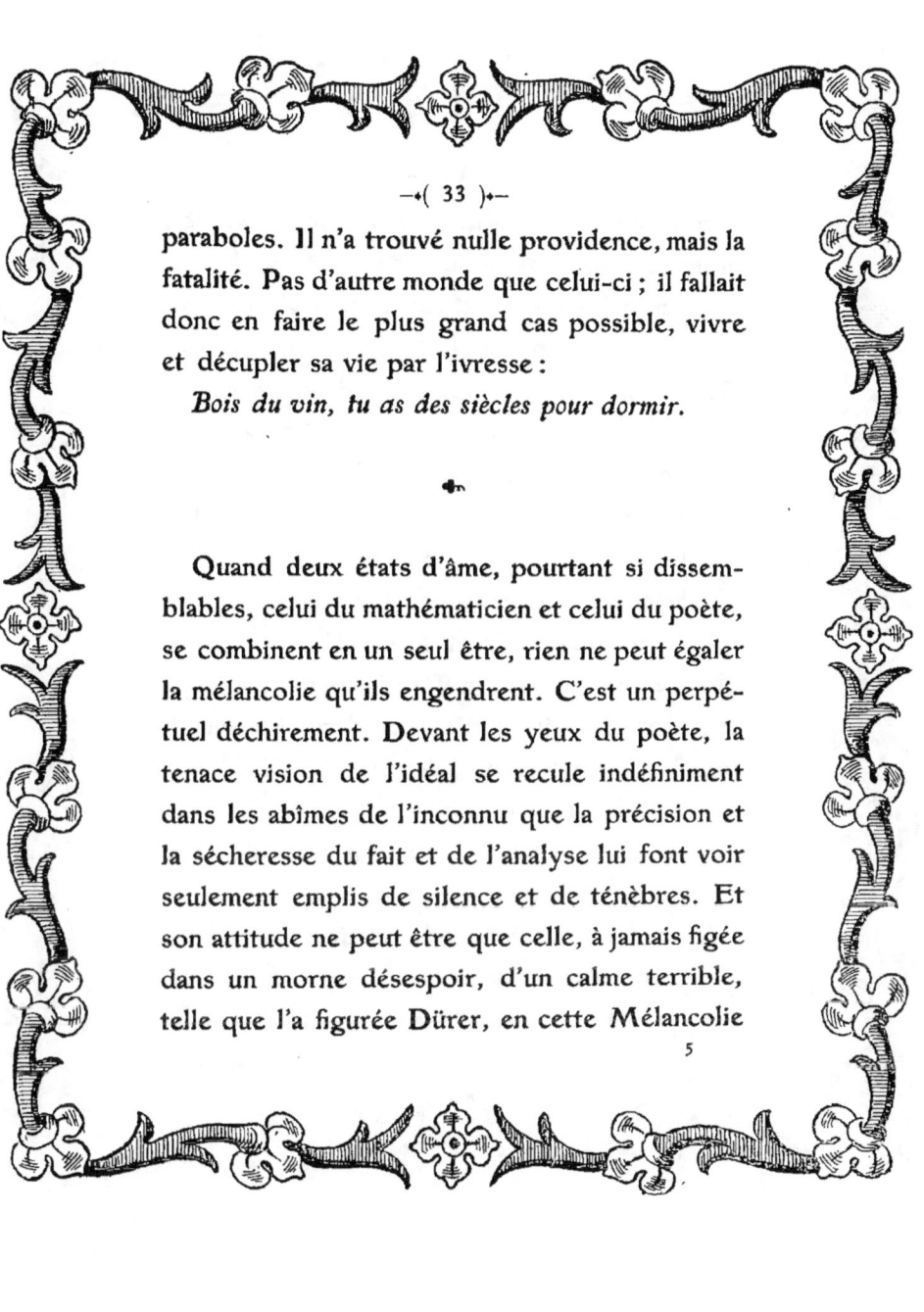

paraboles. Il n'a trouvé nulle providence, mais la fatalité. Pas d'autre monde que celui-ci ; il fallait donc en faire le plus grand cas possible, vivre et décupler sa vie par l'ivresse :

*Bois du vin, tu as des siècles pour dormir.*

Quand deux états d'âme, pourtant si dissemblables, celui du mathématicien et celui du poète, se combinent en un seul être, rien ne peut égaler la mélancolie qu'ils engendrent. C'est un perpétuel déchirement. Devant les yeux du poète, la tenace vision de l'idéal se recule indéfiniment dans les abîmes de l'inconnu que la précision et la sécheresse du fait et de l'analyse lui font voir seulement emplis de silence et de ténèbres. Et son attitude ne peut être que celle, à jamais figée dans un morne désespoir, d'un calme terrible, telle que l'a figurée Dürer, en cette Mélancolie

5

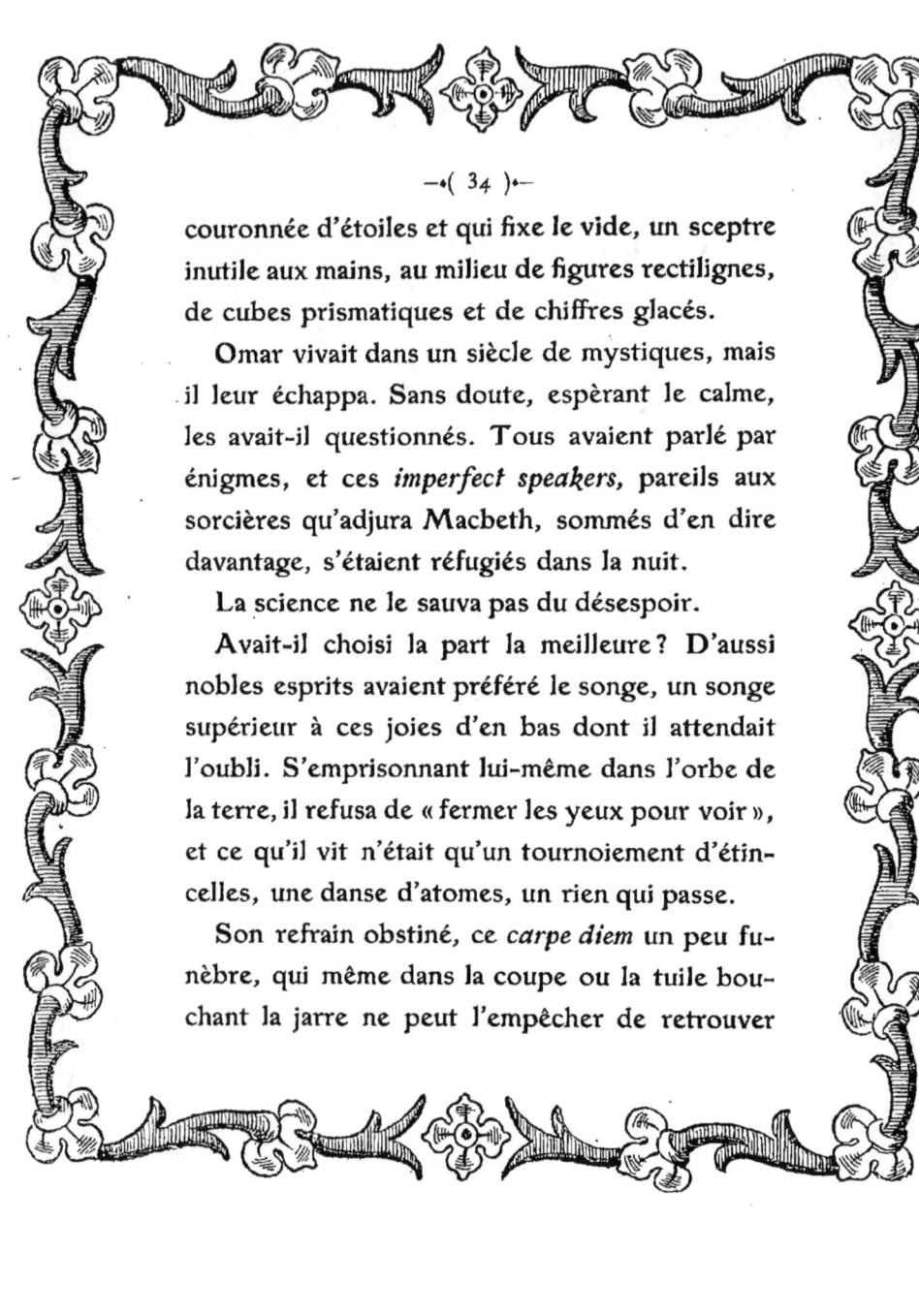

couronnée d'étoiles et qui fixe le vide, un sceptre inutile aux mains, au milieu de figures rectilignes, de cubes prismatiques et de chiffres glacés.

Omar vivait dans un siècle de mystiques, mais il leur échappa. Sans doute, espèrant le calme, les avait-il questionnés. Tous avaient parlé par énigmes, et ces *imperfect speakers*, pareils aux sorcières qu'adjura Macbeth, sommés d'en dire davantage, s'étaient réfugiés dans la nuit.

La science ne le sauva pas du désespoir.

Avait-il choisi la part la meilleure? D'aussi nobles esprits avaient préféré le songe, un songe supérieur à ces joies d'en bas dont il attendait l'oubli. S'emprisonnant lui-même dans l'orbe de la terre, il refusa de « fermer les yeux pour voir », et ce qu'il vit n'était qu'un tournoiement d'étincelles, une danse d'atomes, un rien qui passe.

Son refrain obstiné, ce *carpe diem* un peu funèbre, qui même dans la coupe ou la tuile bouchant la jarre ne peut l'empêcher de retrouver

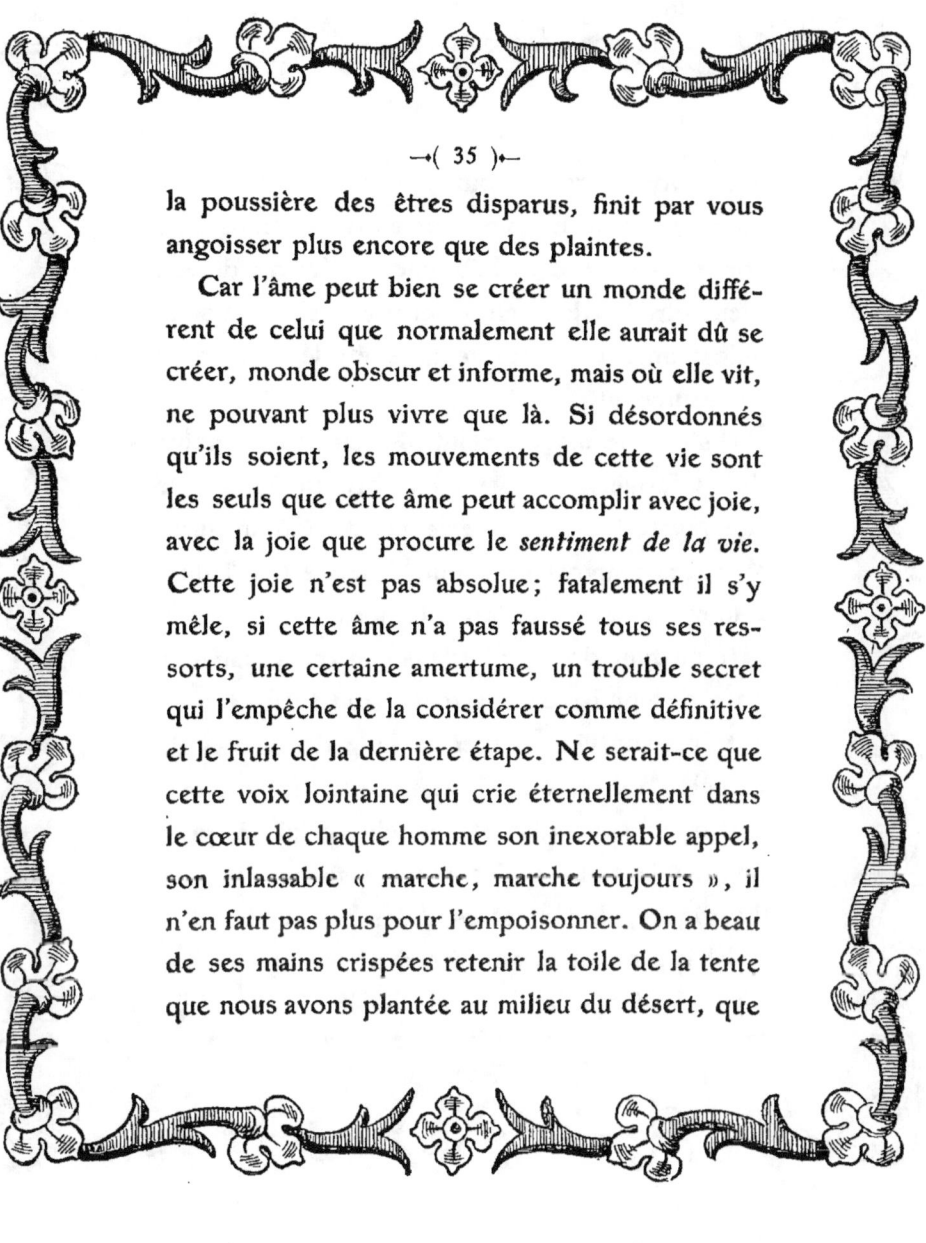

la poussière des êtres disparus, finit par vous angoisser plus encore que des plaintes.

Car l'âme peut bien se créer un monde différent de celui que normalement elle aurait dû se créer, monde obscur et informe, mais où elle vit, ne pouvant plus vivre que là. Si désordonnés qu'ils soient, les mouvements de cette vie sont les seuls que cette âme peut accomplir avec joie, avec la joie que procure le *sentiment de la vie*. Cette joie n'est pas absolue; fatalement il s'y mêle, si cette âme n'a pas faussé tous ses ressorts, une certaine amertume, un trouble secret qui l'empêche de la considérer comme définitive et le fruit de la dernière étape. Ne serait-ce que cette voix lointaine qui crie éternellement dans le cœur de chaque homme son inexorable appel, son inlassable « marche, marche toujours », il n'en faut pas plus pour l'empoisonner. On a beau de ses mains crispées retenir la toile de la tente que nous avons plantée au milieu du désert, que

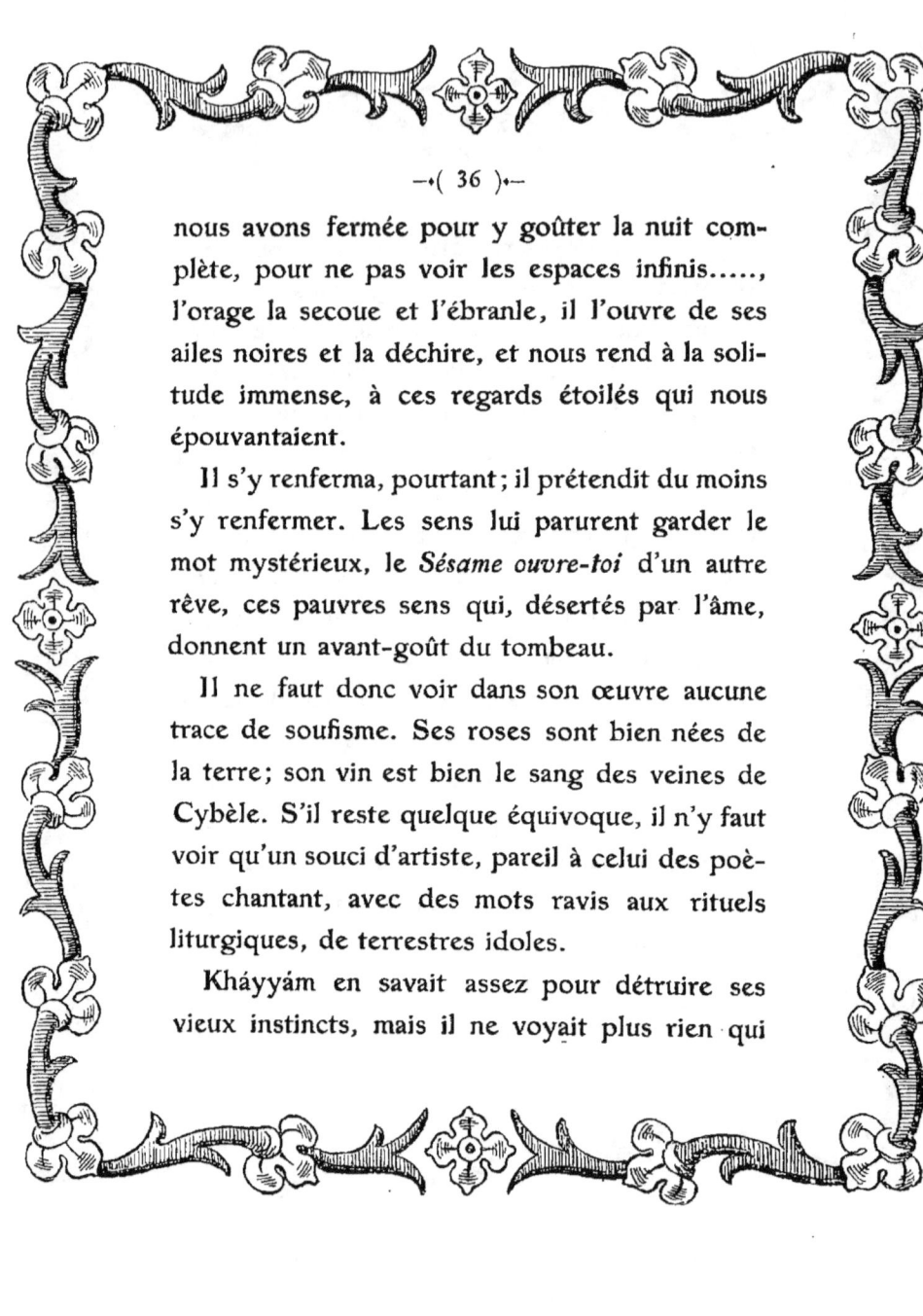

nous avons fermée pour y goûter la nuit com-
plète, pour ne pas voir les espaces infinis....,
l'orage la secoue et l'ébranle, il l'ouvre de ses
ailes noires et la déchire, et nous rend à la solitude immense, à ces regards étoilés qui nous
épouvantaient.

Il s'y renferma, pourtant; il prétendit du moins
s'y renfermer. Les sens lui parurent garder le
mot mystérieux, le *Sésame ouvre-toi* d'un autre
rêve, ces pauvres sens qui, désertés par l'âme,
donnent un avant-goût du tombeau.

Il ne faut donc voir dans son œuvre aucune
trace de soufisme. Ses roses sont bien nées de
la terre; son vin est bien le sang des veines de
Cybèle. S'il reste quelque équivoque, il n'y faut
voir qu'un souci d'artiste, pareil à celui des poètes chantant, avec des mots ravis aux rituels
liturgiques, de terrestres idoles.

Kháyyám en savait assez pour détruire ses
vieux instincts, mais il ne voyait plus rien qui

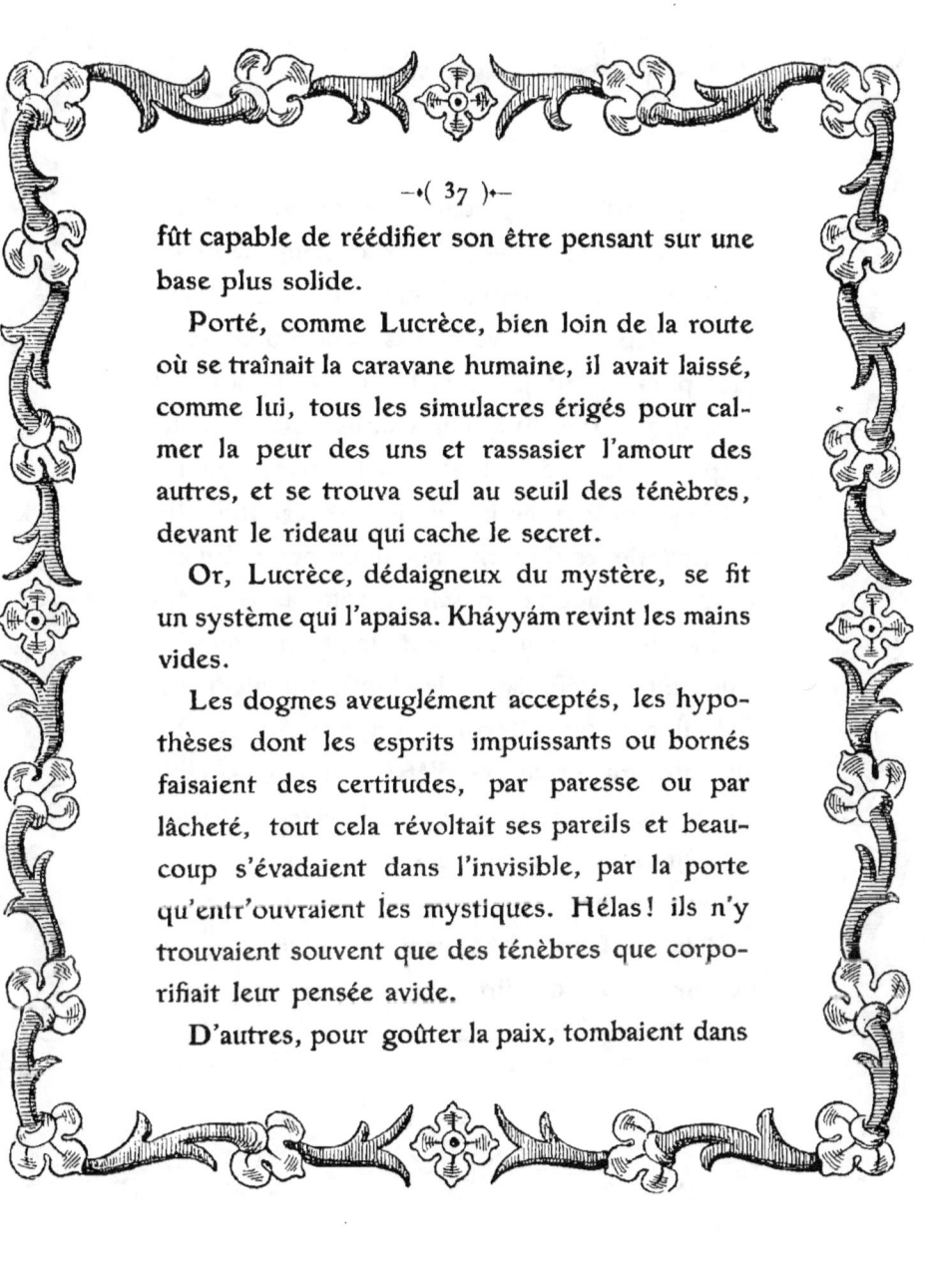

fût capable de réédifier son être pensant sur une base plus solide.

Porté, comme Lucrèce, bien loin de la route où se traînait la caravane humaine, il avait laissé, comme lui, tous les simulacres érigés pour calmer la peur des uns et rassasier l'amour des autres, et se trouva seul au seuil des ténèbres, devant le rideau qui cache le secret.

Or, Lucrèce, dédaigneux du mystère, se fit un système qui l'apaisa. Kháyyám revint les mains vides.

Les dogmes aveuglément acceptés, les hypothèses dont les esprits impuissants ou bornés faisaient des certitudes, par paresse ou par lâcheté, tout cela révoltait ses pareils et beaucoup s'évadaient dans l'invisible, par la porte qu'entr'ouvraient les mystiques. Hélas! ils n'y trouvaient souvent que des ténèbres que corporifiait leur pensée avide.

D'autres, pour goûter la paix, tombaient dans

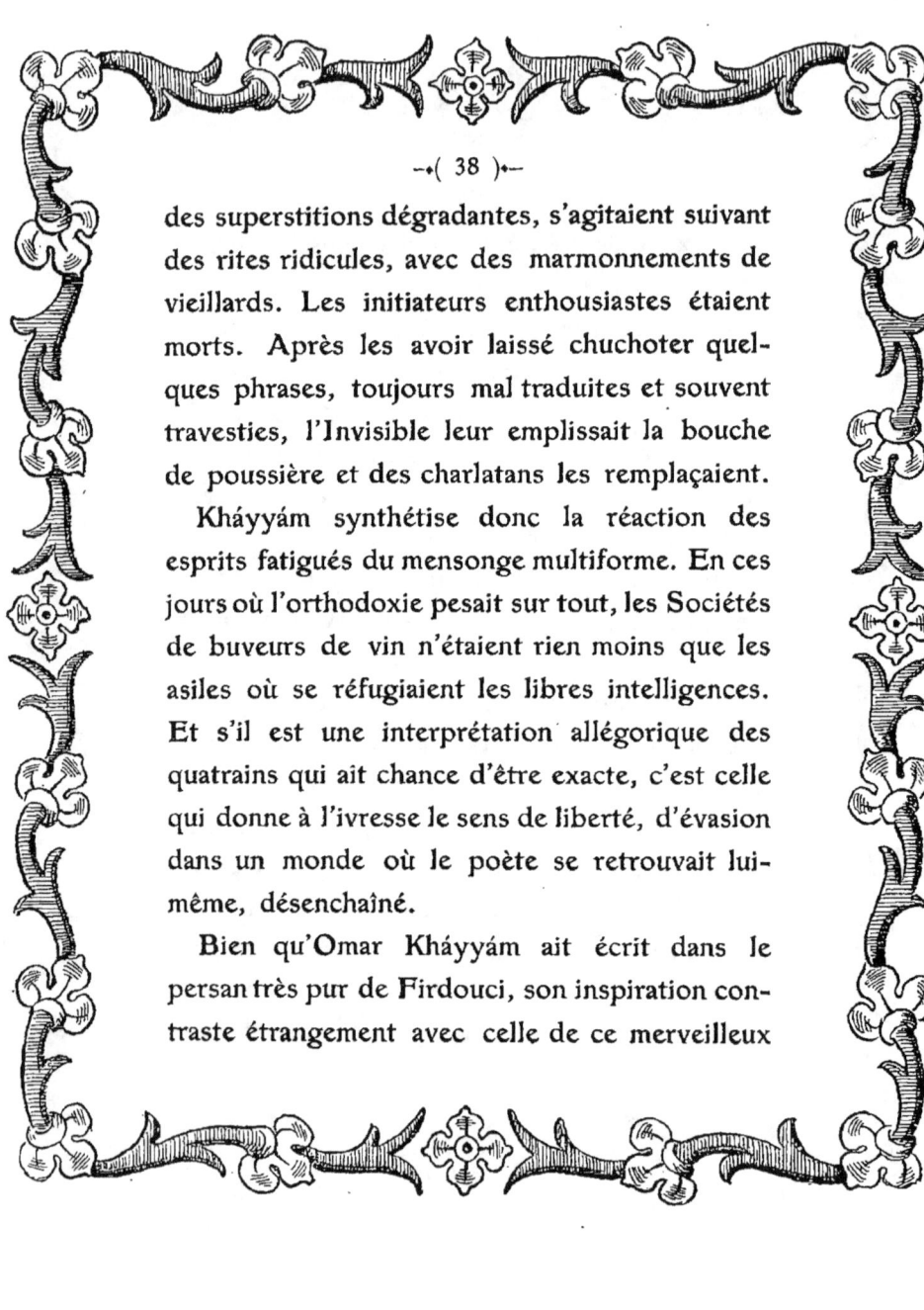

des superstitions dégradantes, s'agitaient suivant des rites ridicules, avec des marmonnements de vieillards. Les initiateurs enthousiastes étaient morts. Après les avoir laissé chuchoter quelques phrases, toujours mal traduites et souvent travesties, l'Invisible leur emplissait la bouche de poussière et des charlatans les remplaçaient.

Kháyyám synthétise donc la réaction des esprits fatigués du mensonge multiforme. En ces jours où l'orthodoxie pesait sur tout, les Sociétés de buveurs de vin n'étaient rien moins que les asiles où se réfugiaient les libres intelligences. Et s'il est une interprétation allégorique des quatrains qui ait chance d'être exacte, c'est celle qui donne à l'ivresse le sens de liberté, d'évasion dans un monde où le poète se retrouvait lui-même, désenchaîné.

Bien qu'Omar Kháyyám ait écrit dans le persan très pur de Firdouci, son inspiration contraste étrangement avec celle de ce merveilleux

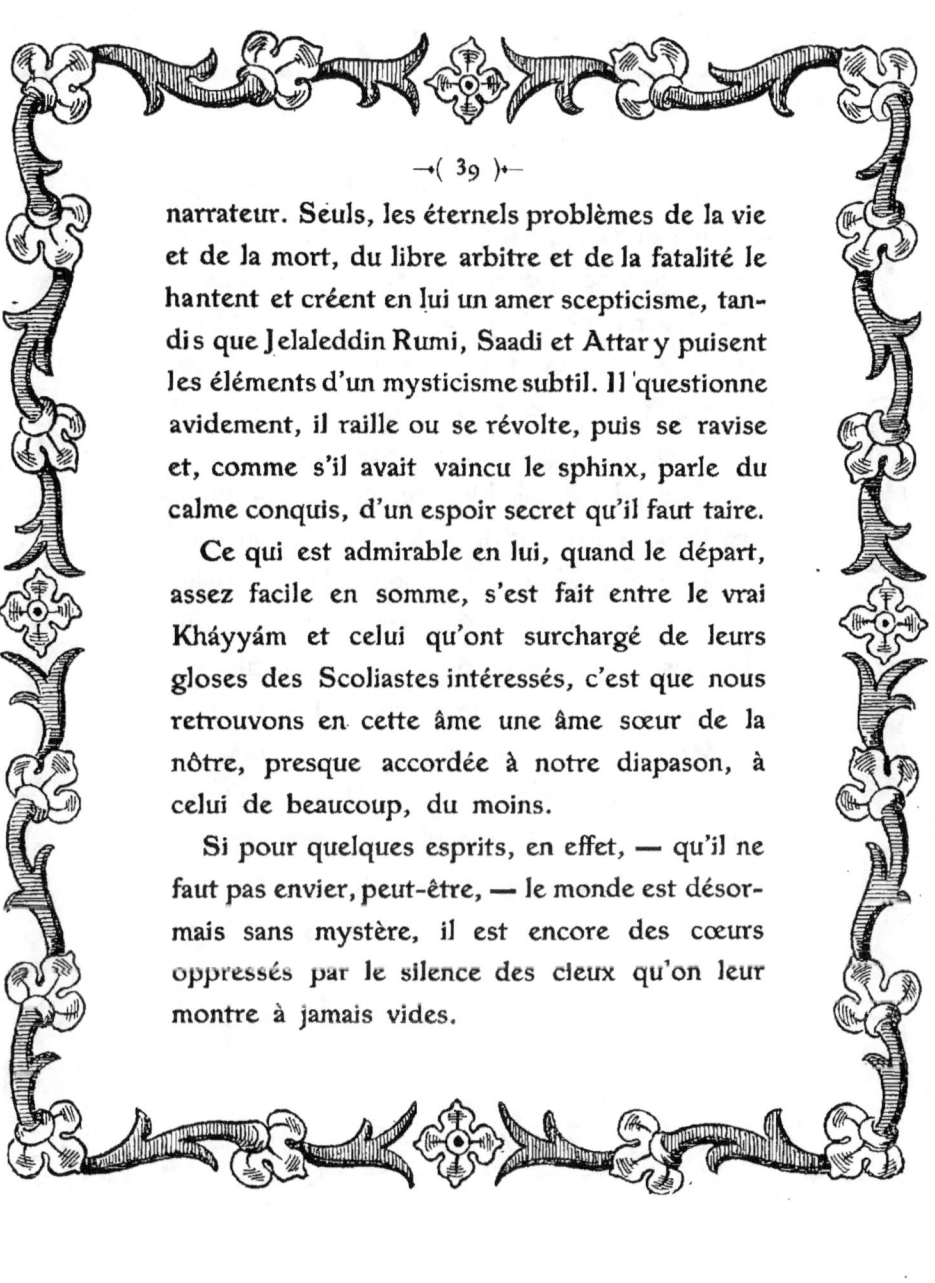

narrateur. Seuls, les éternels problèmes de la vie
et de la mort, du libre arbitre et de la fatalité le
hantent et créent en lui un amer scepticisme, tan-
dis que Jelaleddin Rumi, Saadi et Attar y puisent
les éléments d'un mysticisme subtil. Il 'questionne
avidement, il raille ou se révolte, puis se ravise
et, comme s'il avait vaincu le sphinx, parle du
calme conquis, d'un espoir secret qu'il faut taire.

Ce qui est admirable en lui, quand le départ,
assez facile en somme, s'est fait entre le vrai
Kháyyám et celui qu'ont surchargé de leurs
gloses des Scoliastes intéressés, c'est que nous
retrouvons en cette âme une âme sœur de la
nôtre, presque accordée à notre diapason, à
celui de beaucoup, du moins.

Si pour quelques esprits, en effet, — qu'il ne
faut pas envier, peut-être, — le monde est désormais sans mystère, il est encore des cœurs
oppressés par le silence des cieux qu'on leur
montre à jamais vides.

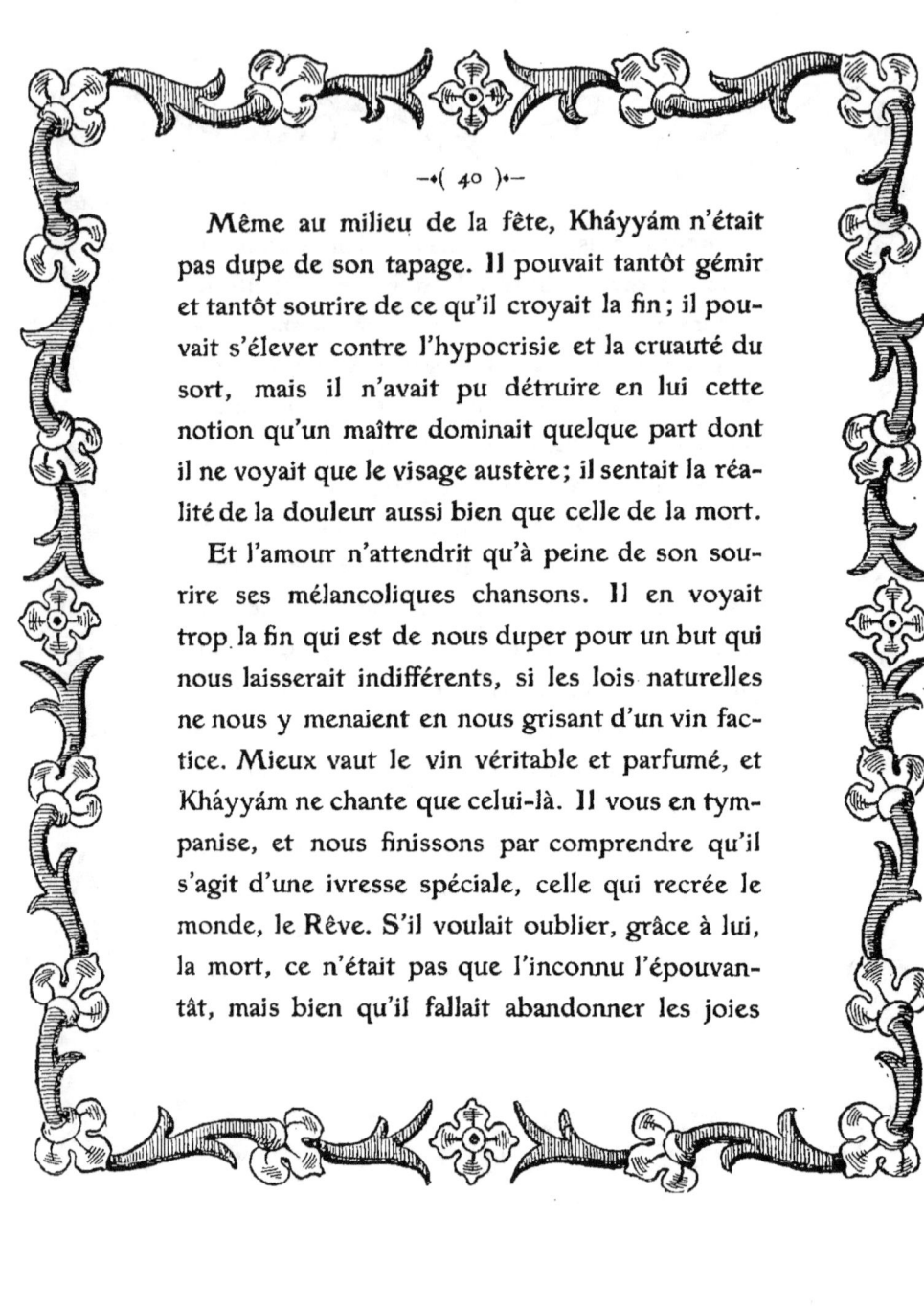

Même au milieu de la fête, Kháyyám n'était
pas dupe de son tapage. Il pouvait tantôt gémir
et tantôt sourire de ce qu'il croyait la fin ; il pouvait s'élever contre l'hypocrisie et la cruauté du
sort, mais il n'avait pu détruire en lui cette
notion qu'un maître dominait quelque part dont
il ne voyait que le visage austère ; il sentait la réalité de la douleur aussi bien que celle de la mort.

Et l'amour n'attendrit qu'à peine de son sourire ses mélancoliques chansons. Il en voyait
trop la fin qui est de nous duper pour un but qui
nous laisserait indifférents, si les lois naturelles
ne nous y menaient en nous grisant d'un vin fac-
tice. Mieux vaut le vin véritable et parfumé, et
Kháyyám ne chante que celui-là. Il vous en tym-
panise, et nous finissons par comprendre qu'il
s'agit d'une ivresse spéciale, celle qui recrée le
monde, le Rêve. S'il voulait oublier, grâce à lui,
la mort, ce n'était pas que l'inconnu l'épouvan-
tât, mais bien qu'il fallait abandonner les joies

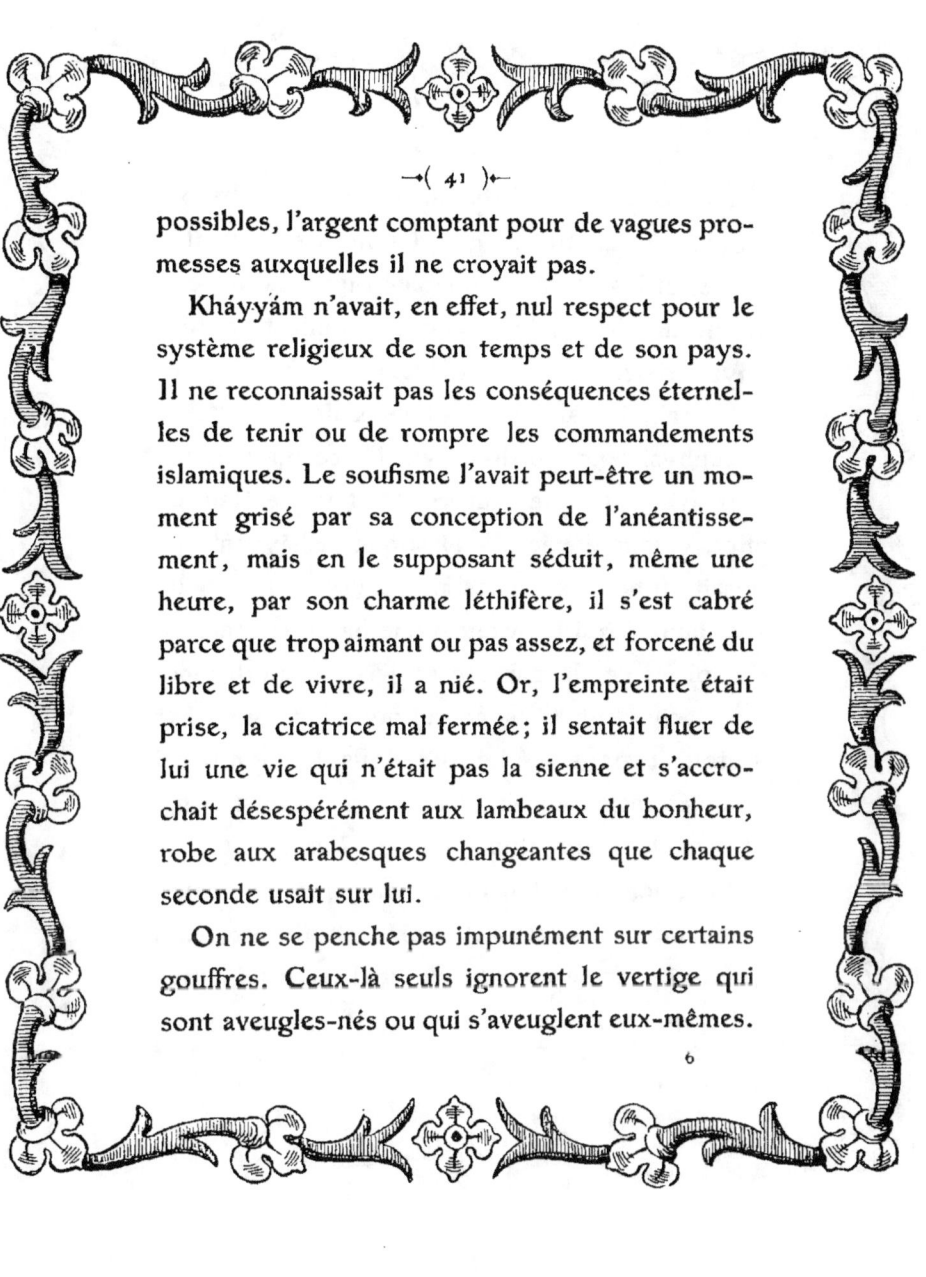

possibles, l'argent comptant pour de vagues pro-
messes auxquelles il ne croyait pas.

Kháyyám n'avait, en effet, nul respect pour le
système religieux de son temps et de son pays.
Il ne reconnaissait pas les conséquences éternel-
les de tenir ou de rompre les commandements
islamiques. Le soufisme l'avait peut-être un moment grisé par sa conception de l'anéantissement, mais en le supposant séduit, même une
heure, par son charme léthifère, il s'est cabré
parce que trop aimant ou pas assez, et forcené du
libre et de vivre, il a nié. Or, l'empreinte était
prise, la cicatrice mal fermée; il sentait fluer de
lui une vie qui n'était pas la sienne et s'accro-
chait désespérément aux lambeaux du bonheur,
robe aux arabesques changeantes que chaque
seconde usait sur lui.

On ne se penche pas impunément sur certains
gouffres. Ceux-là seuls ignorent le vertige qui
sont aveugles-nés ou qui s'aveuglent eux-mêmes.

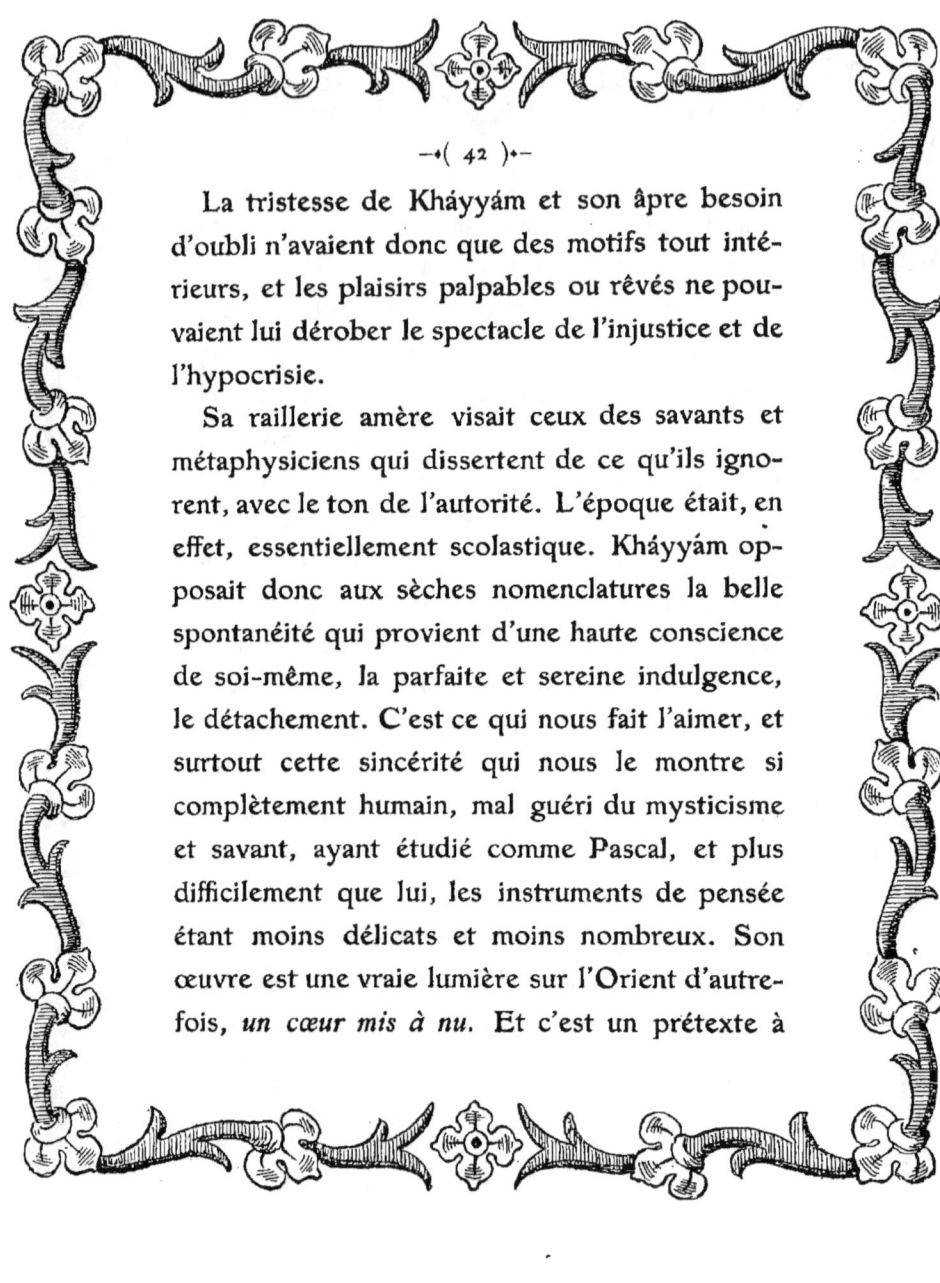

La tristesse de Kháyyám et son âpre besoin d'oubli n'avaient donc que des motifs tout intérieurs, et les plaisirs palpables ou rêvés ne pouvaient lui dérober le spectacle de l'injustice et de l'hypocrisie.

Sa raillerie amère visait ceux des savants et métaphysiciens qui dissertent de ce qu'ils ignorent, avec le ton de l'autorité. L'époque était, en effet, essentiellement scolastique. Kháyyám opposait donc aux sèches nomenclatures la belle spontanéité qui provient d'une haute conscience de soi-même, la parfaite et sereine indulgence, le détachement. C'est ce qui nous fait l'aimer, et surtout cette sincérité qui nous le montre si complètement humain, mal guéri du mysticisme et savant, ayant étudié comme Pascal, et plus difficilement que lui, les instruments de pensée étant moins délicats et moins nombreux. Son œuvre est une vraie lumière sur l'Orient d'autrefois, *un cœur mis à nu*. Et c'est un prétexte à

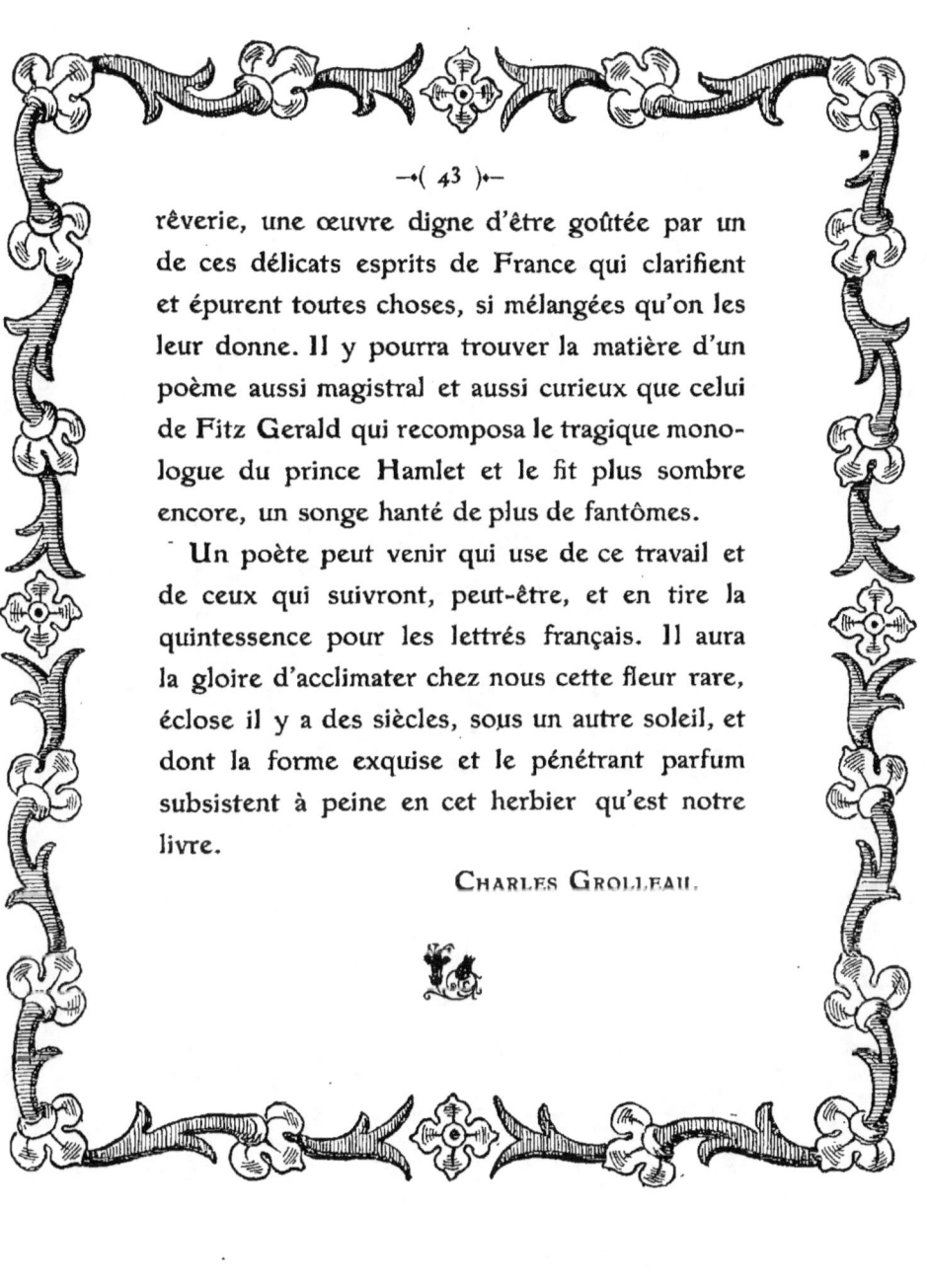

rêverie, une œuvre digne d'être goûtée par un de ces délicats esprits de France qui clarifient et épurent toutes choses, si mélangées qu'on les leur donne. Il y pourra trouver la matière d'un poème aussi magistral et aussi curieux que celui de Fitz Gerald qui recomposa le tragique monologue du prince Hamlet et le fit plus sombre encore, un songe hanté de plus de fantômes.

Un poète peut venir qui use de ce travail et de ceux qui suivront, peut-être, et en tire la quintessence pour les lettrés français. Il aura la gloire d'acclimater chez nous cette fleur rare, éclose il y a des siècles, sous un autre soleil, et dont la forme exquise et le pénétrant parfum subsistent à peine en cet herbier qu'est notre livre.

CHARLES GROLLEAU.

# LES QUATRAINS

## D'OMAR KHÁYYÁM

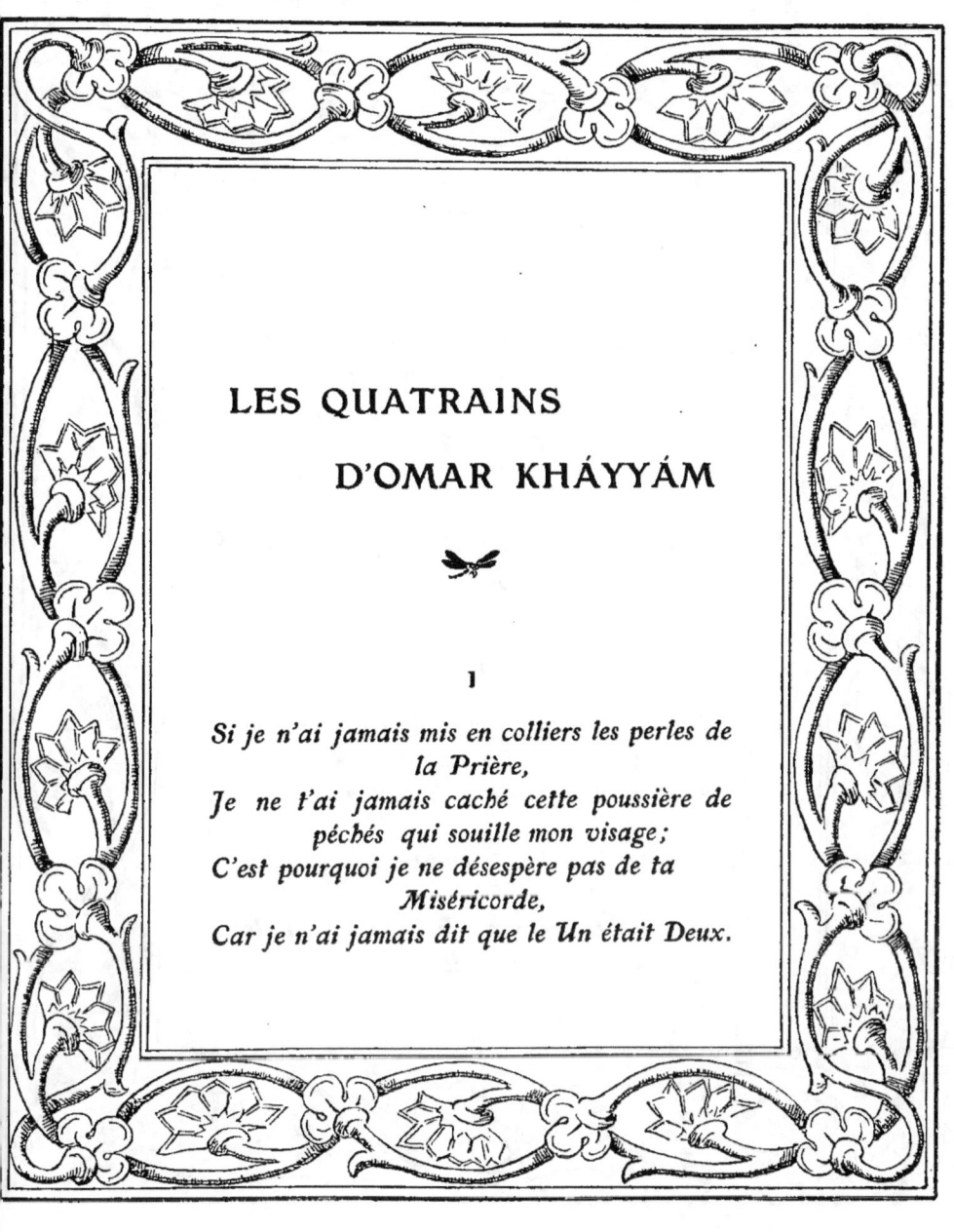

# LES QUATRAINS

## D'OMAR KHÁYYÁM

I

*Si je n'ai jamais mis en colliers les perles de*
*la Prière,*
*Je ne t'ai jamais caché cette poussière de*
*péchés qui souille mon visage;*
*C'est pourquoi je ne désespère pas de ta*
*Miséricorde,*
*Car je n'ai jamais dit que le Un était Deux.*

## II

*Ne vaut-il pas, mieux te dire mes secrètes*
*pensées dans une taverne*
*Que me prosterner sans Toi devant le*
*Mihrab ?*
*O Toi le Premier et le Dernier de tous les*
*êtres,*
*Donne-moi l'Enfer ou le Ciel, mais fais de*
*moi ce que tu veux.*

## III

*O toi qui te crois sage, ne blâme pas ceux qui*
*s'enivrent ;*
*Laisse de côté l'orgueil et l'imposture.*

*Pour goûter le calme triomphant et la paix,*

*Incline-toi vers ceux qu'on humilie, vers les*
*plus vils.*

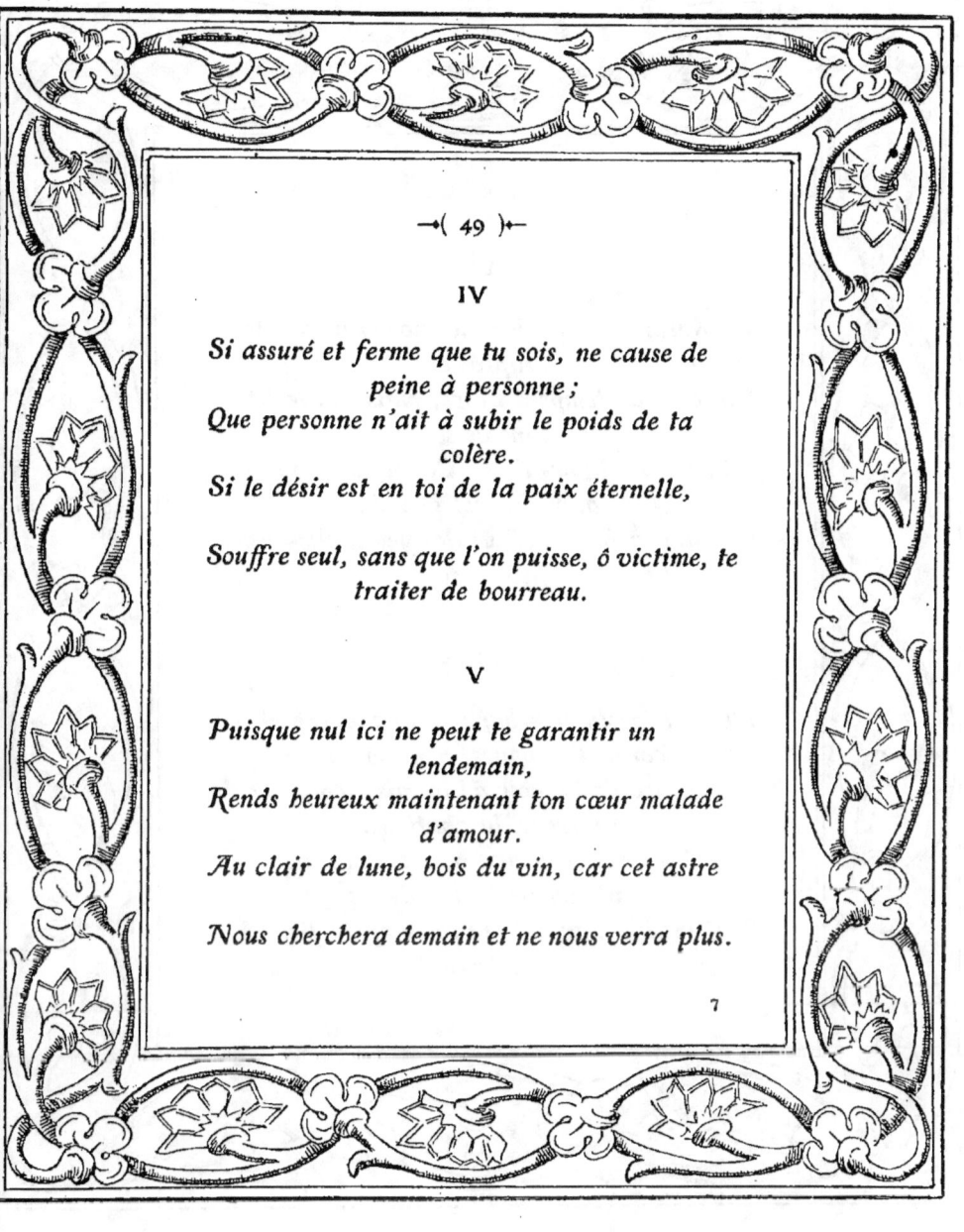

### IV

*Si assuré et ferme que tu sois, ne cause de*
*peine à personne ;*
*Que personne n'ait à subir le poids de ta*
*colère.*
*Si le désir est en toi de la paix éternelle,*

*Souffre seul, sans que l'on puisse, ô victime, te*
*traiter de bourreau.*

### V

*Puisque nul ici ne peut te garantir un*
*lendemain,*
*Rends heureux maintenant ton cœur malade*
*d'amour.*
*Au clair de lune, bois du vin, car cet astre*

*Nous cherchera demain et ne nous verra plus.*

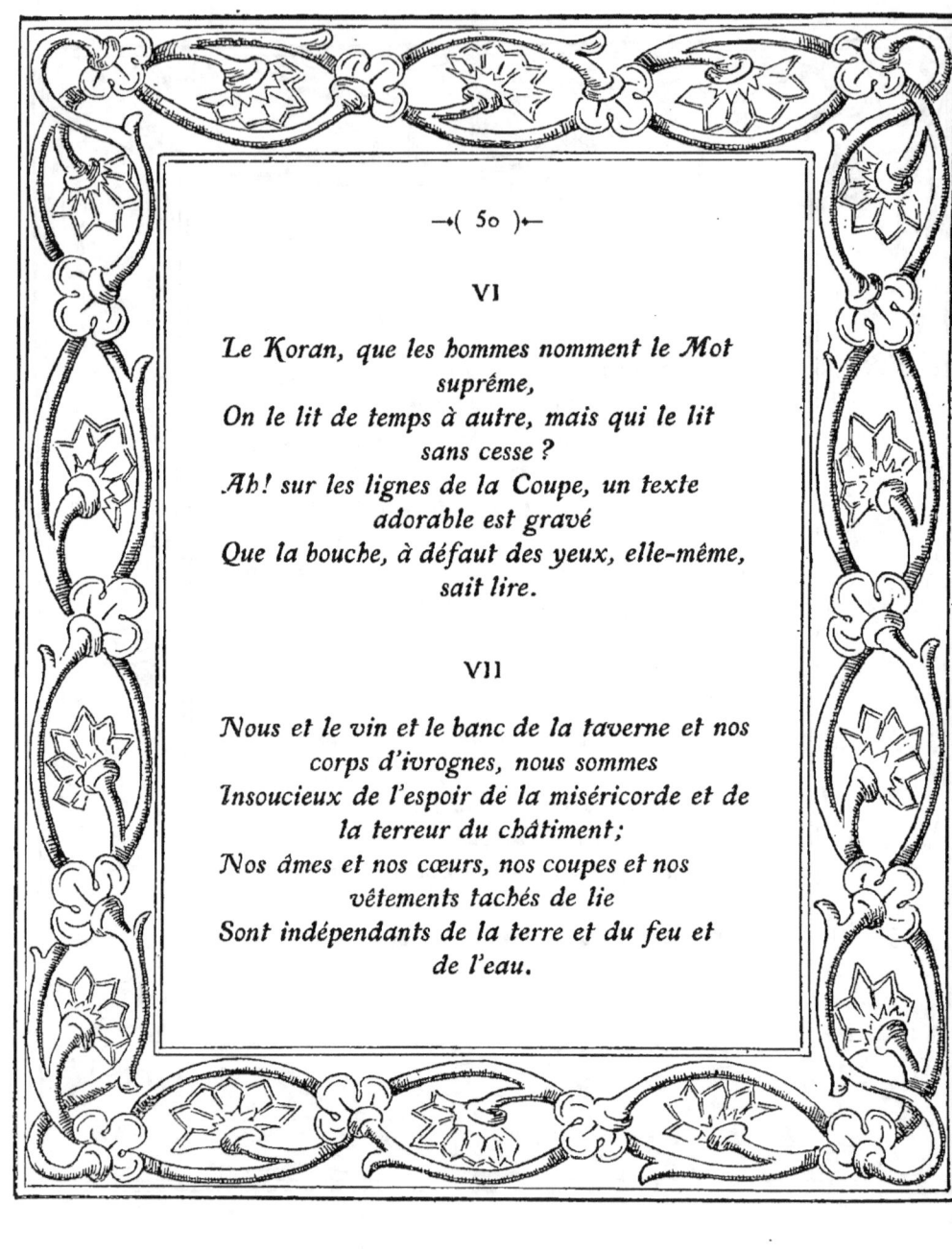

## VI

*Le Koran, que les hommes nomment le Mot*
*supréme,*
*On le lit de temps à autre, mais qui le lit*
*sans cesse ?*
*Ah! sur les lignes de la Coupe, un texte*
*adorable est gravé*
*Que la bouche, à défaut des yeux, elle-même,*
*sait lire.*

## VII

*Nous et le vin et le banc de la taverne et nos*
*corps d'ivrognes, nous sommes*
*Insoucieux de l'espoir de la miséricorde et de*
*la terreur du châtiment;*
*Nos âmes et nos cœurs, nos coupes et nos*
*vêtements tachés de lie*
*Sont indépendants de la terre et du feu et*
*de l'eau.*

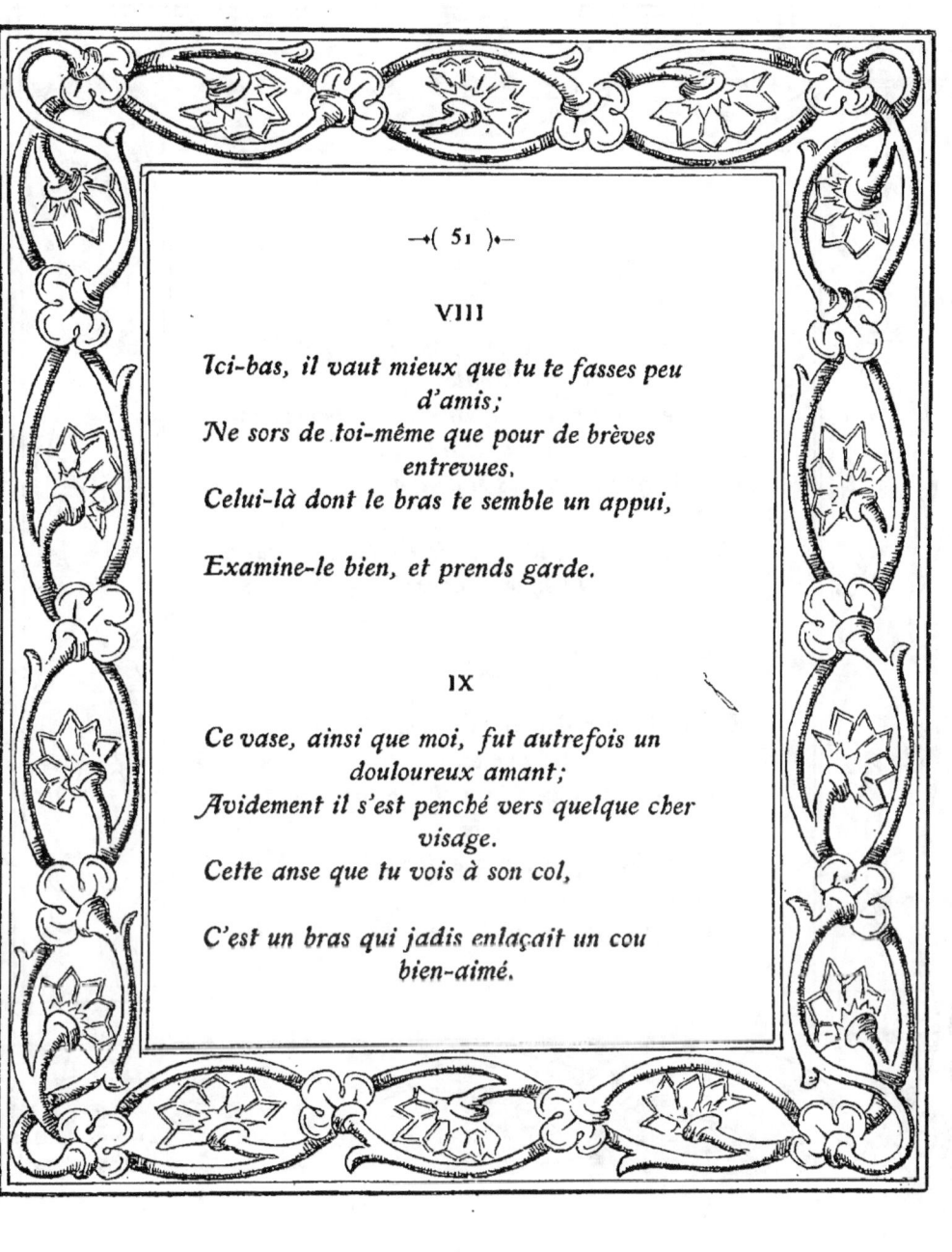

### VIII

*Ici-bas, il vaut mieux que tu te fasses peu*
*d'amis;*
*Ne sors de toi-même que pour de brèves*
*entrevues.*
*Celui-là dont le bras te semble un appui,*

*Examine-le bien, et prends garde.*

### IX

*Ce vase, ainsi que moi, fut autrefois un*
*douloureux amant;*
*Avidement il s'est penché vers quelque cher*
*visage.*
*Cette anse que tu vois à son col,*

*C'est un bras qui jadis enlaçait un cou*
*bien-aimé.*

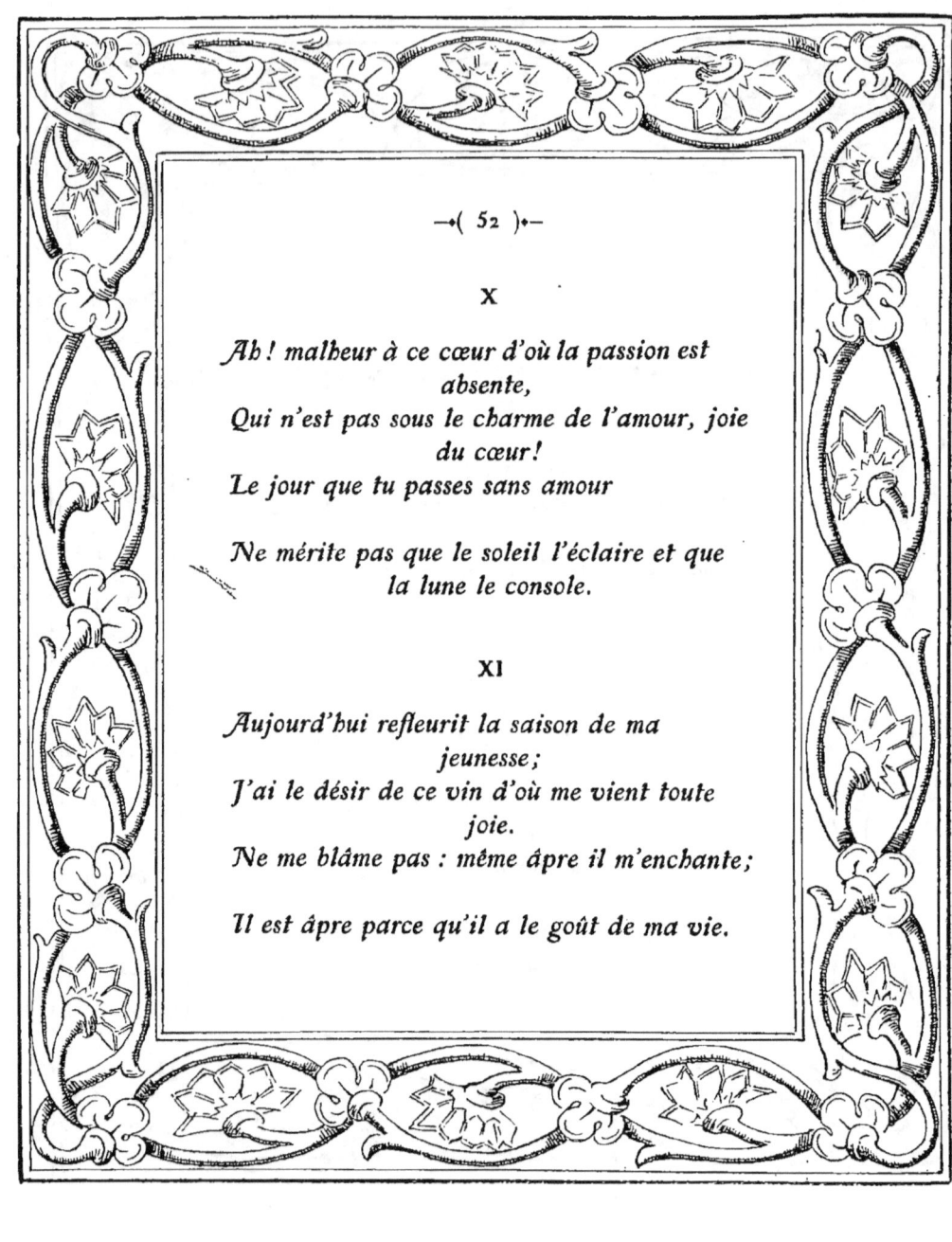

## X

*Ah! malheur à ce cœur d'où la passion est*
*absente,*
*Qui n'est pas sous le charme de l'amour, joie*
*du cœur!*
*Le jour que tu passes sans amour*

*Ne mérite pas que le soleil l'éclaire et que*
*la lune le console.*

## XI

*Aujourd'hui refleurit la saison de ma*
*jeunesse;*
*J'ai le désir de ce vin d'où me vient toute*
*joie.*
*Ne me blâme pas : même âpre il m'enchante;*

*Il est âpre parce qu'il a le goût de ma vie.*

## XII

Tu n'as pas aujourd'hui de pouvoir sur
demain;
L'anxiété du lendemain est inutile.

Si ton cœur n'est pas insensé, ne te soucie
même pas du présent;
Sais-tu ce que vaudront les jours qu'il te reste
à vivre?

## XIII

Voici maintenant pour le monde un peu de
bonheur possible,
Chaque cœur vivant a des aspirations vers la
solitude.
Sur chaque branche, on croit apercevoir la
blanche main de Moïse;
Chaque brise semble vivifiée par le souffle de
Jésus.

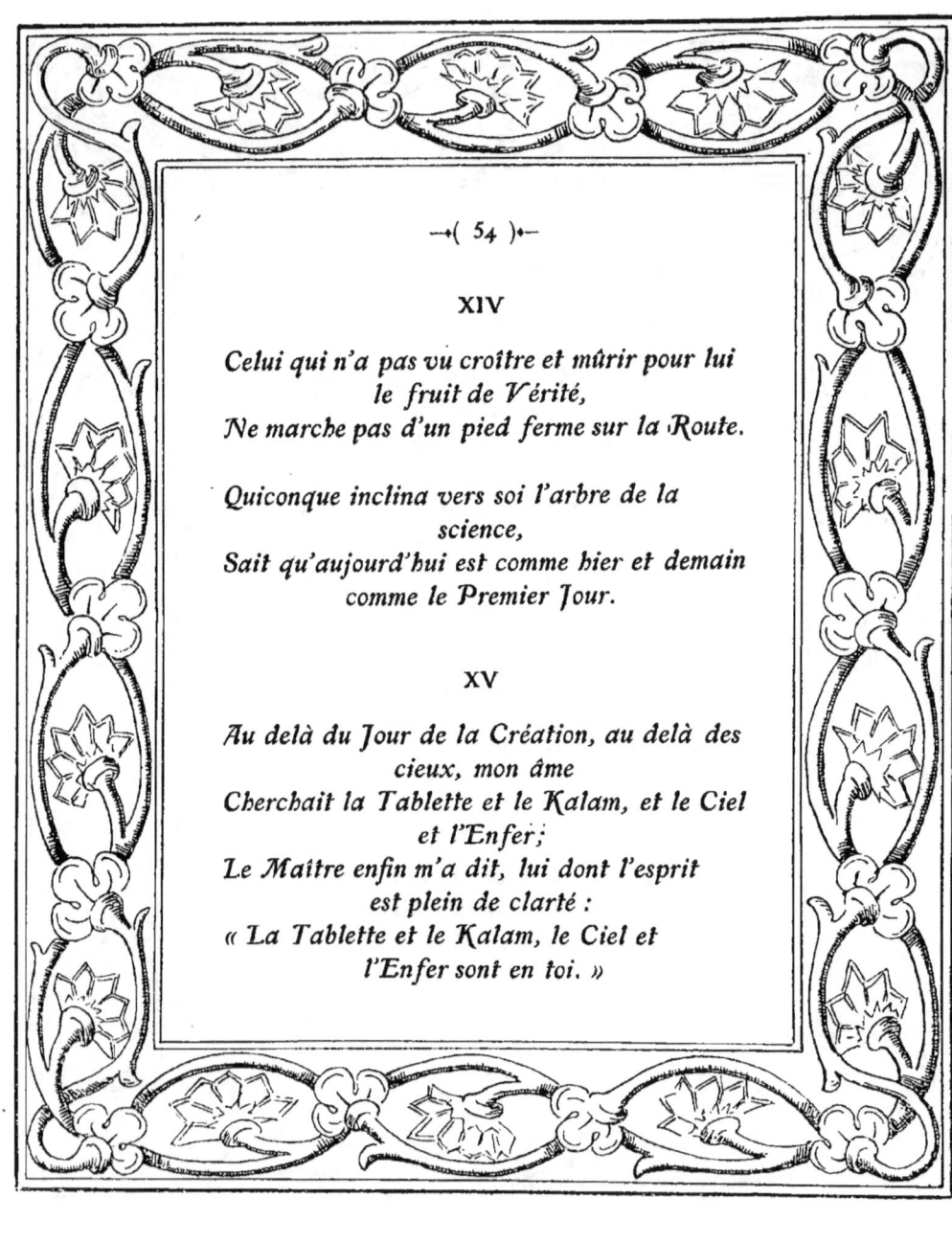

## XIV

Celui qui n'a pas vu croître et mûrir pour lui
le fruit de Vérité,
Ne marche pas d'un pied ferme sur la Route.


Quiconque inclina vers soi l'arbre de la
science,
Sait qu'aujourd'hui est comme hier et demain
comme le Premier Jour.


## XV

Au delà du Jour de la Création, au delà des
cieux, mon âme
Cherchait la Tablette et le Kalam, et le Ciel
et l'Enfer;
Le Maître enfin m'a dit, lui dont l'esprit
est plein de clarté :
« La Tablette et le Kalam, le Ciel et
l'Enfer sont en toi. »

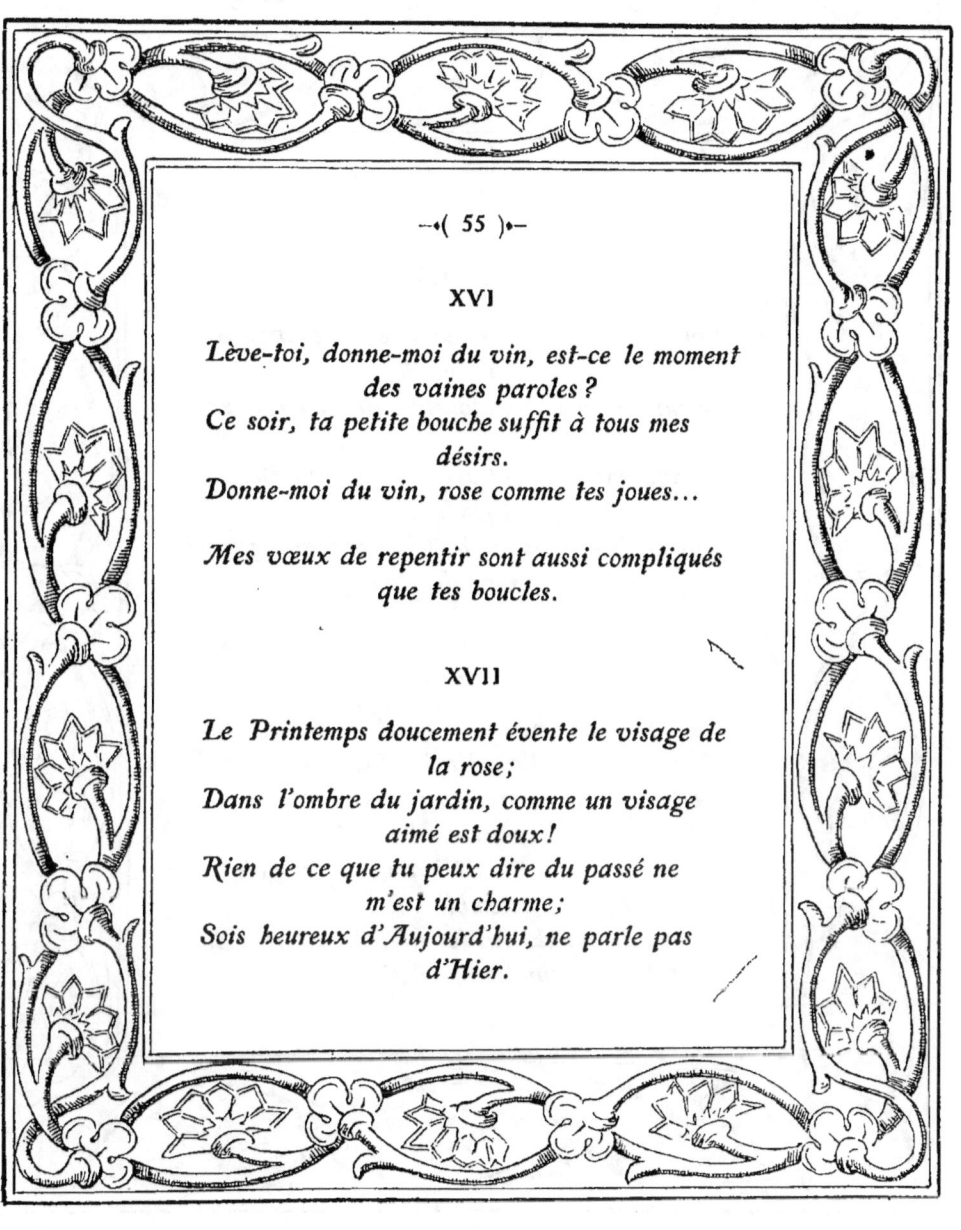

## XVI

Lève-toi, donne-moi du vin, est-ce le moment
des vaines paroles ?
Ce soir, ta petite bouche suffit à tous mes
désirs.
Donne-moi du vin, rose comme tes joues...

Mes vœux de repentir sont aussi compliqués
que tes boucles.

## XVII

Le Printemps doucement évente le visage de
la rose ;
Dans l'ombre du jardin, comme un visage
aimé est doux !
Rien de ce que tu peux dire du passé ne
m'est un charme ;
Sois heureux d'Aujourd'hui, ne parle pas
d'Hier.

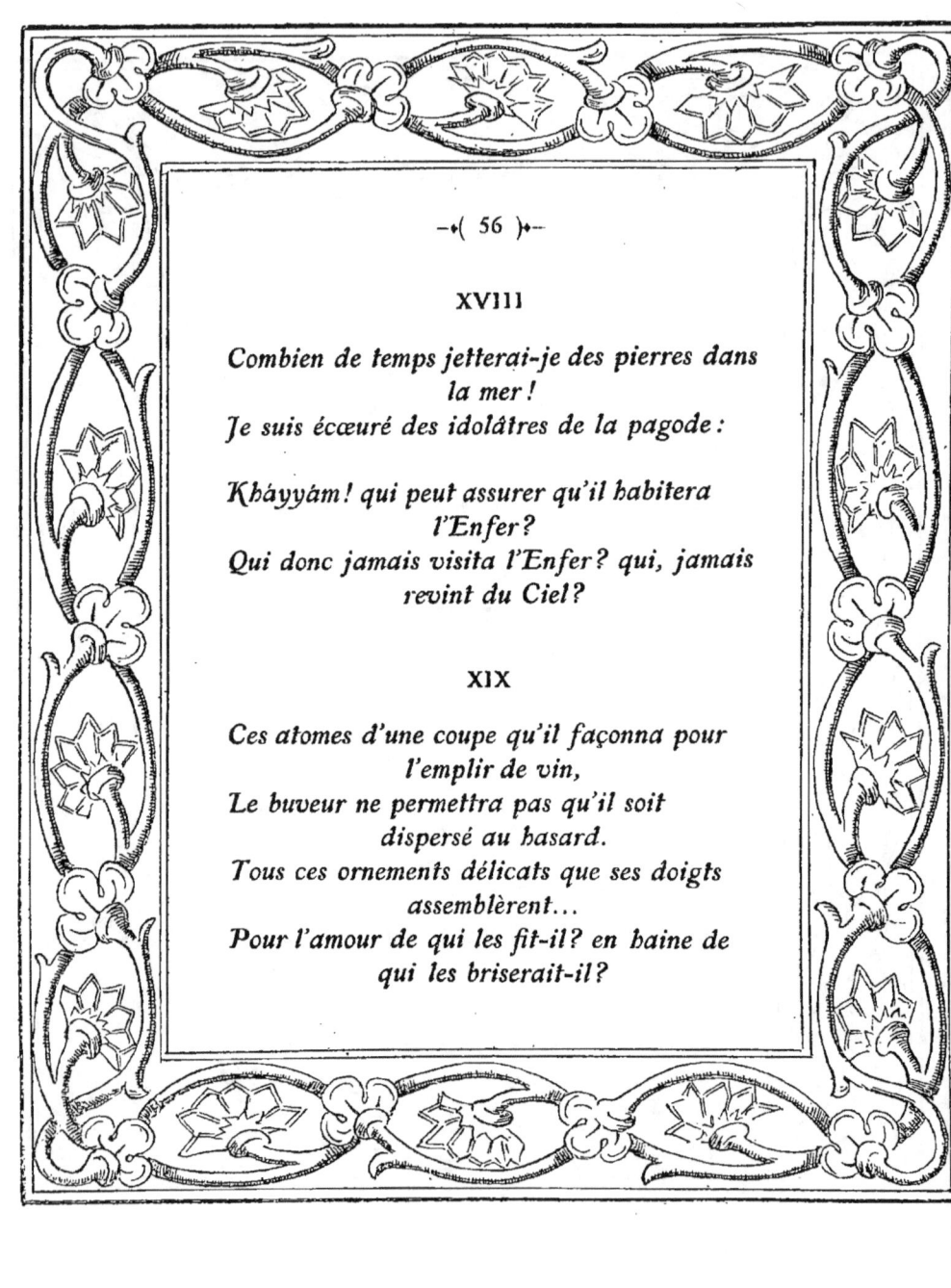

## XVIII

*Combien de temps jetterai-je des pierres dans*
*la mer !*
*Je suis écœuré des idolâtres de la pagode :*

*Kháyyám! qui peut assurer qu'il habitera*
*l'Enfer?*
*Qui donc jamais visita l'Enfer? qui, jamais*
*revint du Ciel?*

## XIX

*Ces atomes d'une coupe qu'il façonna pour*
*l'emplir de vin,*
*Le buveur ne permettra pas qu'il soit*
*dispersé au hasard.*
*Tous ces ornements délicats que ses doigts*
*assemblèrent...*
*Pour l'amour de qui les fit-il? en haine de*
*qui les briserait-il?*

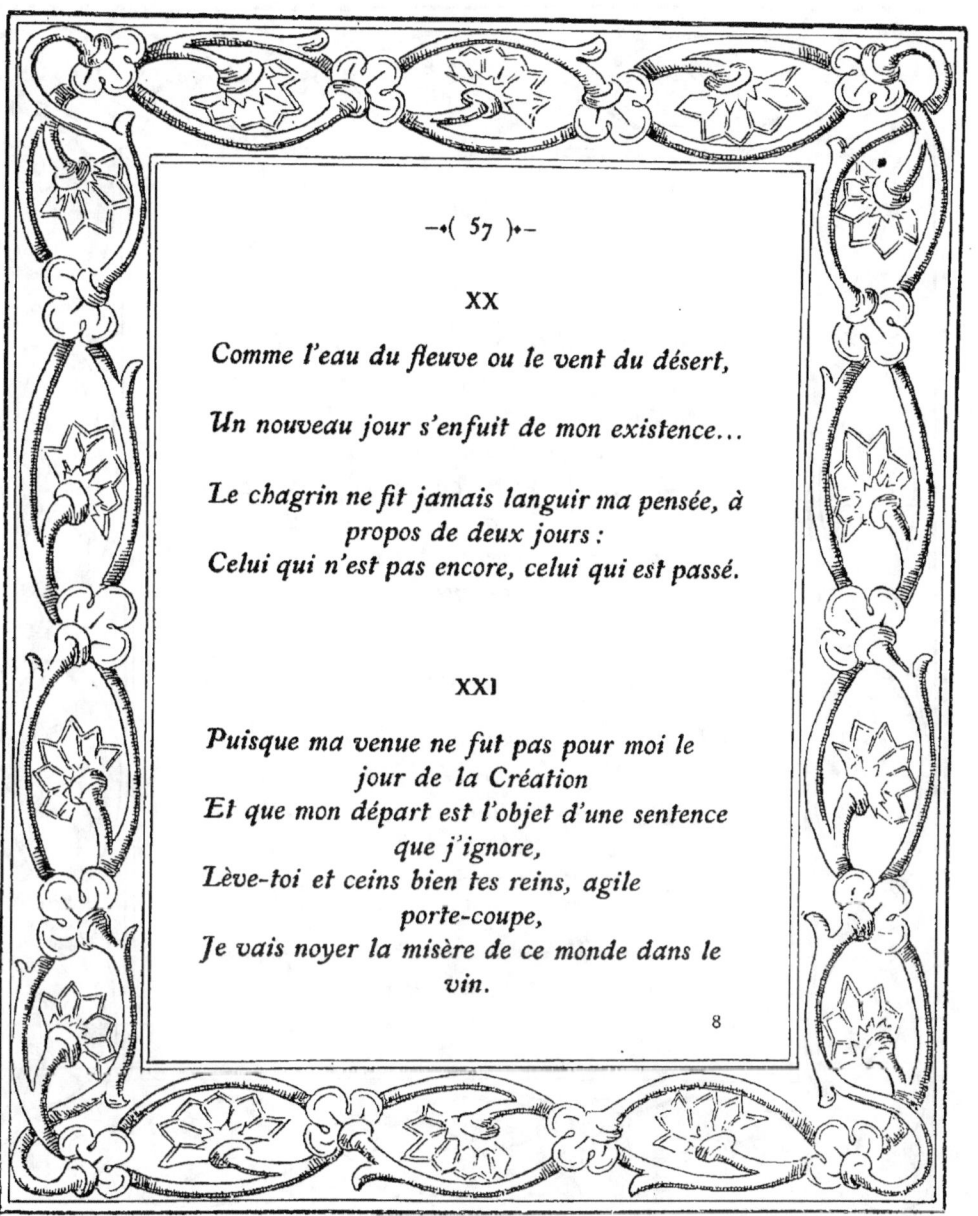

—•( 57 )•—

## XX

Comme l'eau du fleuve ou le vent du désert,

Un nouveau jour s'enfuit de mon existence...

Le chagrin ne fit jamais languir ma pensée, à
propos de deux jours :
Celui qui n'est pas encore, celui qui est passé.


## XXI

Puisque ma venue ne fut pas pour moi le
jour de la Création
Et que mon départ est l'objet d'une sentence
que j'ignore,
Lève-toi et ceins bien tes reins, agile
porte-coupe,
Je vais noyer la misère de ce monde dans le
vin.

8

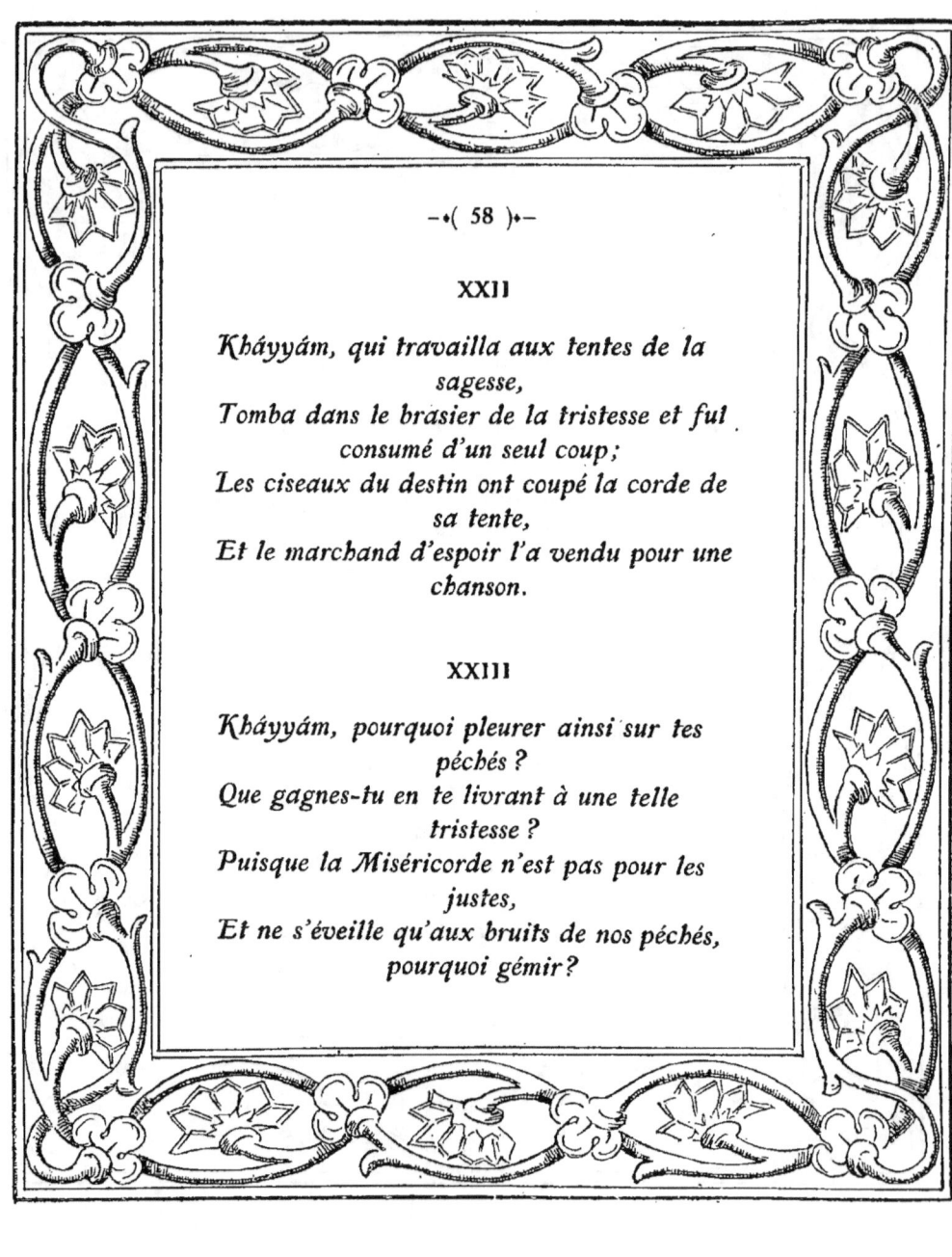

### XXII

*Kháyyám, qui travailla aux tentes de la
sagesse,*
*Tomba dans le brasier de la tristesse et fut
consumé d'un seul coup ;*
*Les ciseaux du destin ont coupé la corde de
sa tente,*
*Et le marchand d'espoir l'a vendu pour une
chanson.*

### XXIII

*Kháyyám, pourquoi pleurer ainsi sur tes
péchés ?*
*Que gagnes-tu en te livrant à une telle
tristesse ?*
*Puisque la Miséricorde n'est pas pour les
justes,*
*Et ne s'éveille qu'aux bruits de nos péchés,
pourquoi gémir ?*

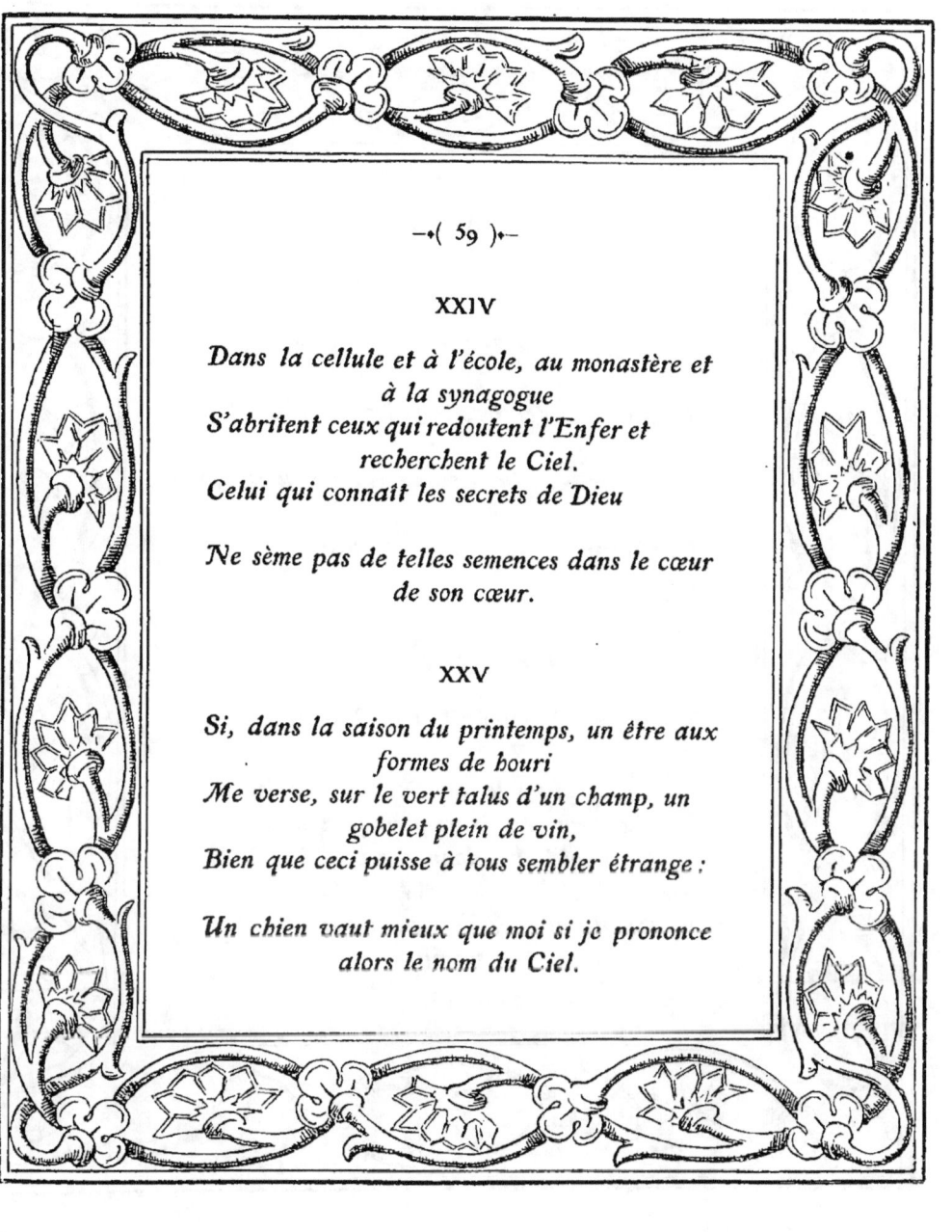

—•( 59 )•—

### XXIV

Dans la cellule et à l'école, au monastère et
à la synagogue
S'abritent ceux qui redoutent l'Enfer et
recherchent le Ciel.
Celui qui connaît les secrets de Dieu

Ne sème pas de telles semences dans le cœur
de son cœur.

### XXV

Si, dans la saison du printemps, un être aux
formes de houri
Me verse, sur le vert talus d'un champ, un
gobelet plein de vin,
Bien que ceci puisse à tous sembler étrange :

Un chien vaut mieux que moi si je prononce
alors le nom du Ciel.

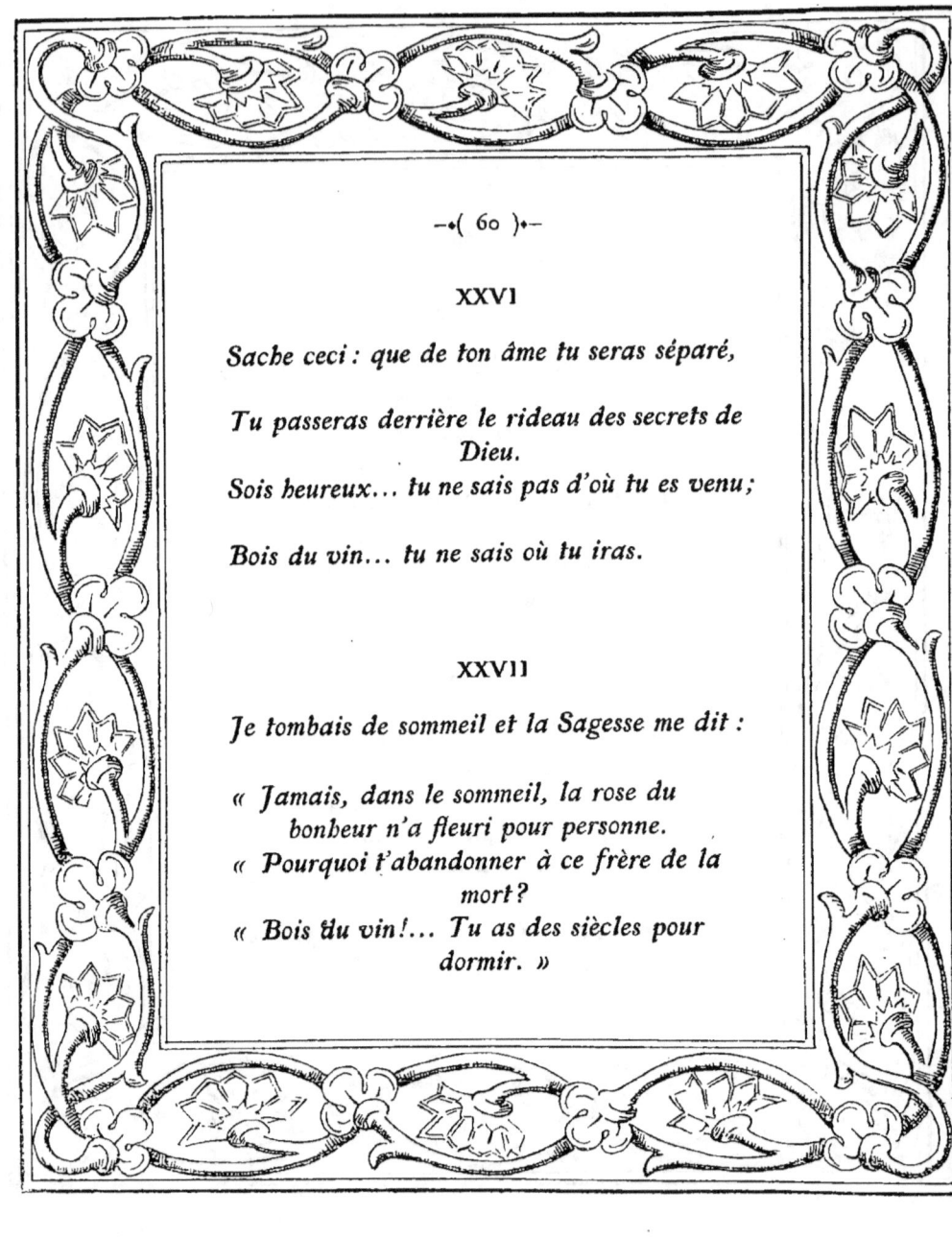

## XXVI

Sache ceci : que de ton âme tu seras séparé,

Tu passeras derrière le rideau des secrets de
Dieu.
Sois heureux... tu ne sais pas d'où tu es venu ;

Bois du vin... tu ne sais où tu iras.


## XXVII

Je tombais de sommeil et la Sagesse me dit :

« Jamais, dans le sommeil, la rose du
bonheur n'a fleuri pour personne.
« Pourquoi t'abandonner à ce frère de la
mort ?
« Bois du vin !... Tu as des siècles pour
dormir. »

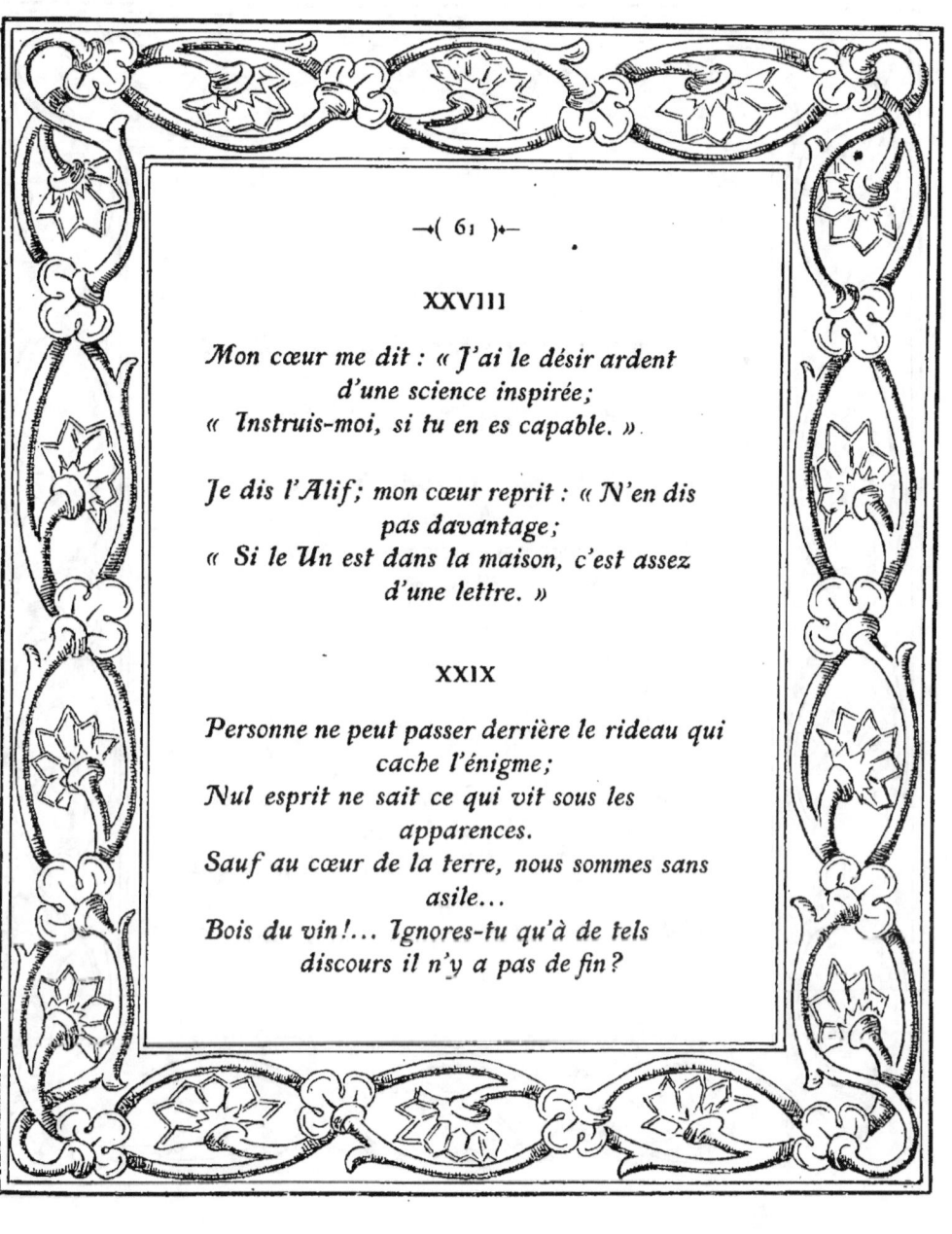

## XXVIII

Mon cœur me dit : « J'ai le désir ardent
d'une science inspirée ;
« Instruis-moi, si tu en es capable. ».

Je dis l'Alif ; mon cœur reprit : « N'en dis
pas davantage ;
« Si le Un est dans la maison, c'est assez
d'une lettre. »

## XXIX

Personne ne peut passer derrière le rideau qui
cache l'énigme ;
Nul esprit ne sait ce qui vit sous les
apparences.
Sauf au cœur de la terre, nous sommes sans
asile...
Bois du vin !... Ignores-tu qu'à de tels
discours il n'y a pas de fin ?

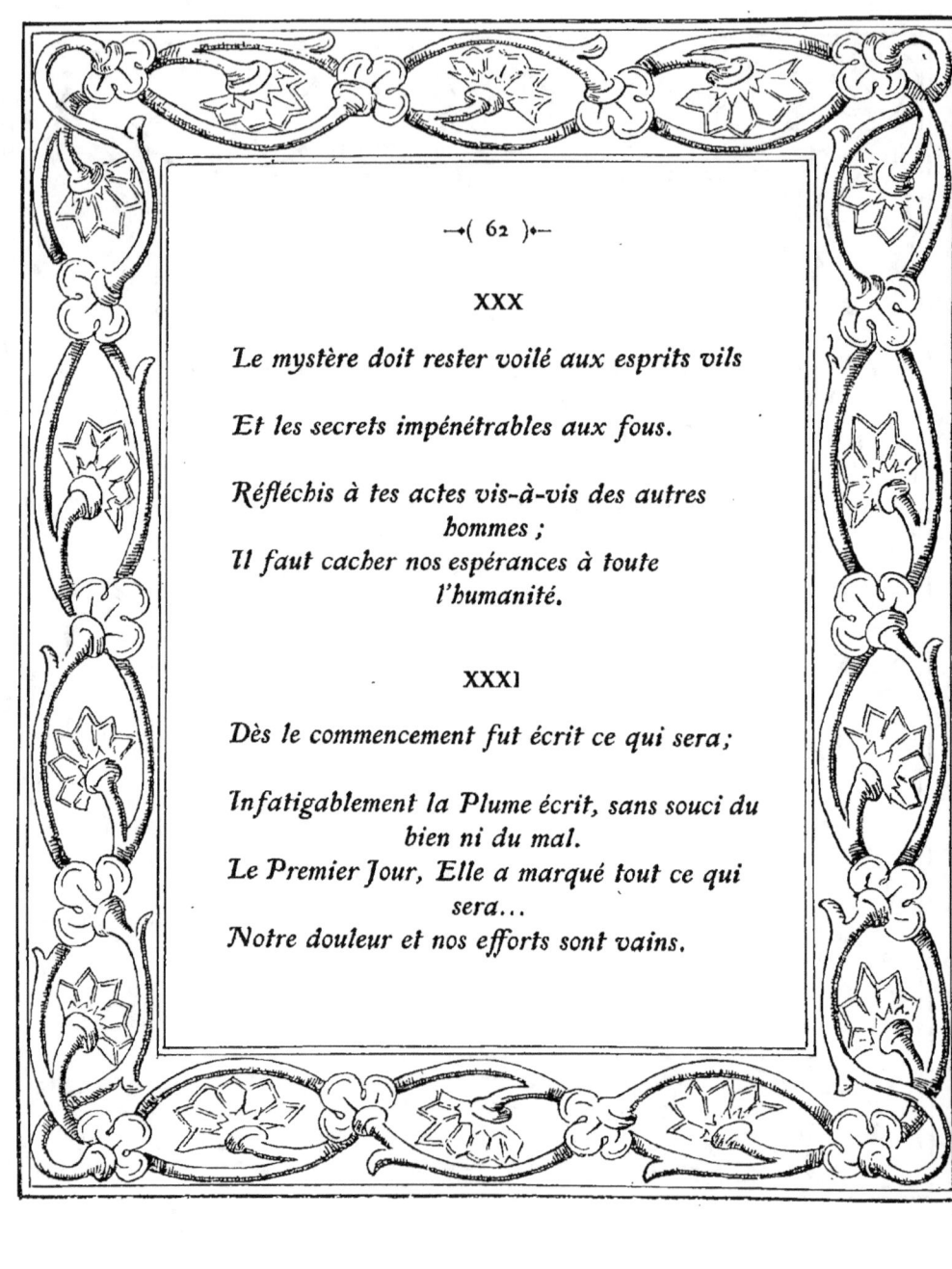

## XXX

Le mystère doit rester voilé aux esprits vils

Et les secrets impénétrables aux fous.

Réfléchis à tes actes vis-à-vis des autres
hommes ;
Il faut cacher nos espérances à toute
l'humanité.

## XXXI

Dès le commencement fut écrit ce qui sera ;

Infatigablement la Plume écrit, sans souci du
bien ni du mal.
Le Premier Jour, Elle a marqué tout ce qui
sera...
Notre douleur et nos efforts sont vains.

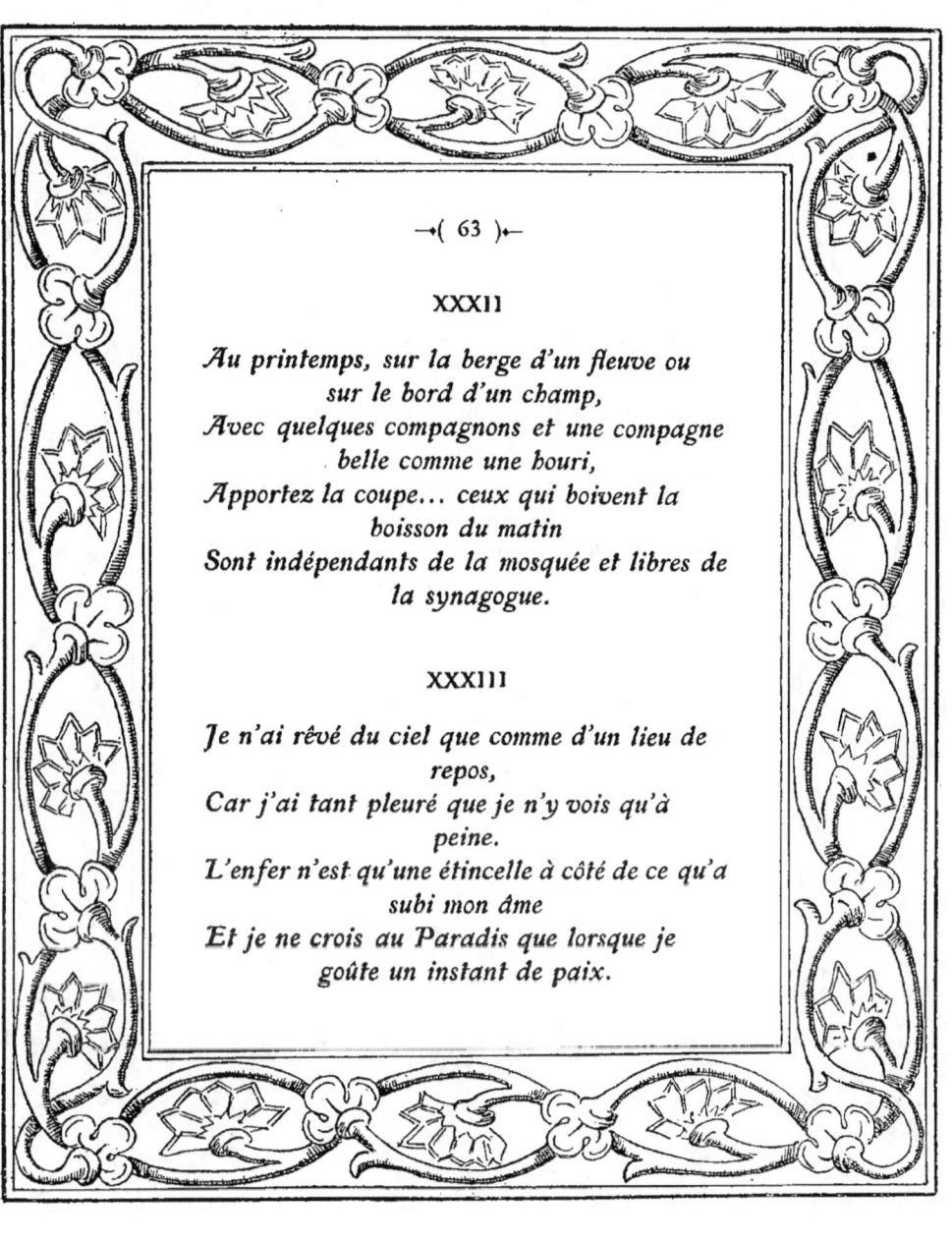

## XXXII

*Au printemps, sur la berge d'un fleuve ou*
*sur le bord d'un champ,*
*Avec quelques compagnons et une compagne*
*belle comme une houri,*
*Apportez la coupe... ceux qui boivent la*
*boisson du matin*
*Sont indépendants de la mosquée et libres de*
*la synagogue.*

## XXXIII

*Je n'ai rêvé du ciel que comme d'un lieu de*
*repos,*
*Car j'ai tant pleuré que je n'y vois qu'à*
*peine.*
*L'enfer n'est qu'une étincelle à côté de ce qu'a*
*subi mon âme*
*Et je ne crois au Paradis que lorsque je*
*goûte un instant de paix.*

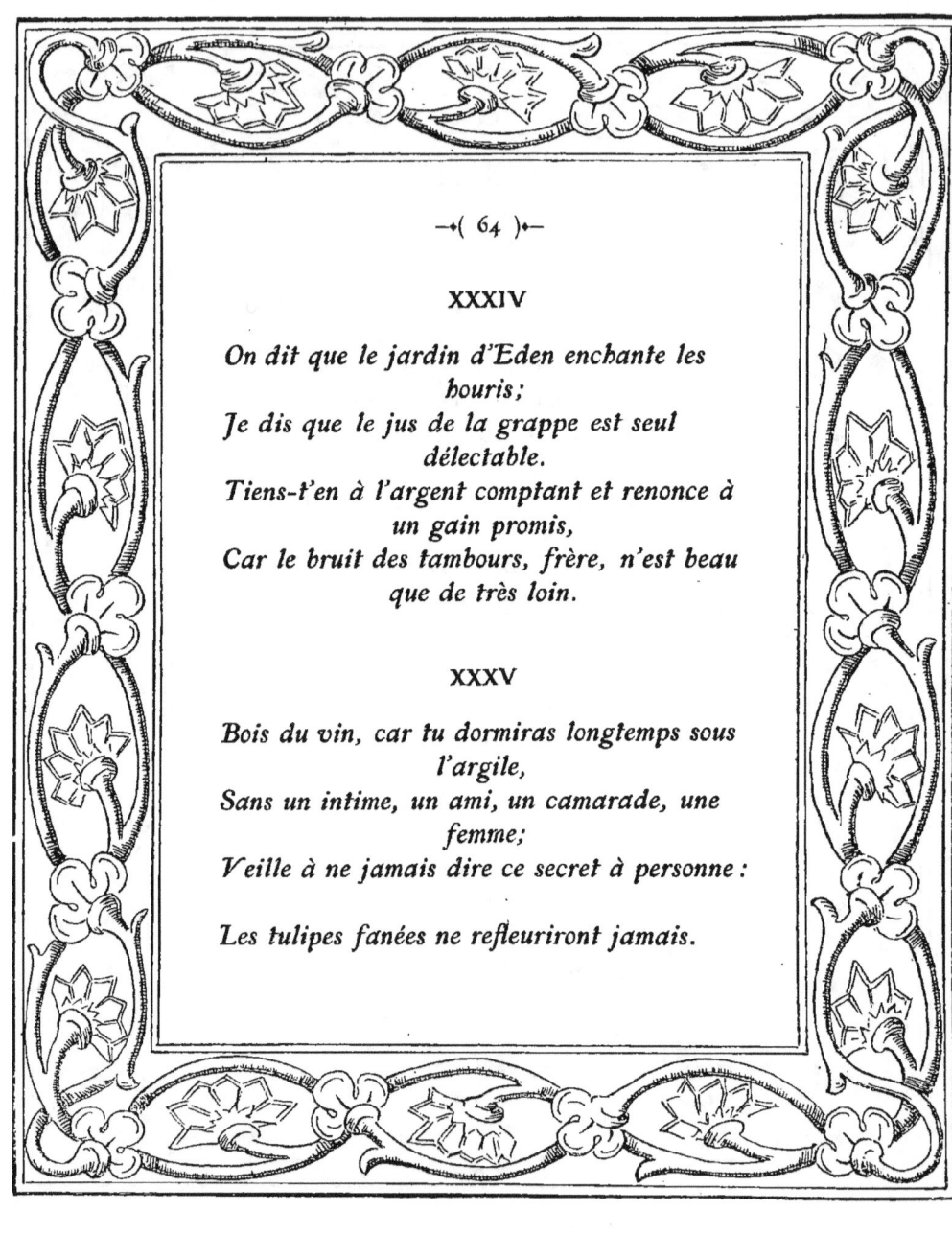

### XXXIV

On dit que le jardin d'Eden enchante les
houris ;
Je dis que le jus de la grappe est seul
délectable.
Tiens-t'en à l'argent comptant et renonce à
un gain promis,
Car le bruit des tambours, frère, n'est beau
que de très loin.

### XXXV

Bois du vin, car tu dormiras longtemps sous
l'argile,
Sans un intime, un ami, un camarade, une
femme ;
Veille à ne jamais dire ce secret à personne :

Les tulipes fanées ne refleuriront jamais.

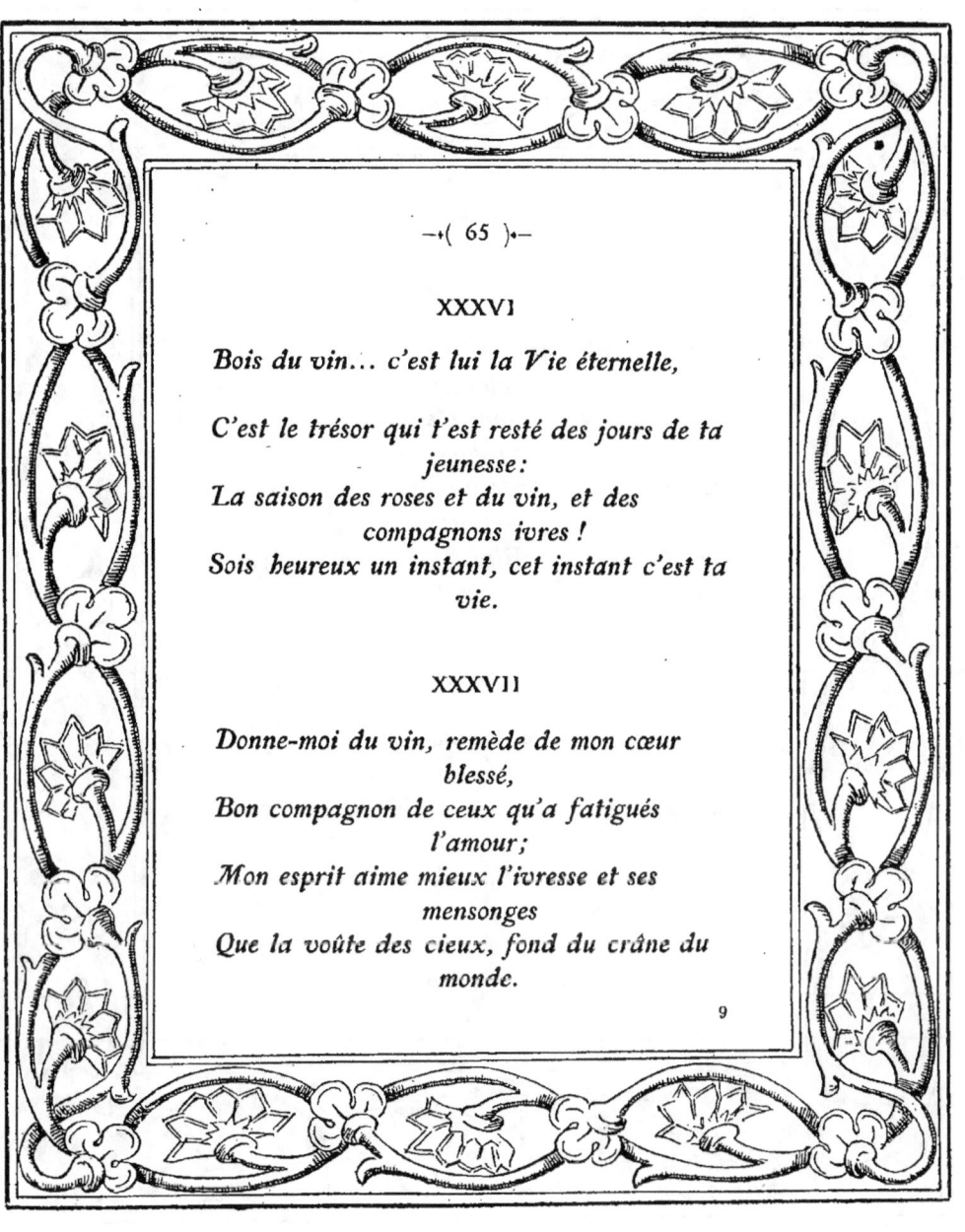

## XXXVI

*Bois du vin... c'est lui la Vie éternelle,*

*C'est le trésor qui t'est resté des jours de ta*
*jeunesse :*
*La saison des roses et du vin, et des*
*compagnons ivres !*
*Sois heureux un instant, cet instant c'est ta*
*vie.*

## XXXVII

*Donne-moi du vin, remède de mon cœur*
*blessé,*
*Bon compagnon de ceux qu'a fatigués*
*l'amour ;*
*Mon esprit aime mieux l'ivresse et ses*
*mensonges*
*Que la voûte des cieux, fond du crâne du*
*monde.*

9

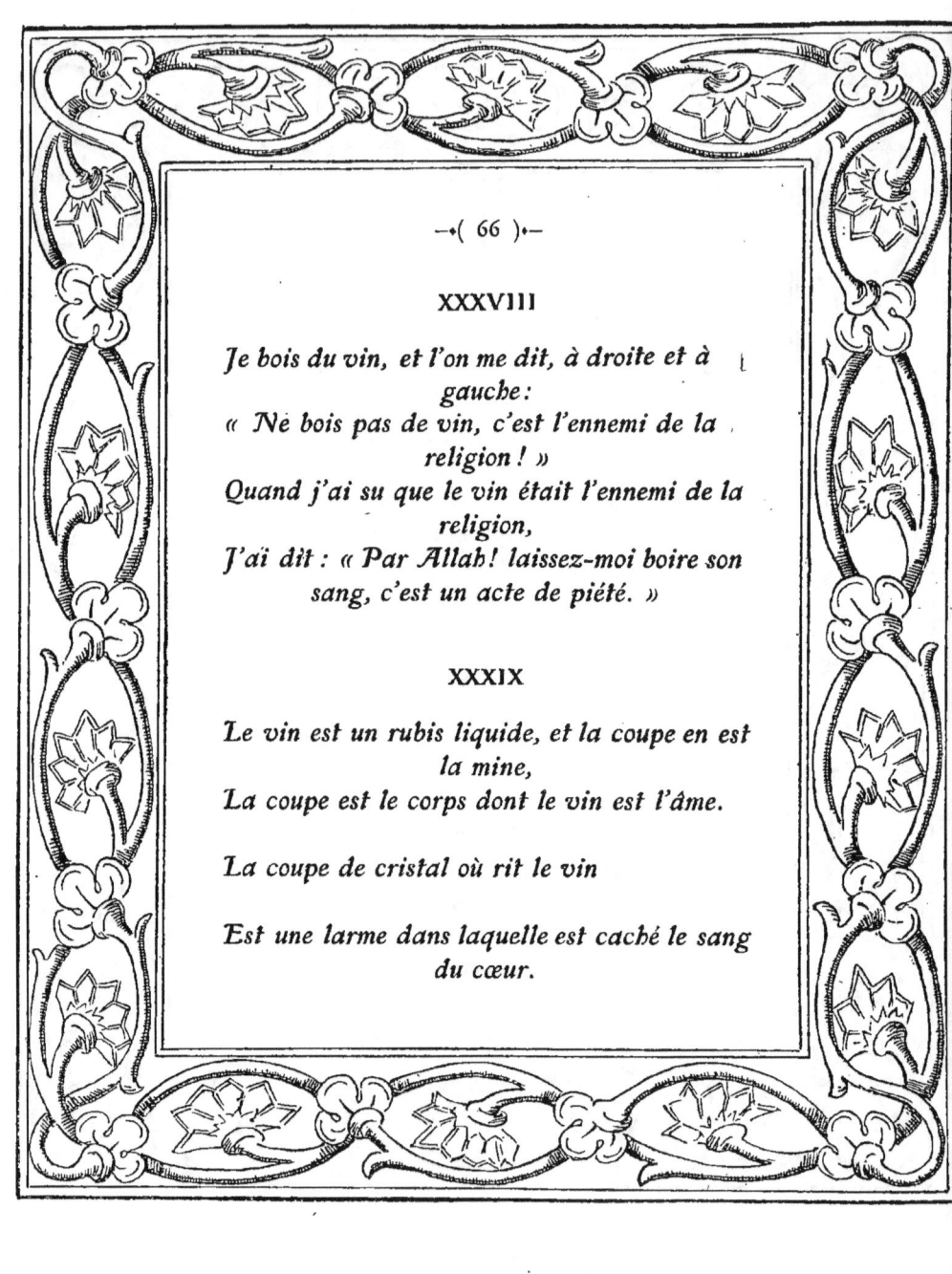

## XXXVIII

Je bois du vin, et l'on me dit, à droite et à
gauche :
« Ne bois pas de vin, c'est l'ennemi de la
religion ! »
Quand j'ai su que le vin était l'ennemi de la
religion,
J'ai dit : « Par Allah! laissez-moi boire son
sang, c'est un acte de piété. »

## XXXIX

Le vin est un rubis liquide, et la coupe en est
la mine,
La coupe est le corps dont le vin est l'âme.

La coupe de cristal où rit le vin

Est une larme dans laquelle est caché le sang
du cœur.

## XL

*J'ignore si Celui qui façonna mon être*

*M'a préparé une demeure dans le Ciel ou*
*dans l'horrible Enfer;*
*Mais un peu de nourriture, une adorée et*
*du vin sur le vert talus d'une plaine,*
*Cela, c'est de l'argent... garde pour toi le*
*Ciel auquel tu fais crédit.*

## XLI

*Le bien et le mal qui sont dans la nature*
*humaine,*
*Le bonheur et le malheur que nous garde le*
*destin...*
*N'en accuse pas le Ciel, car, au point de*
*vue de la Sagesse,*
*Ce Ciel est mille fois plus impuissant que toi.*

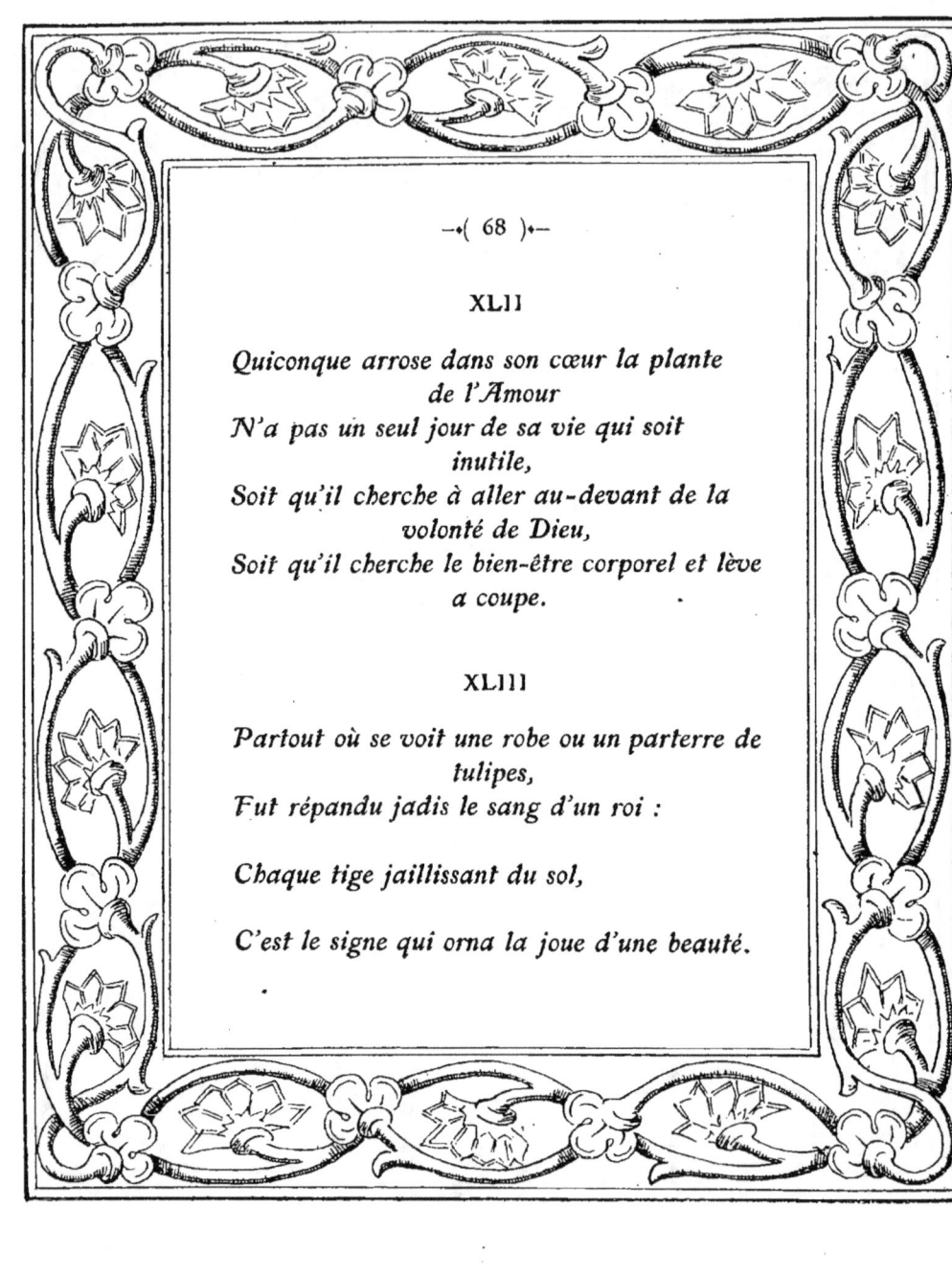

### XLII

*Quiconque arrose dans son cœur la plante*
*de l'Amour*
*N'a pas un seul jour de sa vie qui soit*
*inutile,*
*Soit qu'il cherche à aller au-devant de la*
*volonté de Dieu,*
*Soit qu'il cherche le bien-être corporel et lève*
*a coupe.*

### XLIII

*Partout où se voit une robe ou un parterre de*
*tulipes,*
*Fut répandu jadis le sang d'un roi :*

*Chaque tige jaillissant du sol,*

*C'est le signe qui orna la joue d'une beauté.*

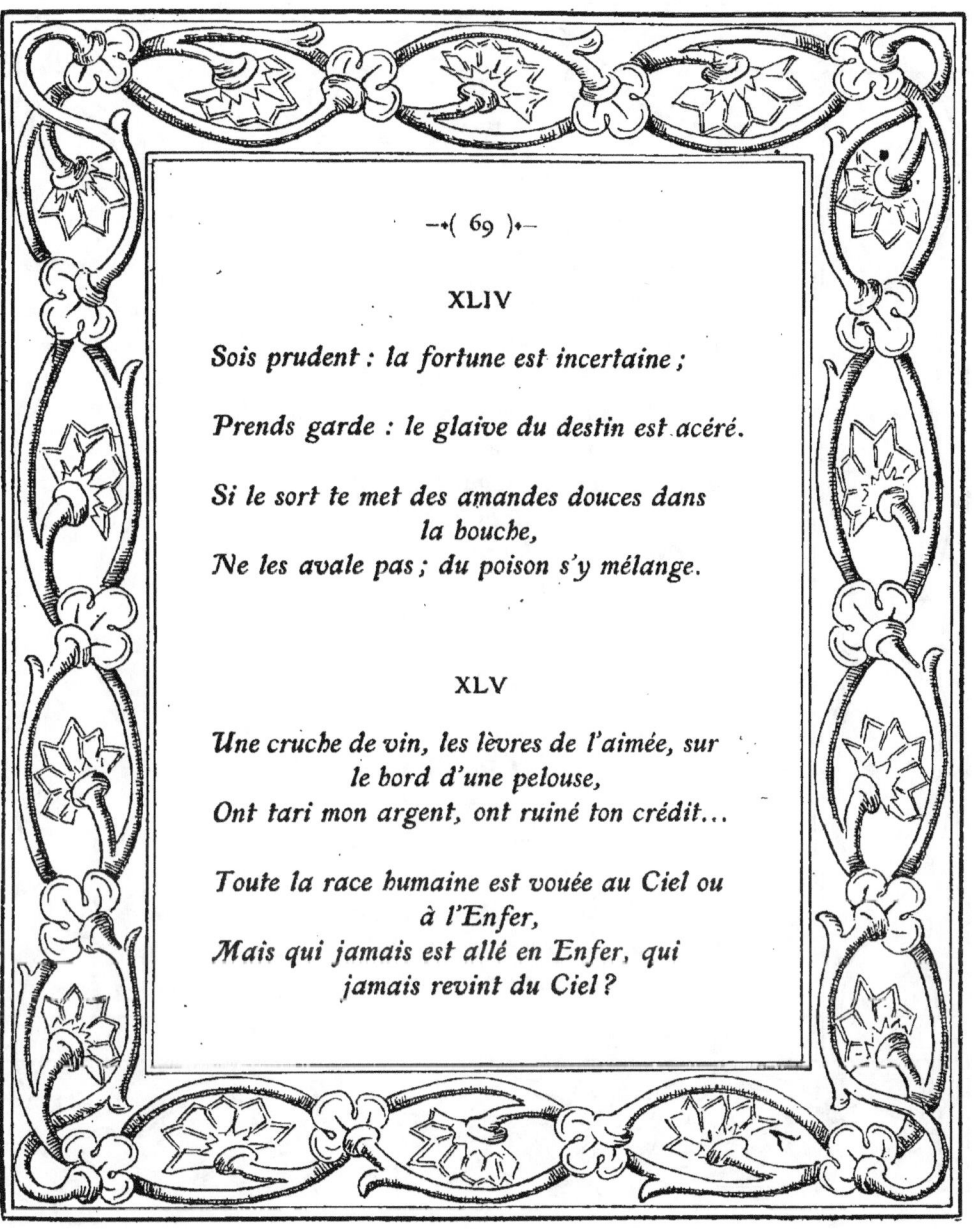

## XLIV

Sois prudent : la fortune est incertaine ;

Prends garde : le glaive du destin est acéré.

Si le sort te met des amandes douces dans
la bouche,
Ne les avale pas ; du poison s'y mélange.


## XLV

Une cruche de vin, les lèvres de l'aimée, sur
le bord d'une pelouse,
Ont tari mon argent, ont ruiné ton crédit...

Toute la race humaine est vouée au Ciel ou
à l'Enfer,
Mais qui jamais est allé en Enfer, qui
jamais revint du Ciel ?

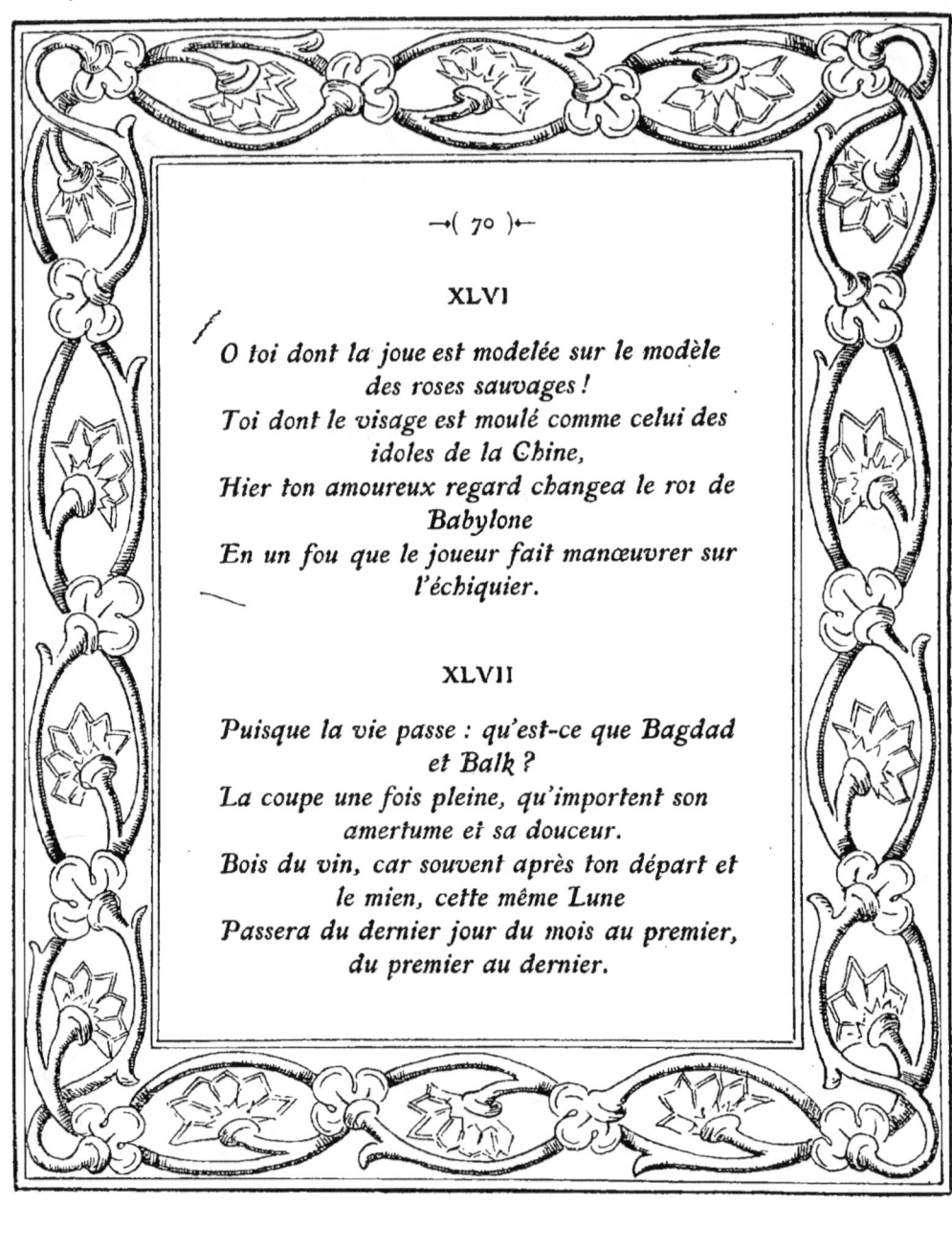

## XLVI

*O toi dont la joue est modelée sur le modèle*
*des roses sauvages !*
*Toi dont le visage est moulé comme celui des*
*idoles de la Chine,*
*Hier ton amoureux regard changea le roi de*
*Babylone*
*En un fou que le joueur fait manœuvrer sur*
*l'échiquier.*

## XLVII

*Puisque la vie passe : qu'est-ce que Bagdad*
*et Balk ?*
*La coupe une fois pleine, qu'importent son*
*amertume et sa douceur.*
*Bois du vin, car souvent après ton départ et*
*le mien, cette même Lune*
*Passera du dernier jour du mois au premier,*
*du premier au dernier.*

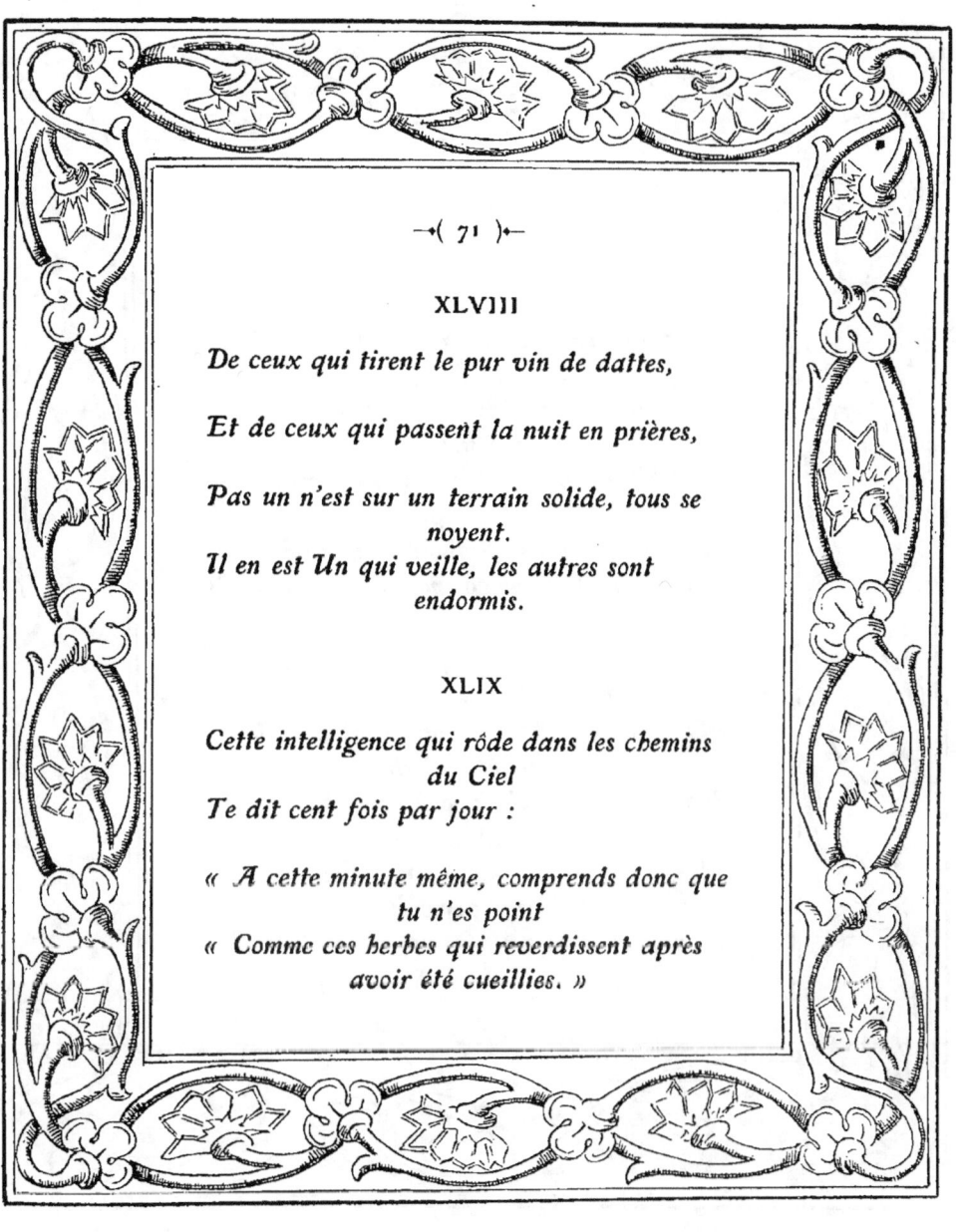

## XLVIII

De ceux qui tirent le pur vin de dattes,

Et de ceux qui passent la nuit en prières,

Pas un n'est sur un terrain solide, tous se
noyent.
Il en est Un qui veille, les autres sont
endormis.

## XLIX

Cette intelligence qui rôde dans les chemins
du Ciel
Te dit cent fois par jour :

« A cette minute même, comprends donc que
tu n'es point
« Comme ces herbes qui reverdissent après
avoir été cueillies. »

## L

*Ceux qui sont les esclaves de l'intellect et*
*des vaines subtilités*
*Sont morts au milieu des querelles sur l'être*
*et le non-être.*
*Va ! toi le simple, choisis le jus de la*
*grappe,*
*Car les ignorants, d'avoir mangé des raisins*
*secs, sont devenus comme des raisins verts.*

## LI

*Ma venue ne fut d'aucun profit pour la*
*sphère céleste ;*
*Mon départ ne diminuera ni sa beauté, ni*
*sa grandeur ;*
*Mes deux oreilles n'ont jamais entendu dire*
*par personne*
*Le pourquoi de cette venue et celui de ce*
*départ.*

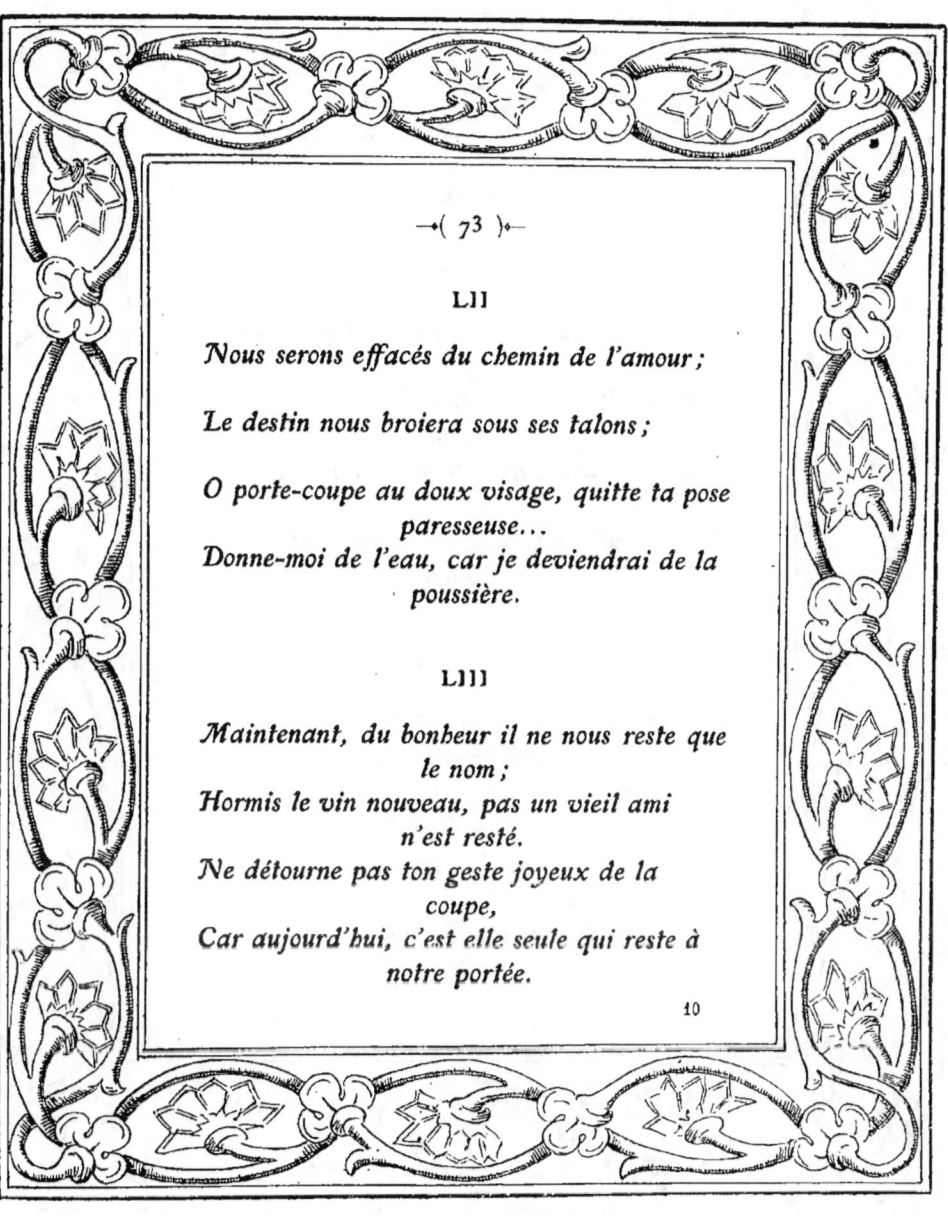

## LII

*Nous serons effacés du chemin de l'amour ;*

*Le destin nous broiera sous ses talons ;*

*O porte-coupe au doux visage, quitte ta pose paresseuse...*
*Donne-moi de l'eau, car je deviendrai de la poussière.*

## LIII

*Maintenant, du bonheur il ne nous reste que le nom ;*
*Hormis le vin nouveau, pas un vieil ami n'est resté.*
*Ne détourne pas ton geste joyeux de la coupe,*
*Car aujourd'hui, c'est elle seule qui reste à notre portée.*

10

### LIV

*Ce que la Plume a écrit ne change jamais :*

*S'en désoler ne procure qu'une tristesse*
*profonde ;*
*Même en subissant l'angoisse toute ta vie,*

*Tu n'ajoutes pas à celle-ci une goutte de*
*plus.*

### LV

*O cœur, laisse un moment la société des*
*malades d'amour.*
*Cesse pour un moment d'être absorbé par ces*
*choses frivoles,*
*Va rôder au seuil des derviches....*

*Peut-être faut-il que tu sois reçu un moment*
*des Reçus ?*

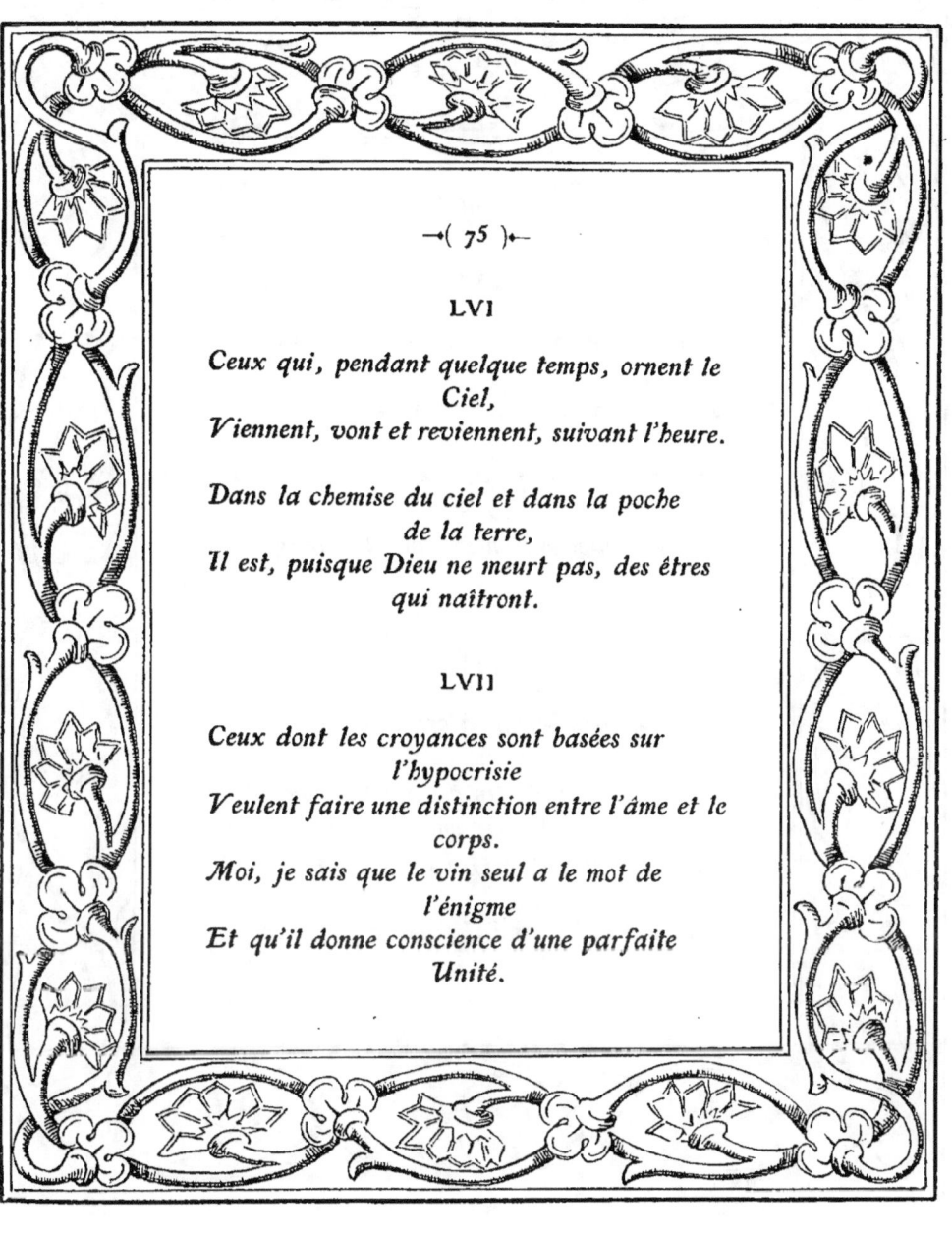

### LVI

*Ceux qui, pendant quelque temps, ornent le*
*Ciel,*
*Viennent, vont et reviennent, suivant l'heure.*

*Dans la chemise du ciel et dans la poche*
*de la terre,*
*Il est, puisque Dieu ne meurt pas, des êtres*
*qui naîtront.*

### LVII

*Ceux dont les croyances sont basées sur*
*l'hypocrisie*
*Veulent faire une distinction entre l'âme et le*
*corps.*
*Moi, je sais que le vin seul a le mot de*
*l'énigme*
*Et qu'il donne conscience d'une parfaite*
*Unité.*

### LVIII

*Les corps qui peuplent cette voûte du ciel*

*Déconcertent ceux qui pensent.*

*Prends garde de perdre le bout du fil de la
sagesse,*
*Car les guides eux-mêmes ont le vertige.*

### LIX

*Je ne suis pas homme à craindre le non-être,*

*Cette moitié du destin me plaît mieux que
l'autre moitié ;*
*C'est une vie qui me fut prêtée par Dieu ;*

*Je la rendrai quand il faudra la rendre.*

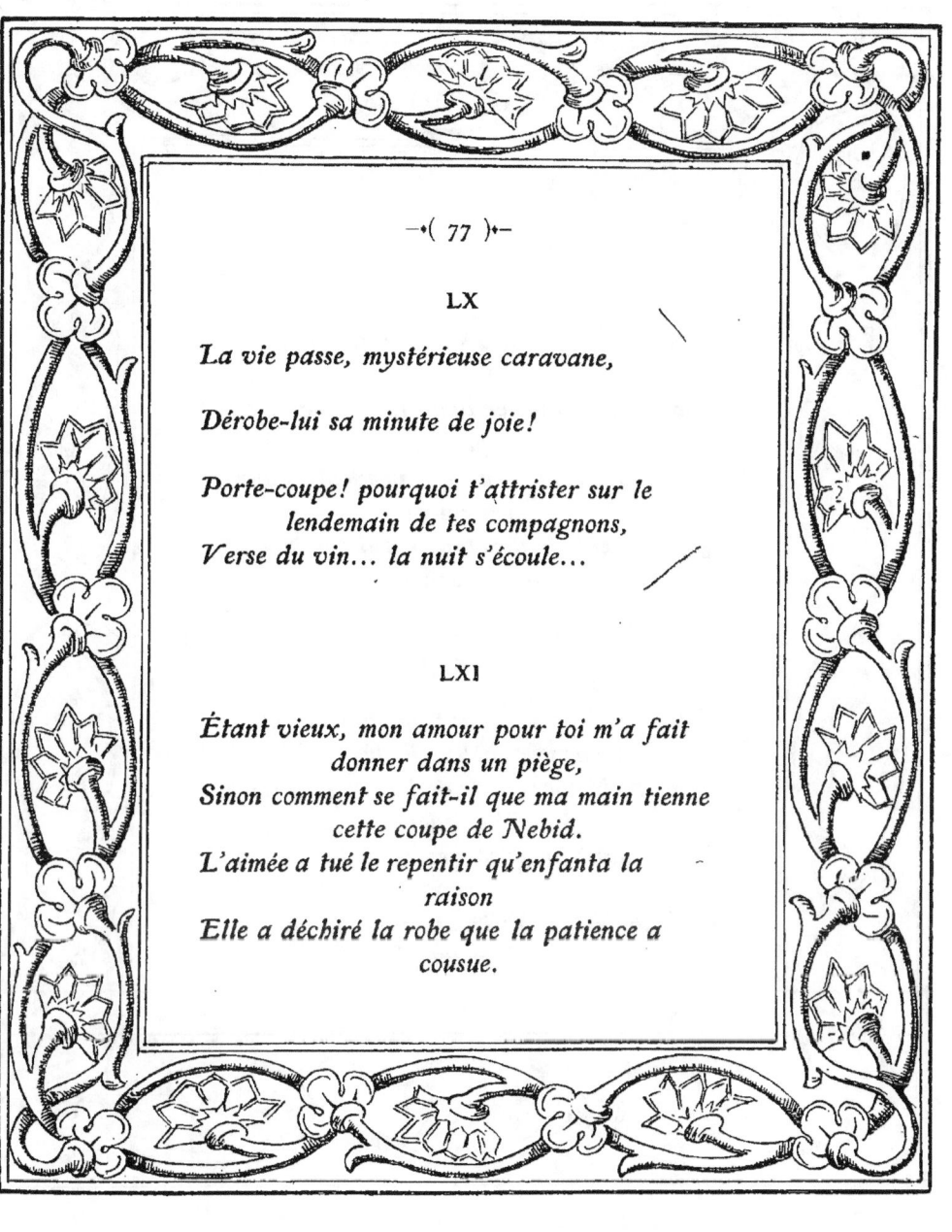

### LX

*La vie passe, mystérieuse caravane,*

*Dérobe-lui sa minute de joie!*

*Porte-coupe! pourquoi t'attrister sur le*
*lendemain de tes compagnons,*
*Verse du vin... la nuit s'écoule...*

### LXI

*Étant vieux, mon amour pour toi m'a fait*
*donner dans un piège,*
*Sinon comment se fait-il que ma main tienne*
*cette coupe de Nebid.*
*L'aimée a tué le repentir qu'enfanta la*
*raison*
*Elle a déchiré la robe que la patience a*
*cousue.*

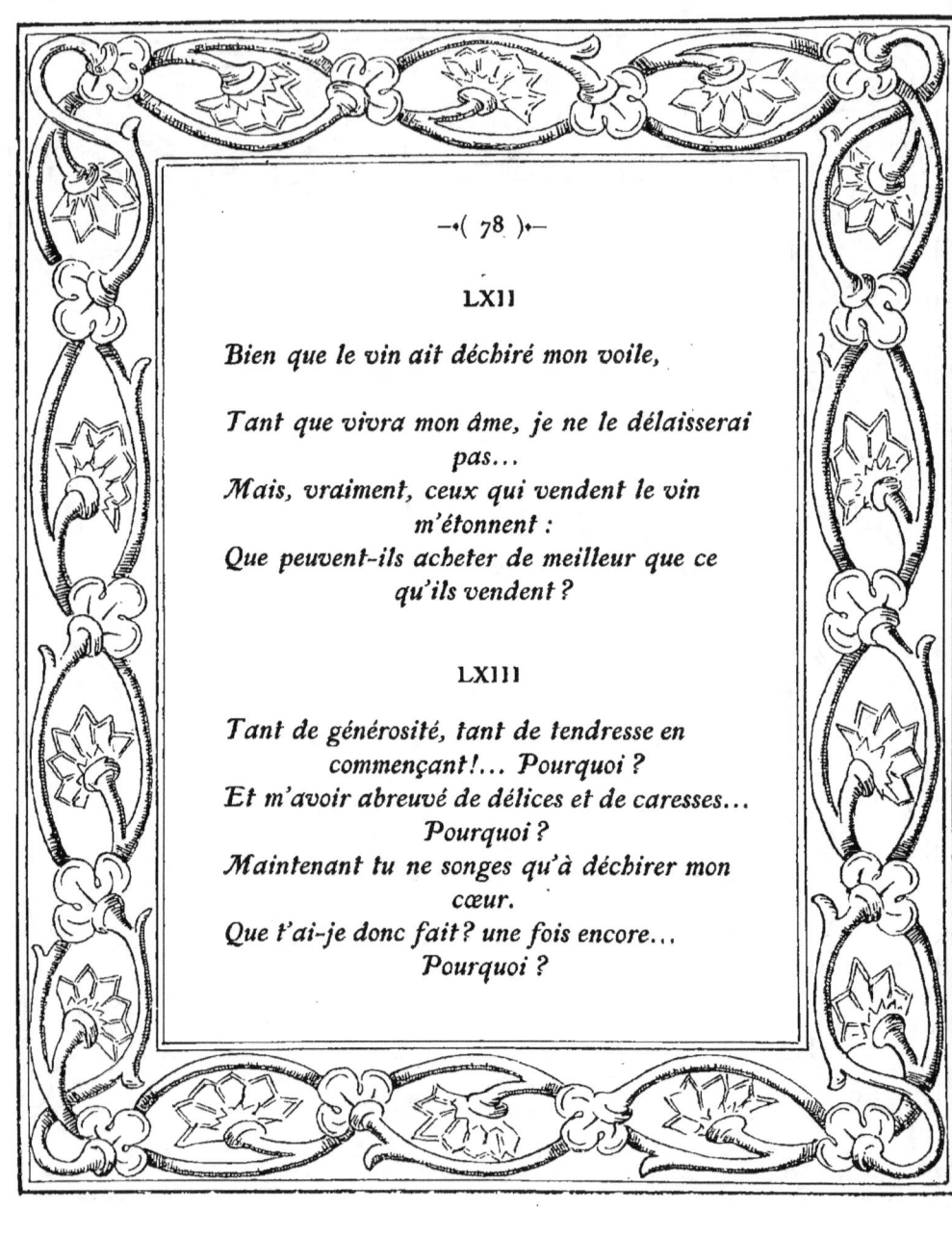

## LXII

*Bien que le vin ait déchiré mon voile,*

*Tant que vivra mon âme, je ne le délaisserai*
*pas...*
*Mais, vraiment, ceux qui vendent le vin*
*m'étonnent :*
*Que peuvent-ils acheter de meilleur que ce*
*qu'ils vendent ?*

## LXIII

*Tant de générosité, tant de tendresse en*
*commençant!... Pourquoi ?*
*Et m'avoir abreuvé de délices et de caresses...*
*Pourquoi ?*
*Maintenant tu ne songes qu'à déchirer mon*
*cœur.*
*Que t'ai-je donc fait ? une fois encore...*
*Pourquoi ?*

### LXIV

Que mon âme soit hantée par le désir d'idoles
pareilles aux houris,
Que ma main, toute l'année, tienne la coupe
pleine !
On me dit : « Que Dieu te donne le
repentir ! »
Il ne me le donnera pas, je n'en veux pas,
n'en parlons plus.

### LXV

Dans la taverne, tu ne peux faire le Wuzu
qu'avec du vin,
Et tu ne peux y purifier ton nom terni.

Sois heureux… le voile de notre tempérance

Est si déchiré qu'on ne peut songer à le
recoudre.

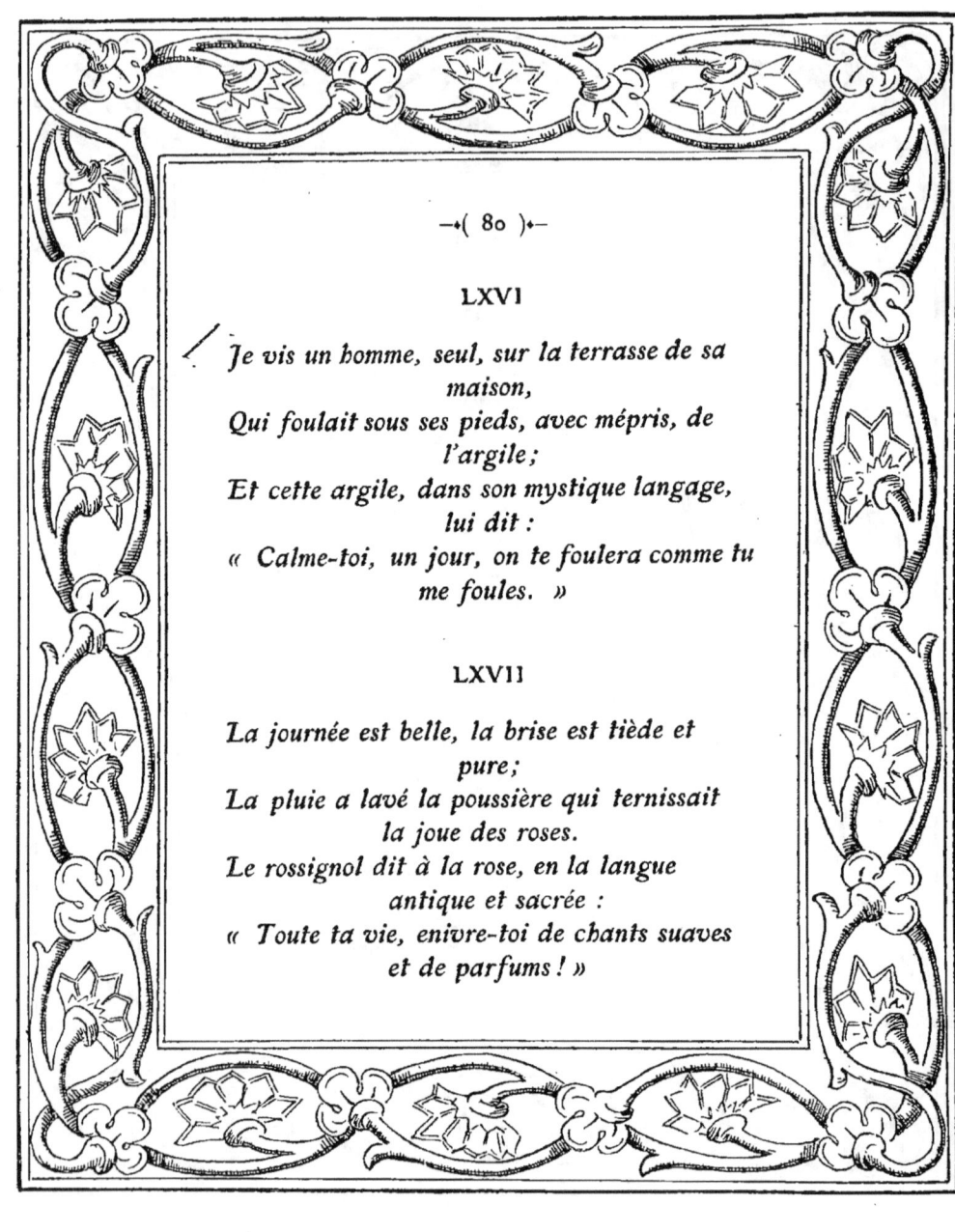

## LXVI

*Je vis un homme, seul, sur la terrasse de sa
maison,
Qui foulait sous ses pieds, avec mépris, de
l'argile;
Et cette argile, dans son mystique langage,
lui dit :
« Calme-toi, un jour, on te foulera comme tu
me foules. »*

## LXVII

*La journée est belle, la brise est tiède et
pure;
La pluie a lavé la poussière qui ternissait
la joue des roses.
Le rossignol dit à la rose, en la langue
antique et sacrée :
« Toute ta vie, enivre-toi de chants suaves
et de parfums ! »*

## LXVIII

*Avant que le destin te frappe à la tête,*

*Ordonne qu'on t'apporte du vin couleur de*
*rose.*
*Pauvre sot, penses-tu être un trésor,*

*Et que l'on te déterrera après t'avoir*
*enseveli?*

## LXIX

*Prends soin de me réconforter avec une coupe*
*de vin*
*Et de donner à ma peau ambrée la couleur*
*du rubis.*
*Quand je mourrai, lave-moi avec du vin,*

*Et fais avec du bois de vigne les planches*
*de mon cercueil.*

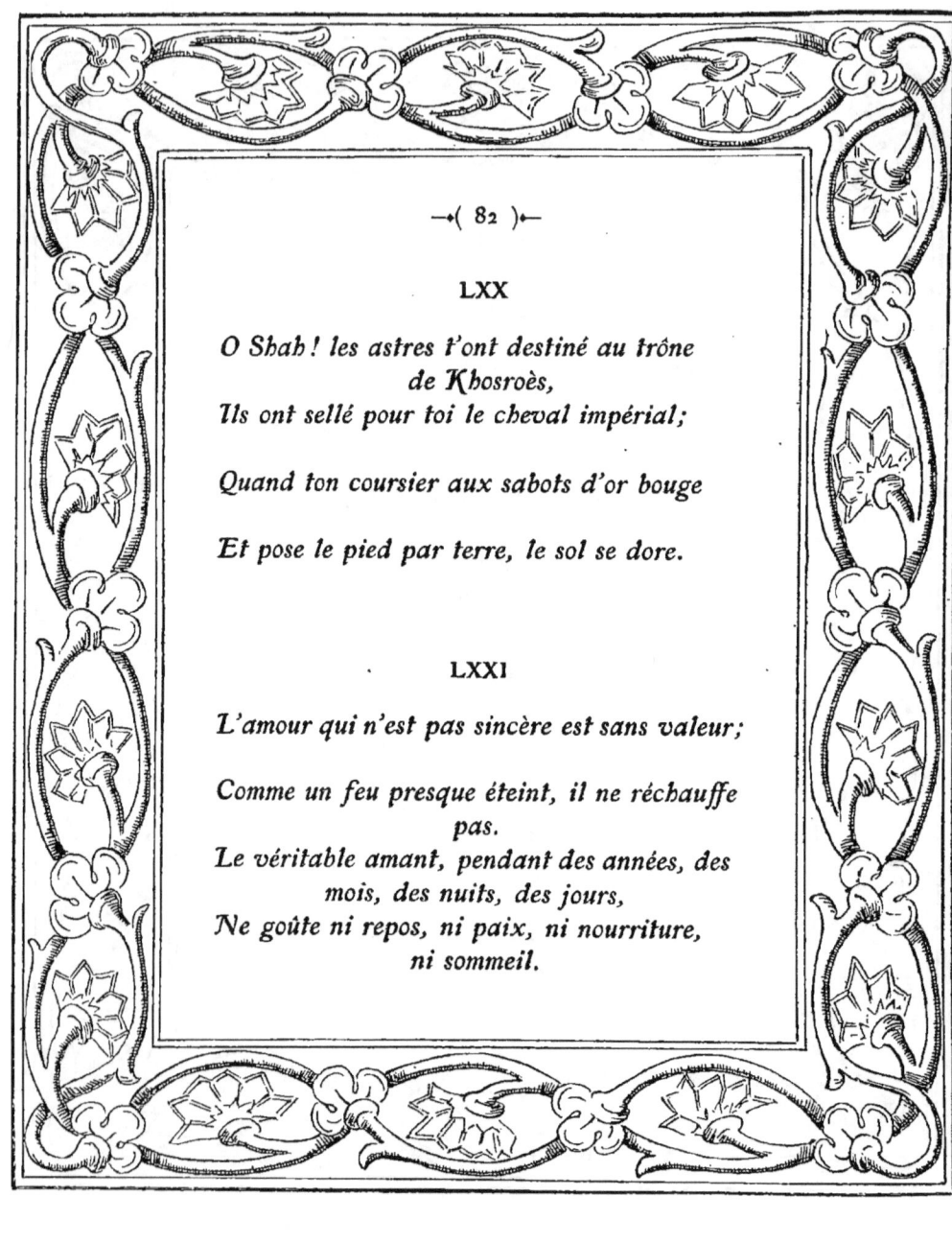

## LXX

*O Shah! les astres t'ont destiné au trône*
*de Khosroès,*
*Ils ont sellé pour toi le cheval impérial;*

*Quand ton coursier aux sabots d'or bouge*

*Et pose le pied par terre, le sol se dore.*

## LXXI

*L'amour qui n'est pas sincère est sans valeur;*

*Comme un feu presque éteint, il ne réchauffe*
*pas.*
*Le véritable amant, pendant des années, des*
*mois, des nuits, des jours,*
*Ne goûte ni repos, ni paix, ni nourriture,*
*ni sommeil.*

### LXXII

*Nul, parmi ceux qui ont interrogé le noir*
*mystère,*
*N'a fait un pas hors du cercle de l'Ombre.*

*O Femme, quelle bouche sinistrement muette*
*as-tu baisée*
*Que tu nous aies tous créés silencieux*
*et impuissants.*

### LXXIII

*Limite tes désirs des choses de ce monde*
*et vis content.*
*Détache-toi des entraves du bien et du mal*
*d'ici-bas,*
*Prends la coupe et joue avec les boucles de*
*l'aimée, car, bien vite*
*Tout passe... et combien de jours nous*
*reste-t-il ?*

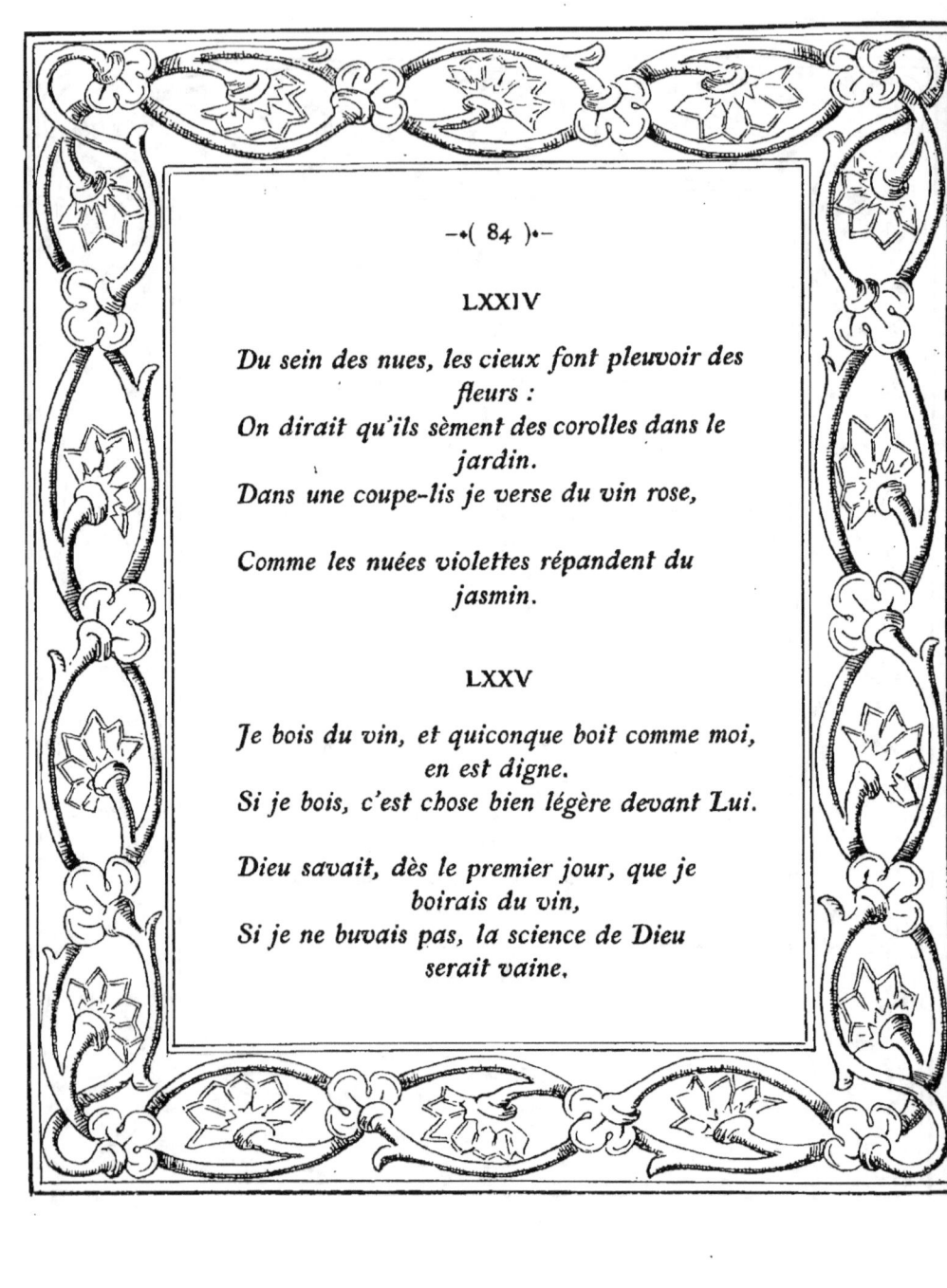

## LXXIV

Du sein des nues, les cieux font pleuvoir des
fleurs :
On dirait qu'ils sèment des corolles dans le
jardin.
Dans une coupe-lis je verse du vin rose,

Comme les nuées violettes répandent du
jasmin.

## LXXV

Je bois du vin, et quiconque boit comme moi,
en est digne.
Si je bois, c'est chose bien légère devant Lui.

Dieu savait, dès le premier jour, que je
boirais du vin,
Si je ne buvais pas, la science de Dieu
serait vaine.

## LXXVI

*Ne laisse pas la tristesse t'étreindre*

*Et d'absurdes soucis troubler tes jours,*

*N'abandonne pas le livre, les lèvres de*
*    l'aimée et les odorantes pelouses*
*Avant que la terre te prenne dans son sein.*

## LXXVII

*Bois du vin, pour qu'il chasse au loin*
*    toutes tes misères*
*Et la troublante pensée des Soixante-douze*
*    sectes.*
*Ne fuis pas l'alchimiste, car de lui*

*Si tu prends seulement une gorgée, il fera*
*    s'évanouir en toi mille soucis.*

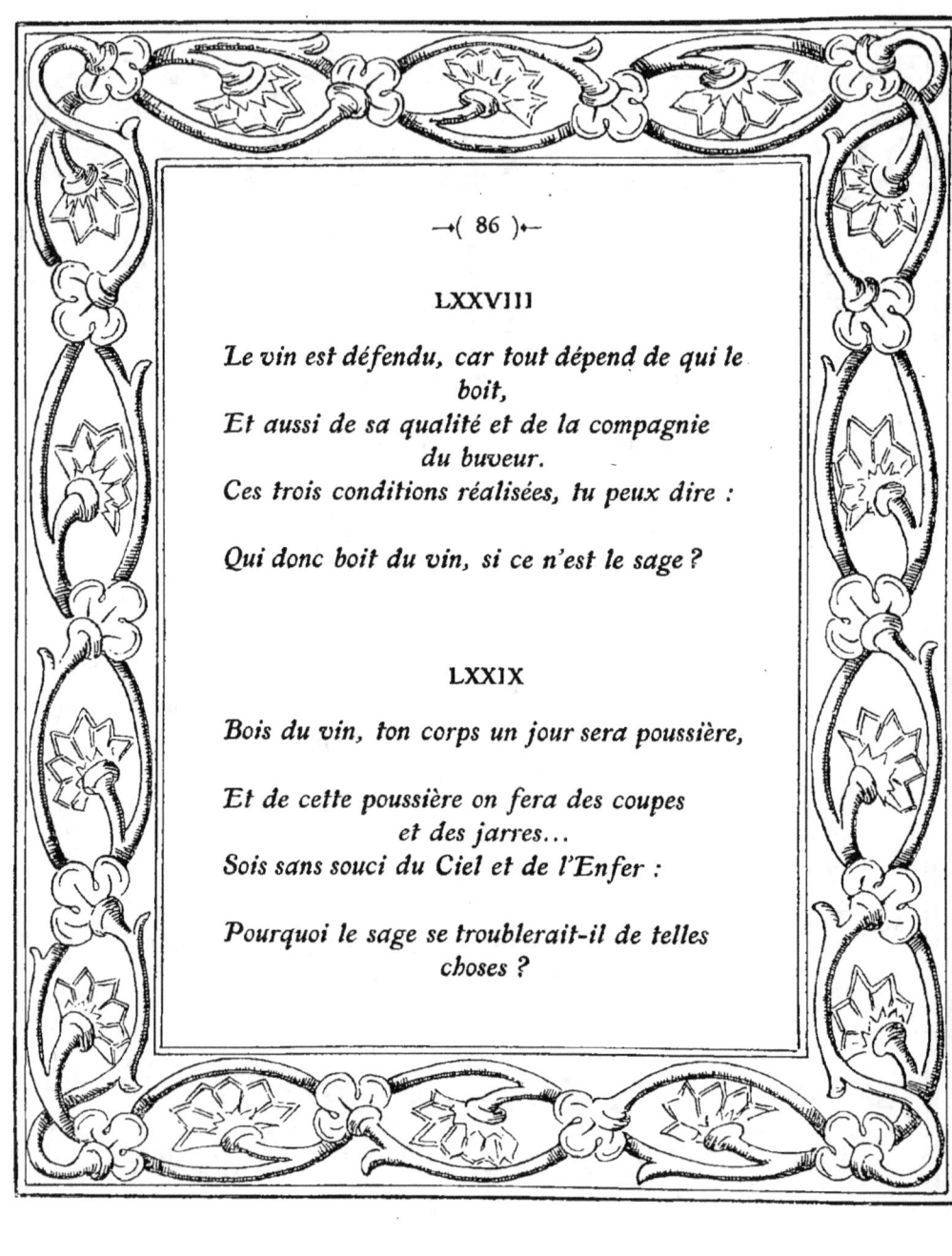

## LXXVIII

*Le vin est défendu, car tout dépend de qui le*
*boit,*
*Et aussi de sa qualité et de la compagnie*
*du buveur.*
*Ces trois conditions réalisées, tu peux dire :*

*Qui donc boit du vin, si ce n'est le sage ?*


## LXXIX

*Bois du vin, ton corps un jour sera poussière,*

*Et de cette poussière on fera des coupes*
*et des jarres...*
*Sois sans souci du Ciel et de l'Enfer :*

*Pourquoi le sage se troublerait-il de telles*
*choses ?*

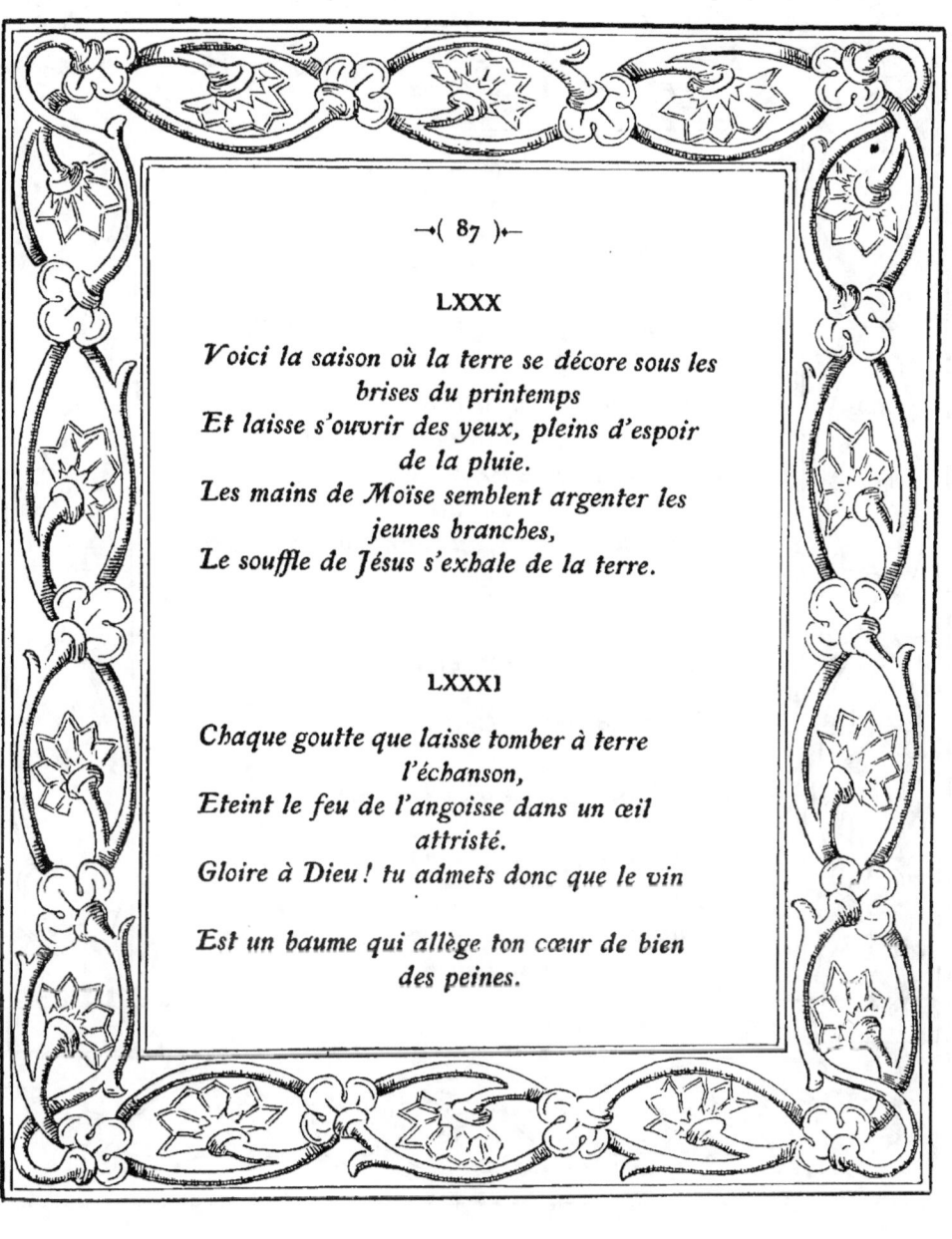

### LXXX

Voici la saison où la terre se décore sous les
brises du printemps
Et laisse s'ouvrir des yeux, pleins d'espoir
de la pluie.
Les mains de Moïse semblent argenter les
jeunes branches,
Le souffle de Jésus s'exhale de la terre.

### LXXXI

Chaque goutte que laisse tomber à terre
l'échanson,
Eteint le feu de l'angoisse dans un œil
attristé.
Gloire à Dieu ! tu admets donc que le vin

Est un baume qui allège ton cœur de bien
des peines.

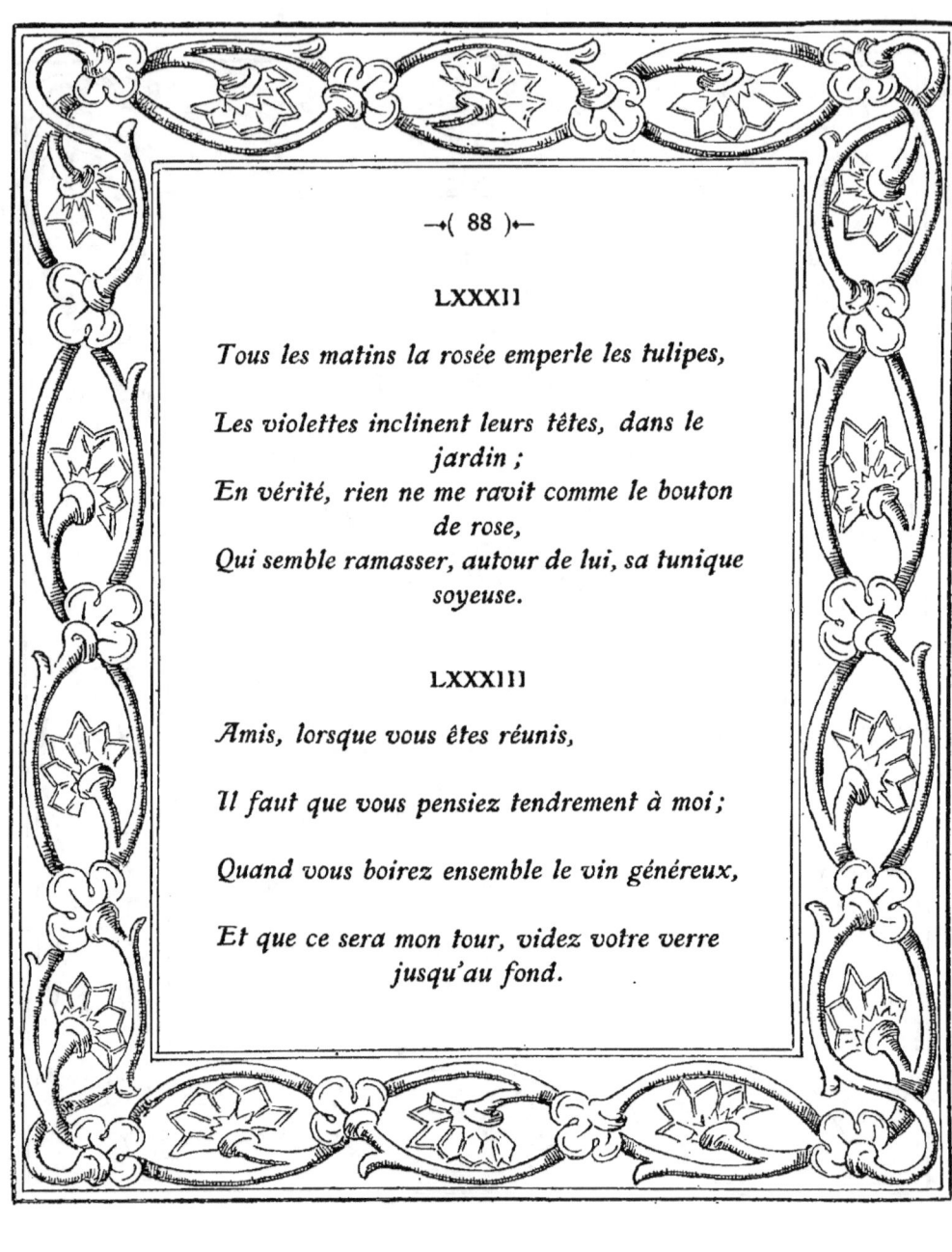

## LXXXII

*Tous les matins la rosée emperle les tulipes,*

*Les violettes inclinent leurs têtes, dans le
jardin ;*
*En vérité, rien ne me ravit comme le bouton
de rose,*
*Qui semble ramasser, autour de lui, sa tunique
soyeuse.*

## LXXXIII

*Amis, lorsque vous êtes réunis,*

*Il faut que vous pensiez tendrement à moi ;*

*Quand vous boirez ensemble le vin généreux,*

*Et que ce sera mon tour, videz votre verre
jusqu'au fond.*

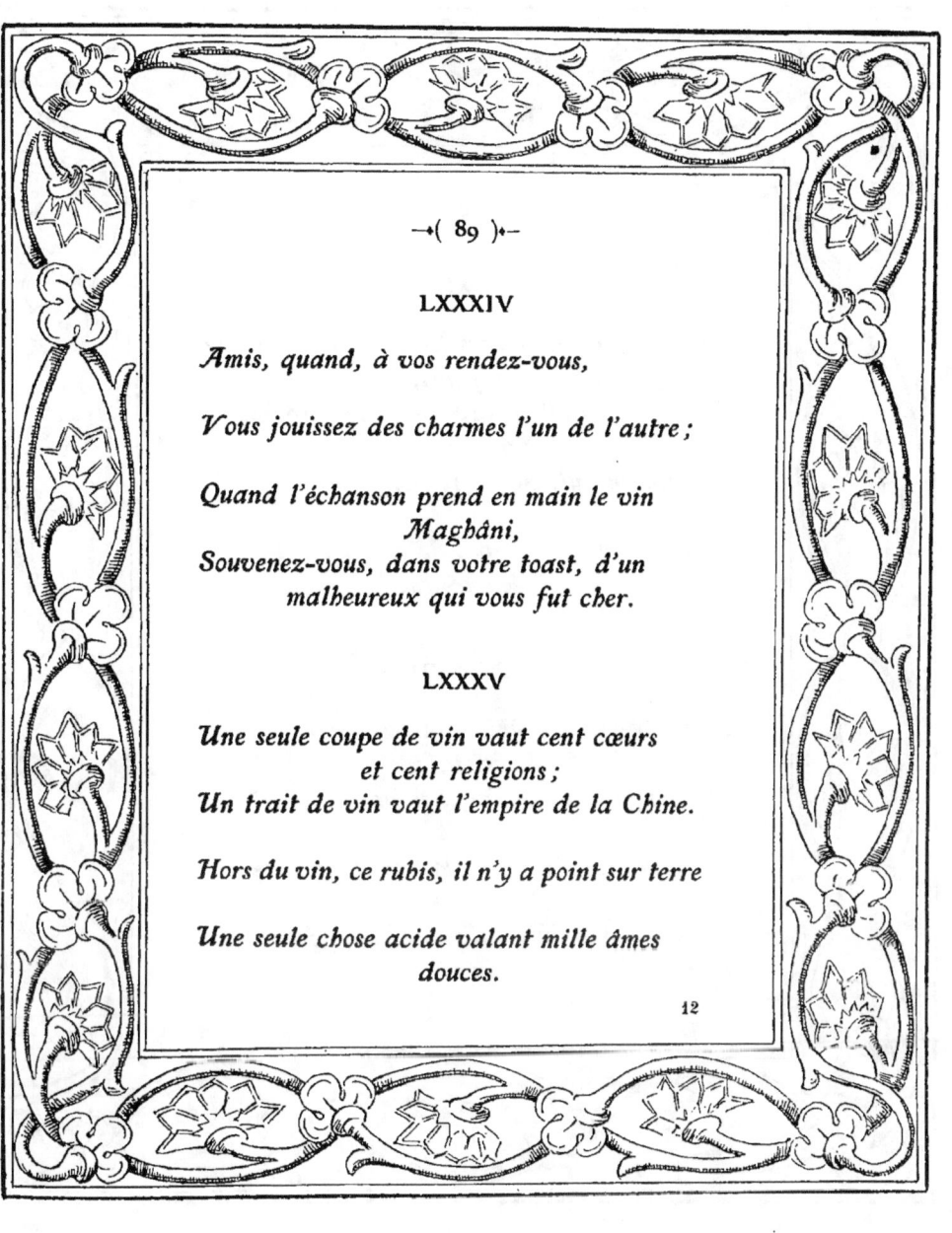

### LXXXIV

*Amis, quand, à vos rendez-vous,*

*Vous jouissez des charmes l'un de l'autre ;*

*Quand l'échanson prend en main le vin*
                    *Maghâni,*
*Souvenez-vous, dans votre toast, d'un*
        *malheureux qui vous fut cher.*

### LXXXV

*Une seule coupe de vin vaut cent cœurs*
            *et cent religions ;*
*Un trait de vin vaut l'empire de la Chine.*

*Hors du vin, ce rubis, il n'y a point sur terre*

*Une seule chose acide valant mille âmes*
                *douces.*

12

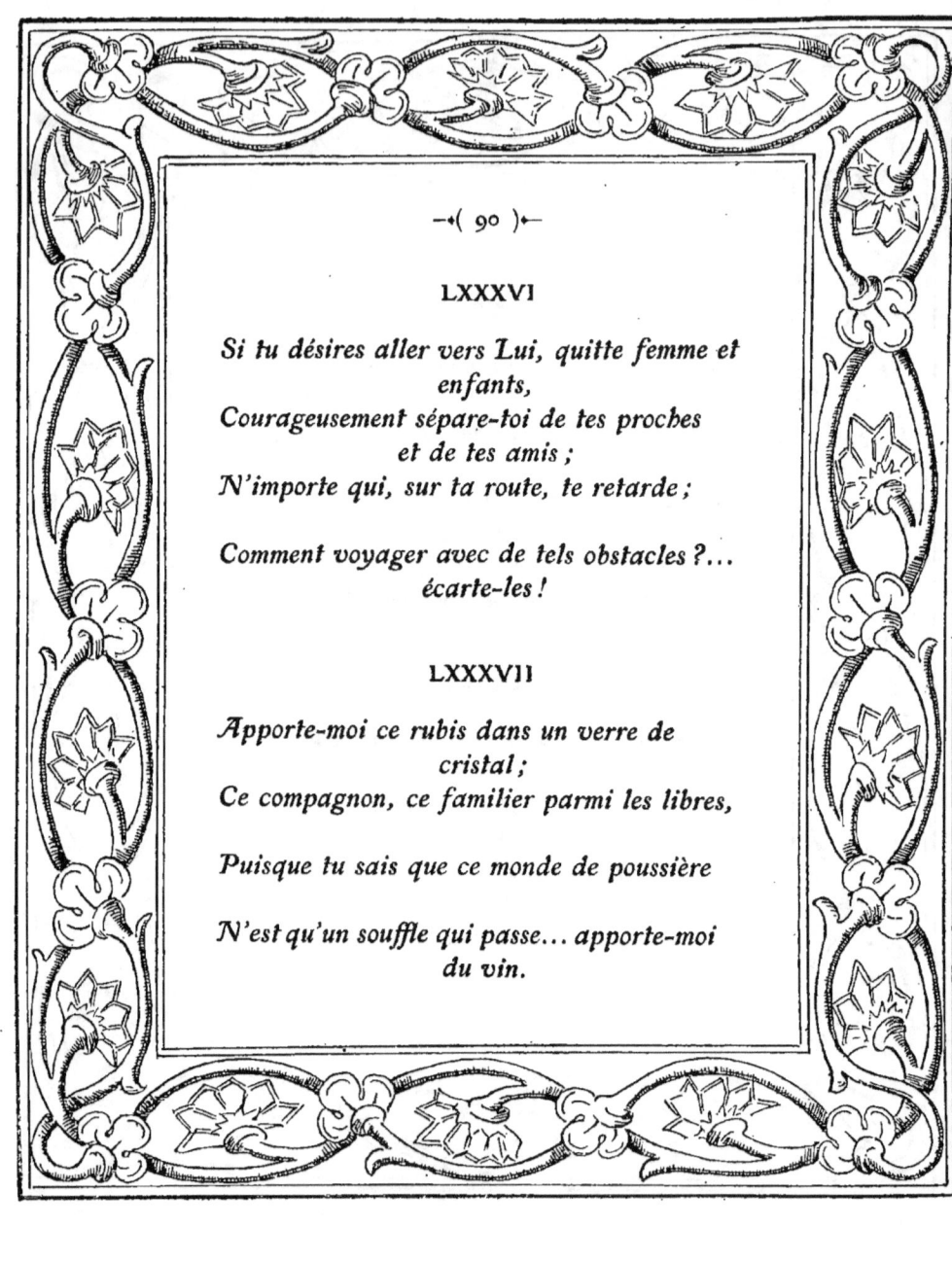

## LXXXVI

Si tu désires aller vers Lui, quitte femme et
enfants,
Courageusement sépare-toi de tes proches
et de tes amis ;
N'importe qui, sur ta route, te retarde ;

Comment voyager avec de tels obstacles ?...
écarte-les !

## LXXXVII

Apporte-moi ce rubis dans un verre de
cristal ;
Ce compagnon, ce familier parmi les libres,

Puisque tu sais que ce monde de poussière

N'est qu'un souffle qui passe... apporte-moi
du vin.

### LXXXVIII

Debout ! apporte le remède à ce cœur
oppressé,
Donne le vin à l'odeur musquée, le vin couleur
de rose.
Veux-tu l'antidote de la tristesse :

Apporte le vin, ce rubis, et le luth aux cordes
de soie.

### LXXXIX

J'ai vu hier, au bazar, un potier

Qui piétinait avec acharnement de l'argile ;

Et l'argile lui dit, en son mystique langage :

« Jadis, je fus vivante, ainsi que toi ;
sois moins brutal. »

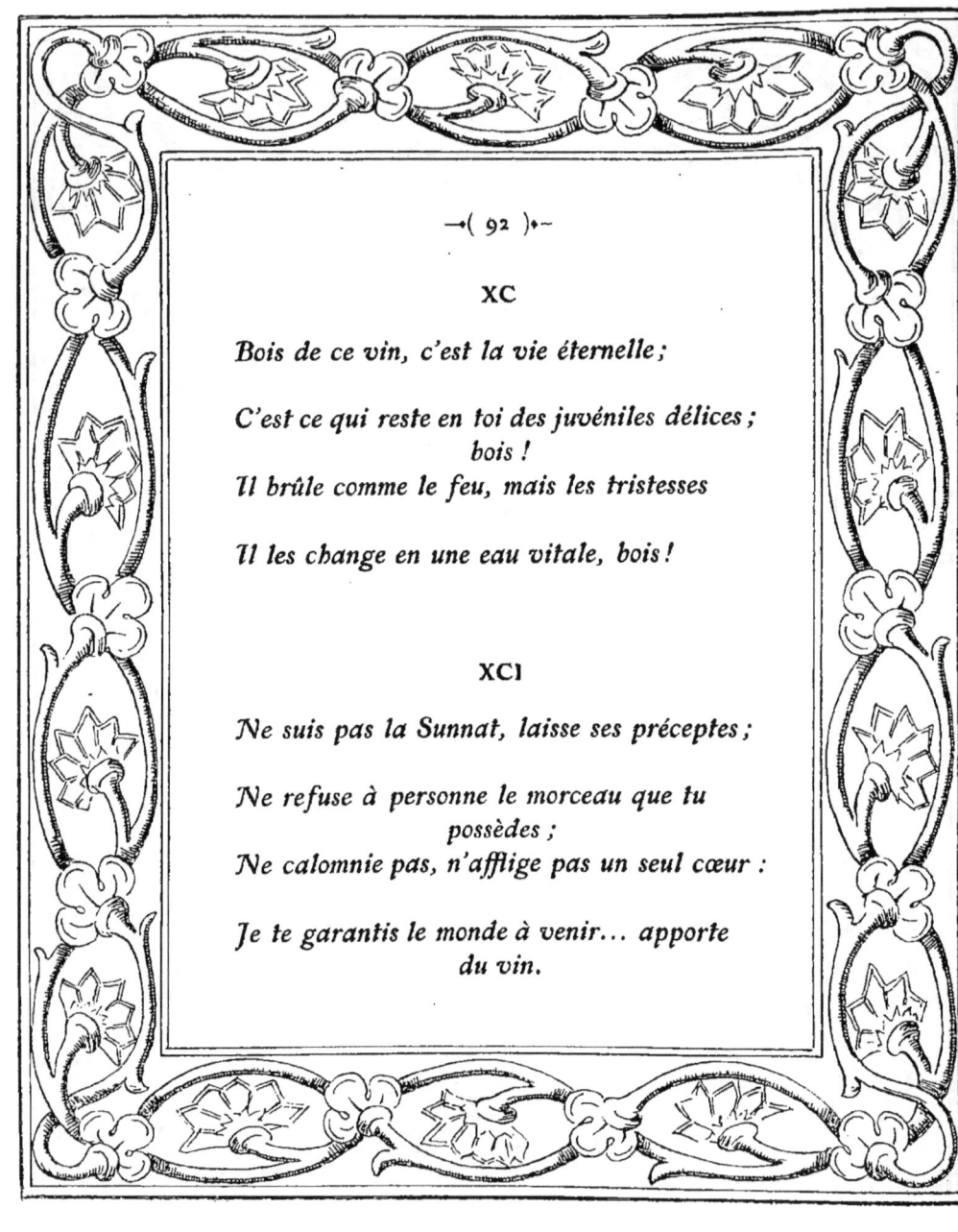

## XC

Bois de ce vin, c'est la vie éternelle ;

C'est ce qui reste en toi des juvéniles délices ;
bois !
Il brûle comme le feu, mais les tristesses

Il les change en une eau vitale, bois !

## XCI

Ne suis pas la Sunnat, laisse ses préceptes ;

Ne refuse à personne le morceau que tu
possèdes ;
Ne calomnie pas, n'afflige pas un seul cœur :

Je te garantis le monde à venir... apporte
du vin.

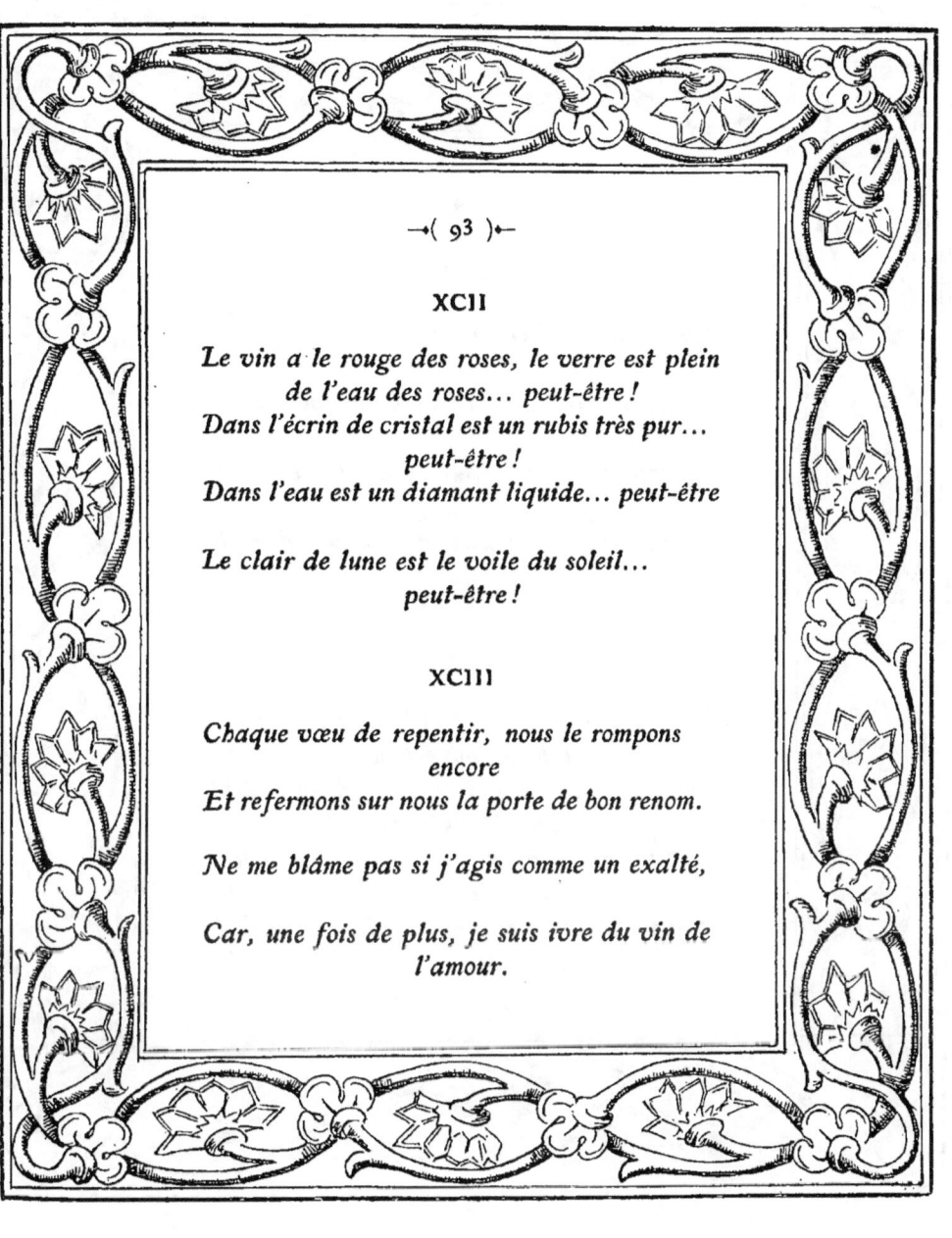

## XCII

*Le vin a le rouge des roses, le verre est plein*
*de l'eau des roses... peut-être !*
*Dans l'écrin de cristal est un rubis très pur...*
*peut-être !*
*Dans l'eau est un diamant liquide... peut-être*

*Le clair de lune est le voile du soleil...*
*peut-être !*

## XCIII

*Chaque vœu de repentir, nous le rompons*
*encore*
*Et refermons sur nous la porte de bon renom.*

*Ne me blâme pas si j'agis comme un exalté,*

*Car, une fois de plus, je suis ivre du vin de*
*l'amour.*

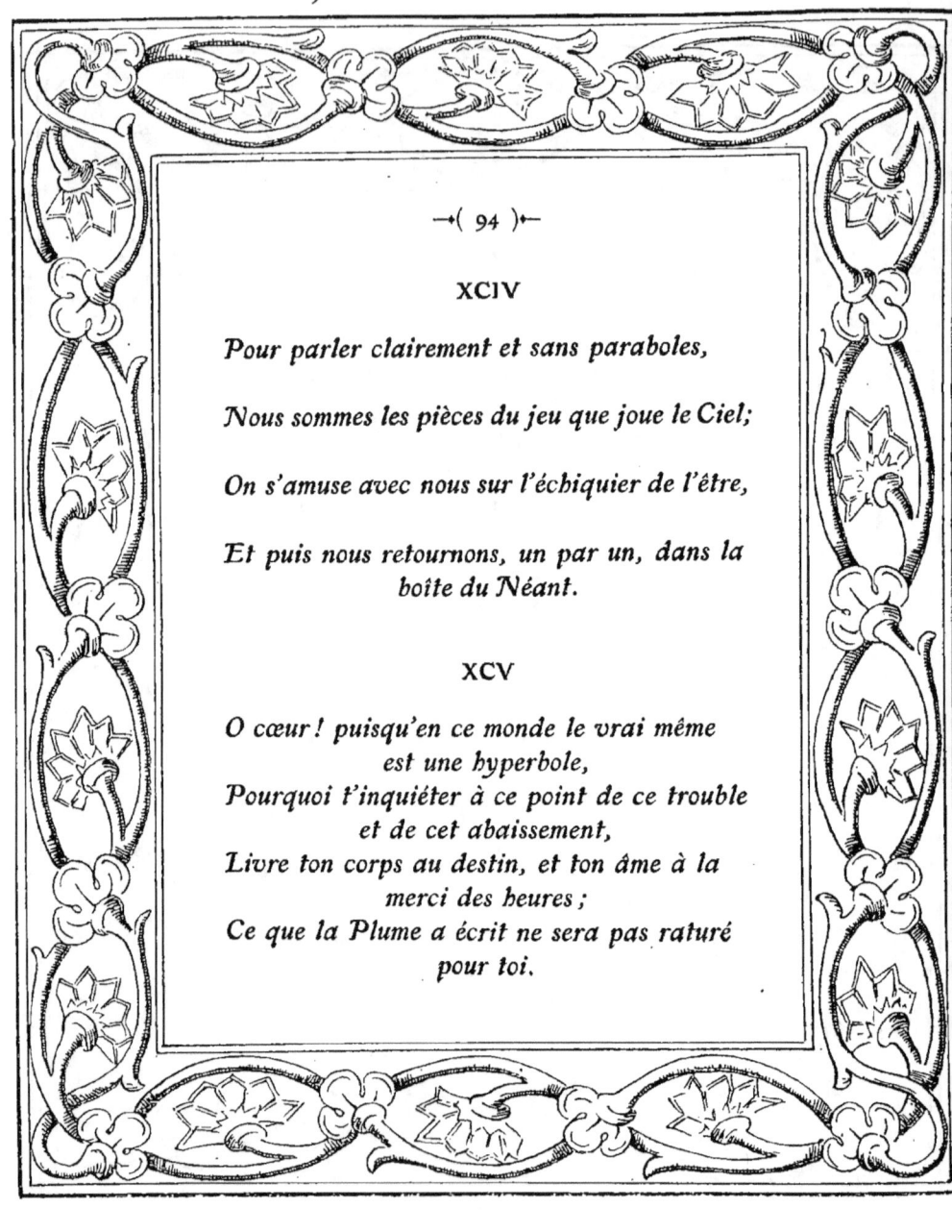

### XCIV

*Pour parler clairement et sans paraboles,*

*Nous sommes les pièces du jeu que joue le Ciel;*

*On s'amuse avec nous sur l'échiquier de l'être,*

*Et puis nous retournons, un par un, dans la*
*boîte du Néant.*

### XCV

*O cœur! puisqu'en ce monde le vrai même*
*est une hyperbole,*
*Pourquoi t'inquiéter à ce point de ce trouble*
*et de cet abaissement,*
*Livre ton corps au destin, et ton âme à la*
*merci des heures;*
*Ce que la Plume a écrit ne sera pas raturé*
*pour toi.*

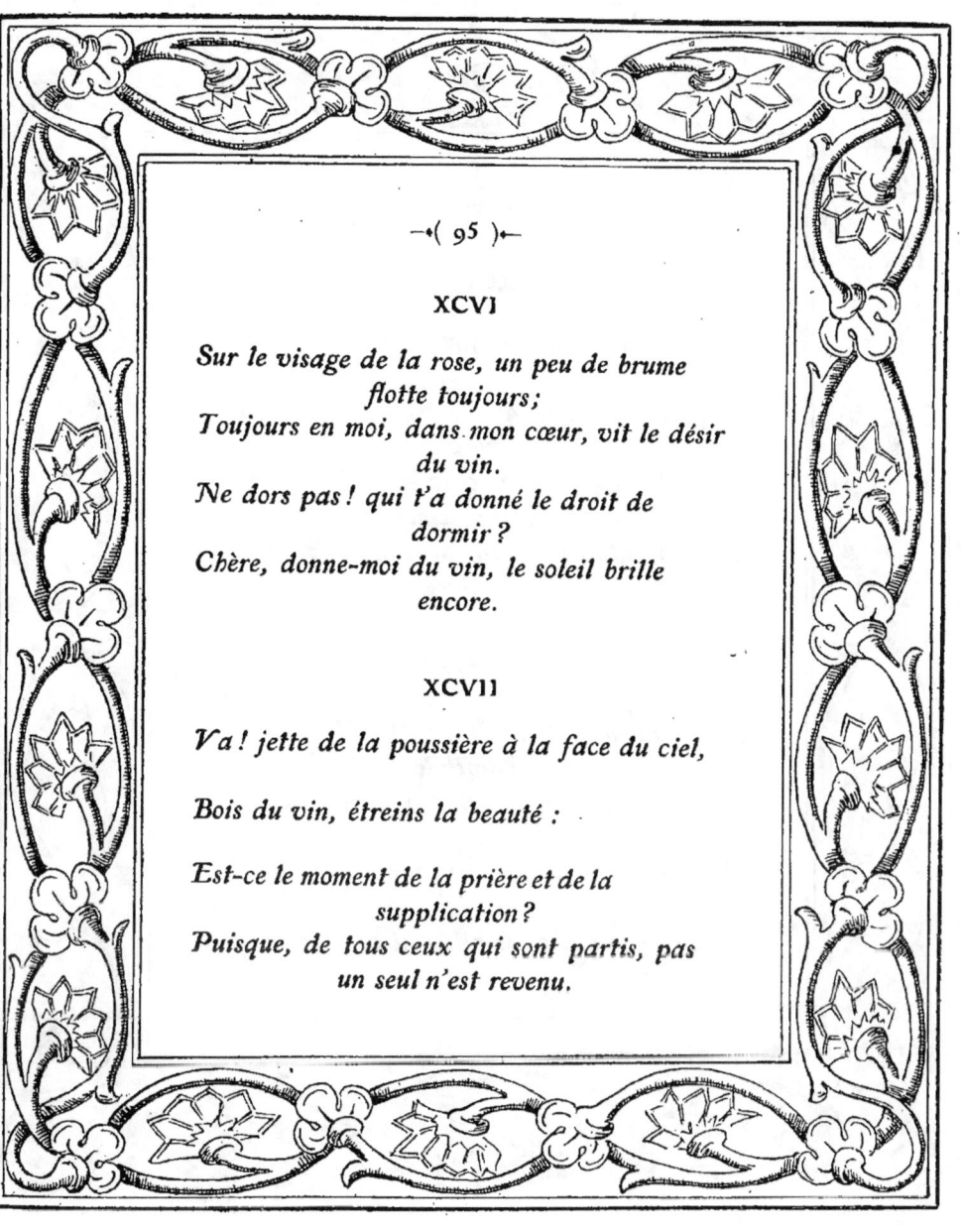

### XCVI

Sur le visage de la rose, un peu de brume
flotte toujours;
Toujours en moi, dans mon cœur, vit le désir
du vin.
Ne dors pas! qui t'a donné le droit de
dormir?
Chère, donne-moi du vin, le soleil brille
encore.

### XCVII

Va! jette de la poussière à la face du ciel,

Bois du vin, étreins la beauté :

Est-ce le moment de la prière et de la
supplication?
Puisque, de tous ceux qui sont partis, pas
un seul n'est revenu.

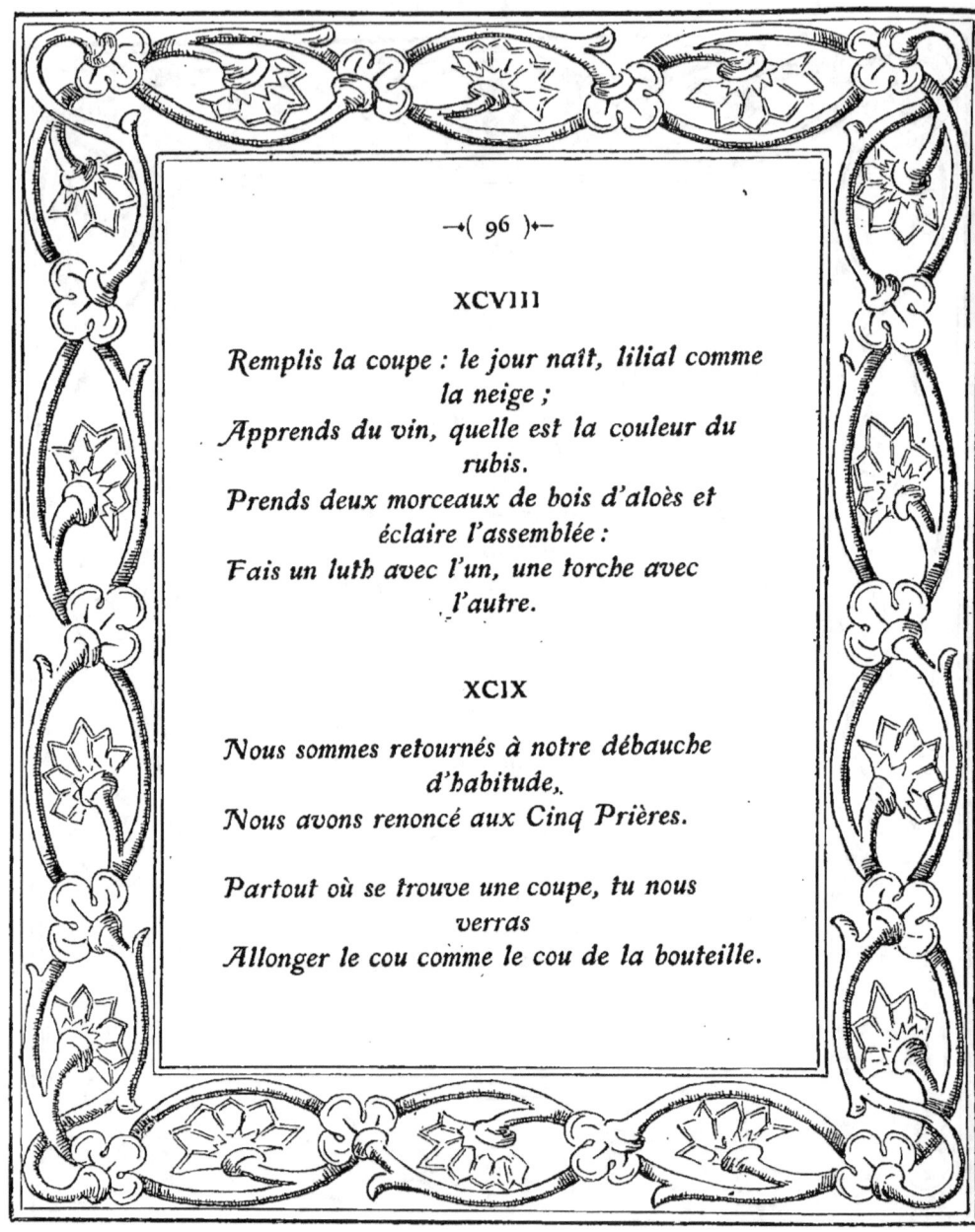

## XCVIII

Remplis la coupe : le jour naît, lilial comme
la neige ;
Apprends du vin, quelle est la couleur du
rubis.
Prends deux morceaux de bois d'aloès et
éclaire l'assemblée :
Fais un luth avec l'un, une torche avec
l'autre.

## XCIX

Nous sommes retournés à notre débauche
d'habitude,
Nous avons renoncé aux Cinq Prières.

Partout où se trouve une coupe, tu nous
verras
Allonger le cou comme le cou de la bouteille.

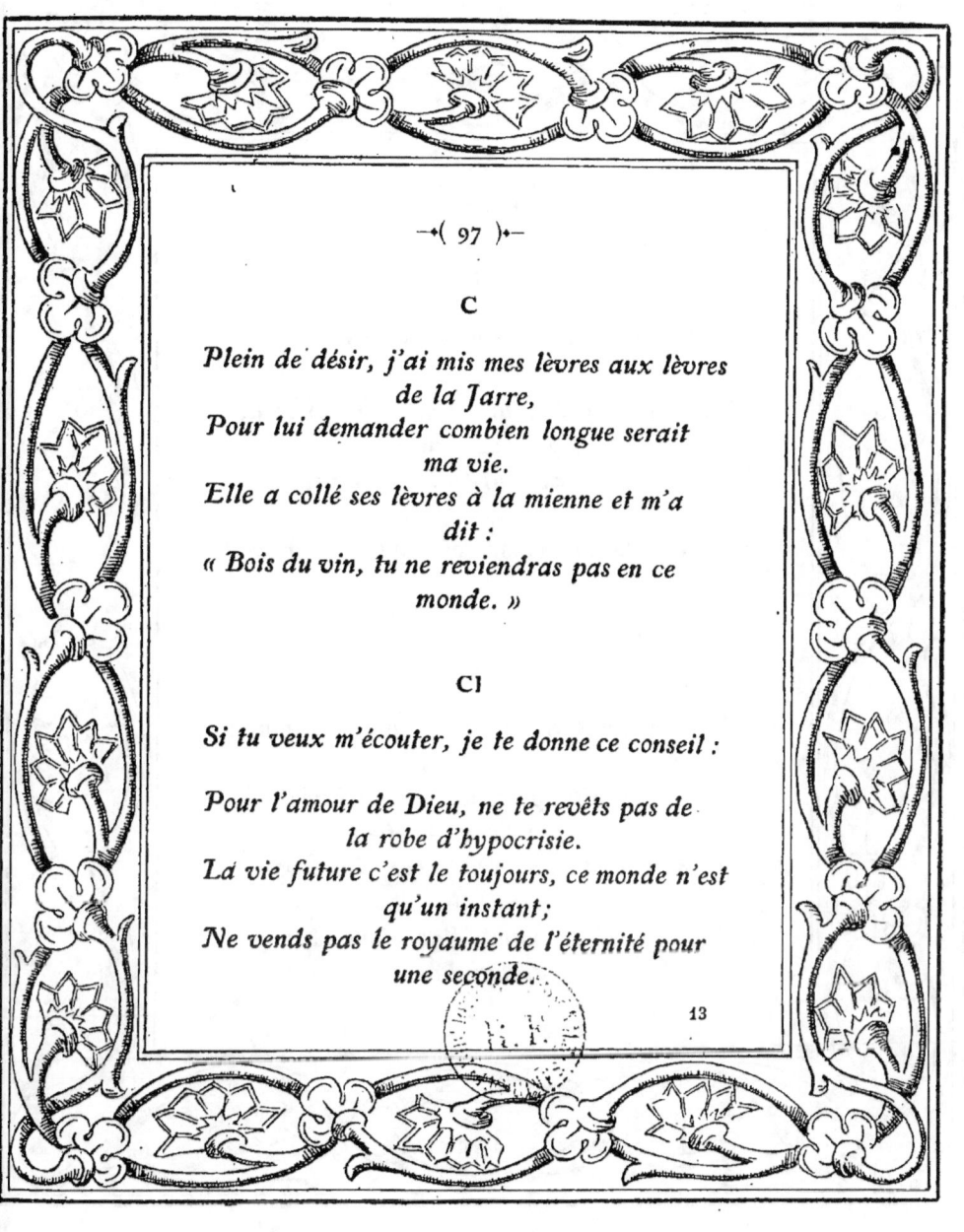

## C

*Plein de désir, j'ai mis mes lèvres aux lèvres*
*de la Jarre,*
*Pour lui demander combien longue serait*
*ma vie.*
*Elle a collé ses lèvres à la mienne et m'a*
*dit :*
*« Bois du vin, tu ne reviendras pas en ce*
*monde. »*

## CI

*Si tu veux m'écouter, je te donne ce conseil :*

*Pour l'amour de Dieu, ne te revêts pas de*
*la robe d'hypocrisie.*
*La vie future c'est le toujours, ce monde n'est*
*qu'un instant;*
*Ne vends pas le royaume de l'éternité pour*
*une seconde.*

13

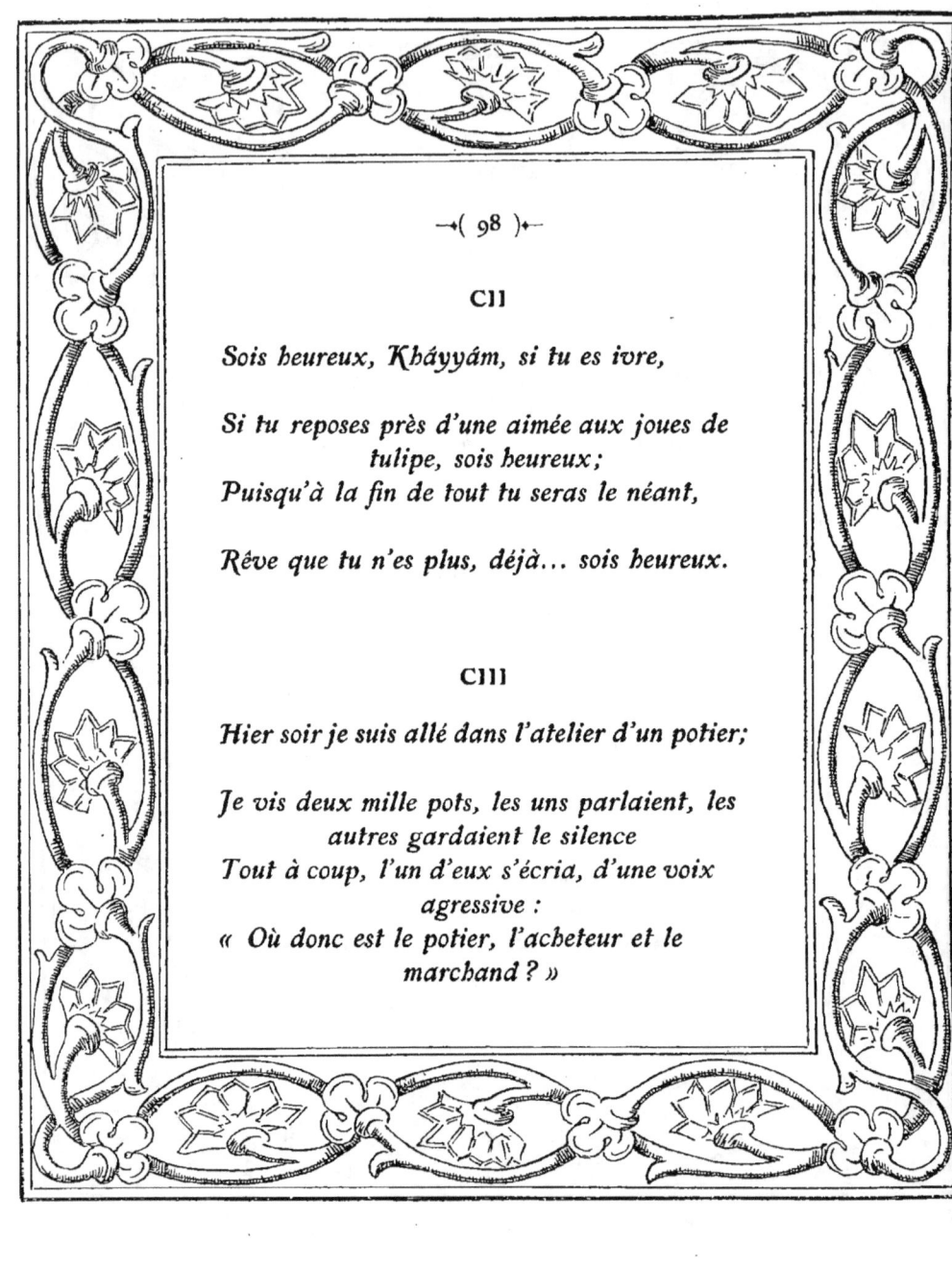

### CII

Sois heureux, Kháyyám, si tu es ivre,

Si tu reposes près d'une aimée aux joues de
tulipe, sois heureux ;
Puisqu'à la fin de tout tu seras le néant,

Rêve que tu n'es plus, déjà... sois heureux.


### CIII

Hier soir je suis allé dans l'atelier d'un potier ;

Je vis deux mille pots, les uns parlaient, les
autres gardaient le silence
Tout à coup, l'un d'eux s'écria, d'une voix
agressive :
« Où donc est le potier, l'acheteur et le
marchand ? »

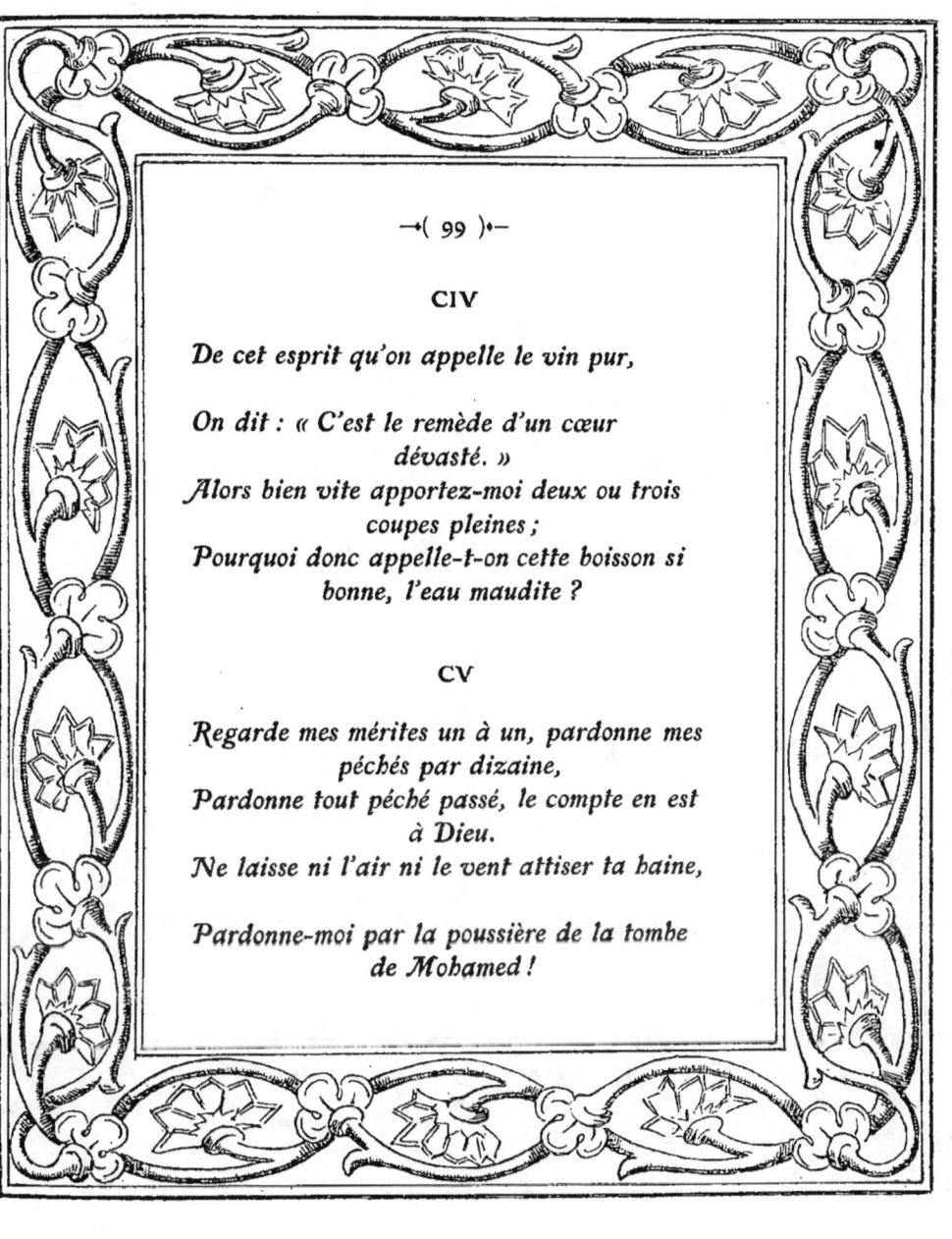

### CIV

De cet esprit qu'on appelle le vin pur,

On dit : « C'est le remède d'un cœur
dévasté. »
Alors bien vite apportez-moi deux ou trois
coupes pleines ;
Pourquoi donc appelle-t-on cette boisson si
bonne, l'eau maudite ?

### CV

Regarde mes mérites un à un, pardonne mes
péchés par dizaine,
Pardonne tout péché passé, le compte en est
à Dieu.
Ne laisse ni l'air ni le vent attiser ta haine,

Pardonne-moi par la poussière de la tombe
de Mohamed !

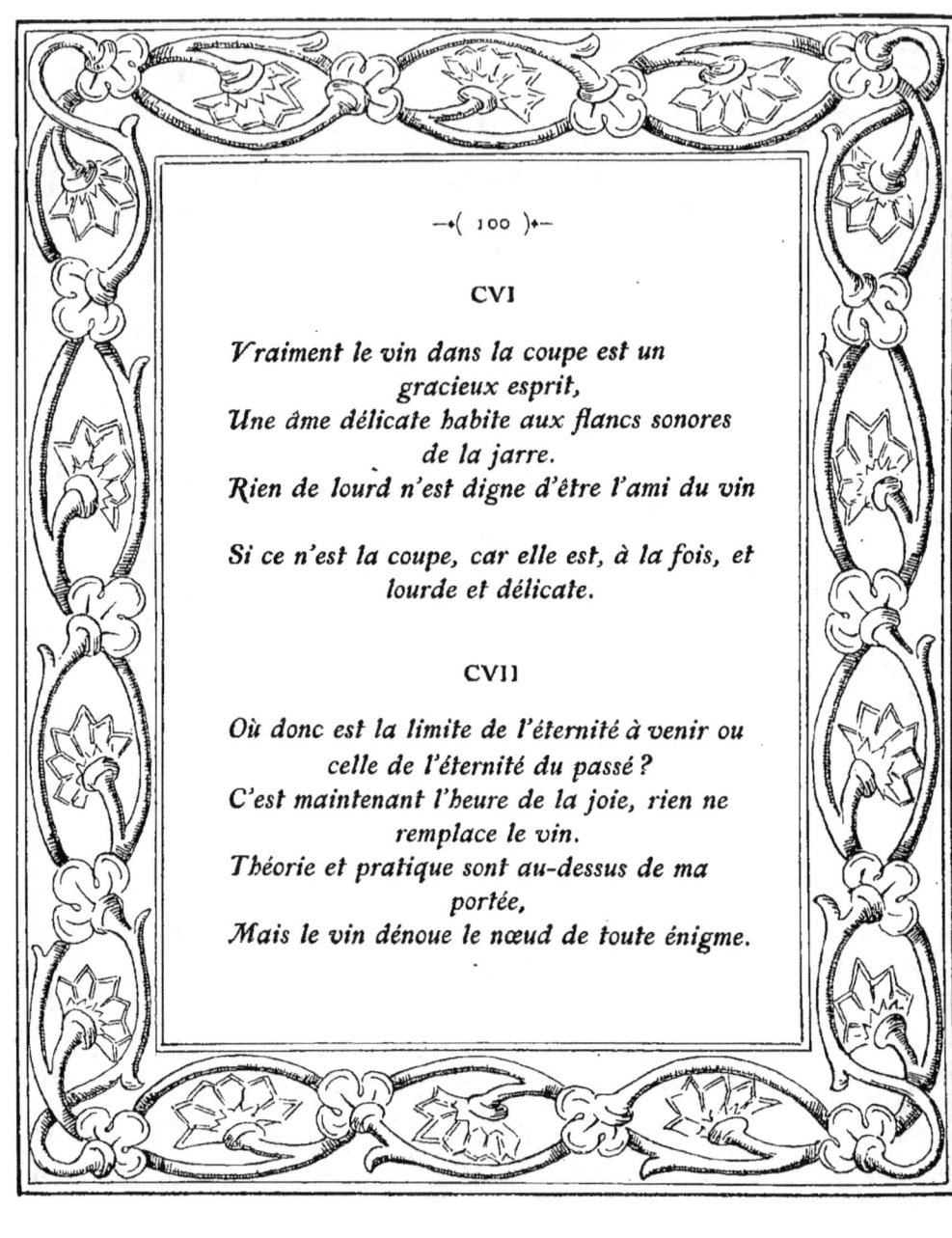

## CVI

*Vraiment le vin dans la coupe est un
gracieux esprit,
Une âme délicate habite aux flancs sonores
de la jarre.
Rien de lourd n'est digne d'être l'ami du vin*

*Si ce n'est la coupe, car elle est, à la fois, et
lourde et délicate.*

## CVII

*Où donc est la limite de l'éternité à venir ou
celle de l'éternité du passé ?
C'est maintenant l'heure de la joie, rien ne
remplace le vin.
Théorie et pratique sont au-dessus de ma
portée,
Mais le vin dénoue le nœud de toute énigme.*

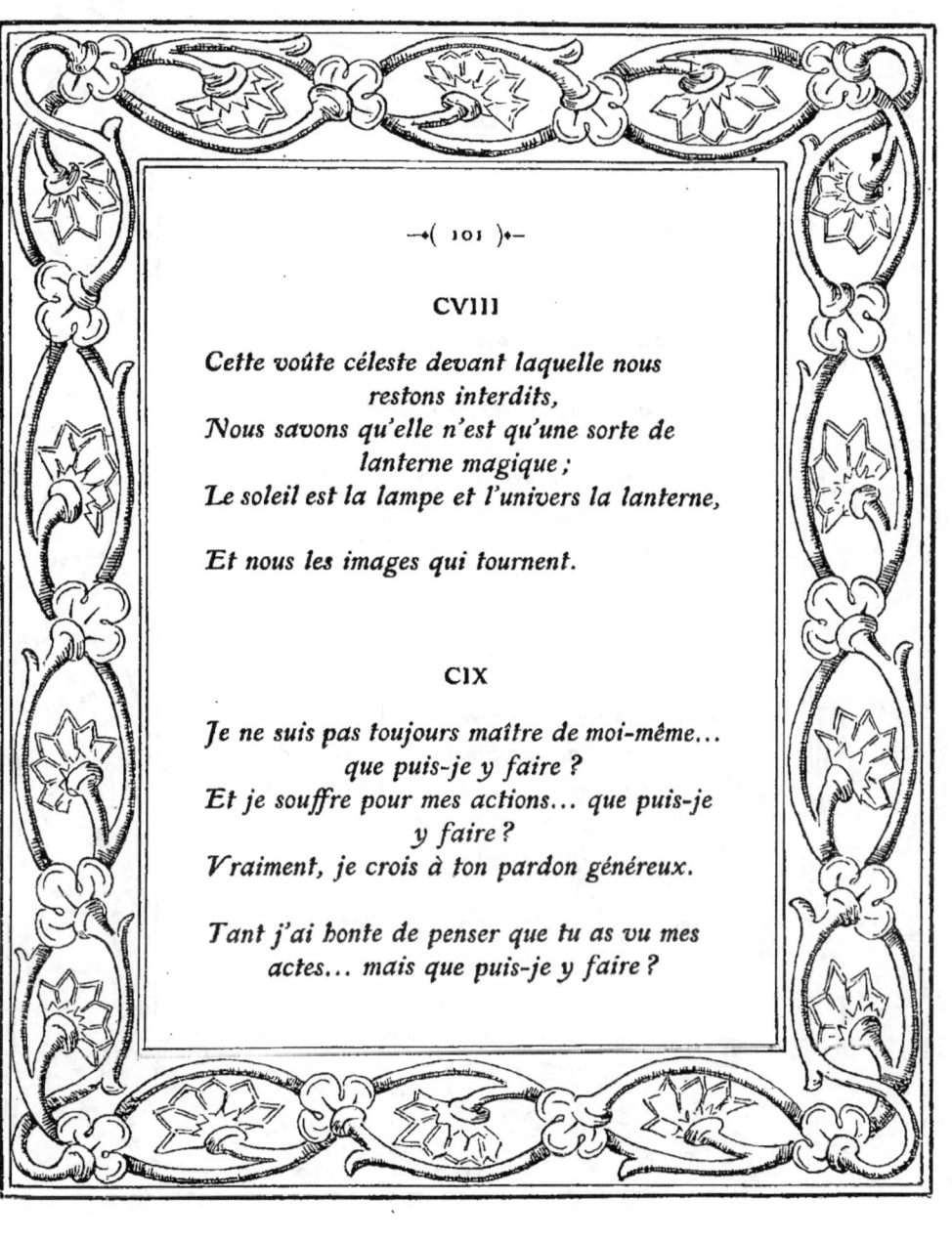

## CVIII

*Cette voûte céleste devant laquelle nous*
*restons interdits,*
*Nous savons qu'elle n'est qu'une sorte de*
*lanterne magique ;*
*Le soleil est la lampe et l'univers la lanterne,*

*Et nous les images qui tournent.*


## CIX

*Je ne suis pas toujours maître de moi-même...*
*que puis-je y faire ?*
*Et je souffre pour mes actions... que puis-je*
*y faire ?*
*Vraiment, je crois à ton pardon généreux.*

*Tant j'ai honte de penser que tu as vu mes*
*actes... mais que puis-je y faire ?*

## CX

*Il me faut me lever pour chercher le vin pur.*

*Toi, donne à mes joues la couleur du*
*jujubier.*
*Si la raison me tourmente encore, je lui*
*cracherai au visage*
*Une gorgée de vin... pour qu'elle dorme!*


## CXI

*Combien de temps encore serons-nous les*
*esclaves des problèmes quotidiens?*
*Qu'importe que nous vivions un an ou un*
*jour, en ce monde.*
*Verse une coupe de vin, avant*

*Que nous soyons des pots dans l'atelier*
*du potier.*

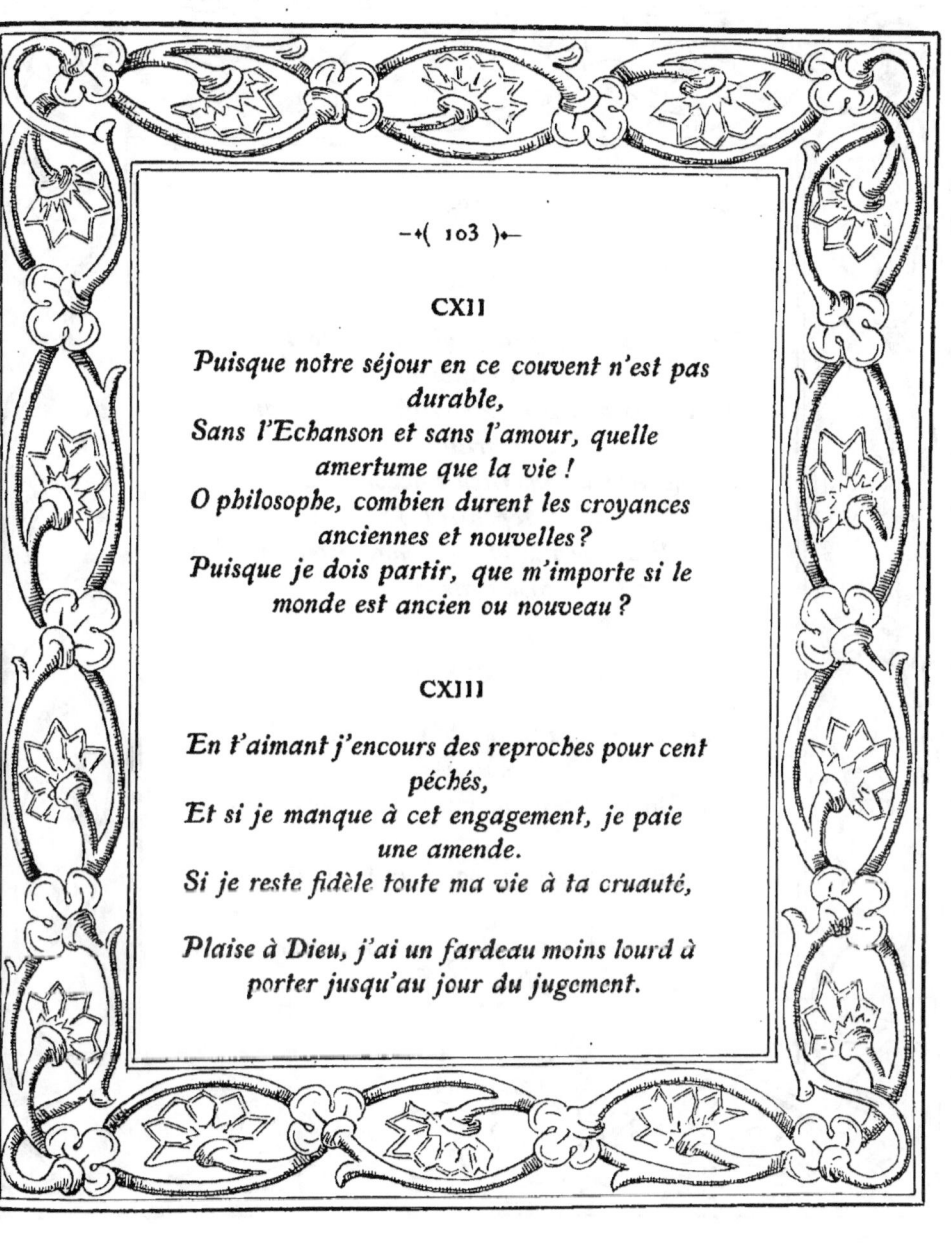

### CXII

*Puisque notre séjour en ce couvent n'est pas*
*durable,*
*Sans l'Echanson et sans l'amour, quelle*
*amertume que la vie !*
*O philosophe, combien durent les croyances*
*anciennes et nouvelles ?*
*Puisque je dois partir, que m'importe si le*
*monde est ancien ou nouveau ?*

### CXIII

*En t'aimant j'encours des reproches pour cent*
*péchés,*
*Et si je manque à cet engagement, je paie*
*une amende.*
*Si je reste fidèle toute ma vie à ta cruauté,*

*Plaise à Dieu, j'ai un fardeau moins lourd à*
*porter jusqu'au jour du jugement.*

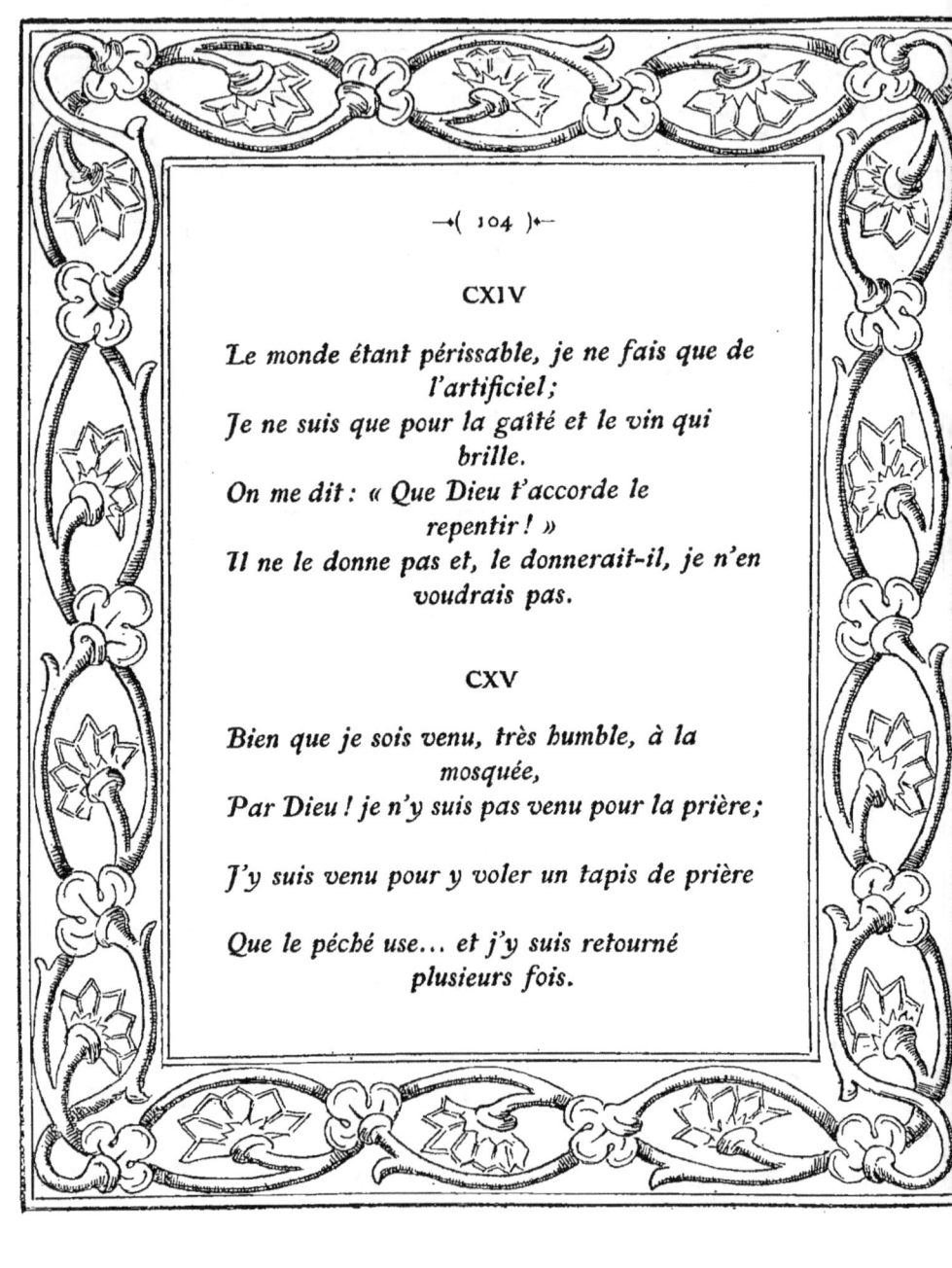

## CXIV

*Le monde étant périssable, je ne fais que de*
*l'artificiel ;*
*Je ne suis que pour la gaîté et le vin qui*
*brille.*
*On me dit : « Que Dieu t'accorde le*
*repentir ! »*
*Il ne le donne pas et, le donnerait-il, je n'en*
*voudrais pas.*

## CXV

*Bien que je sois venu, très humble, à la*
*mosquée,*
*Par Dieu ! je n'y suis pas venu pour la prière ;*

*J'y suis venu pour y voler un tapis de prière*

*Que le péché use... et j'y suis retourné*
*plusieurs fois.*

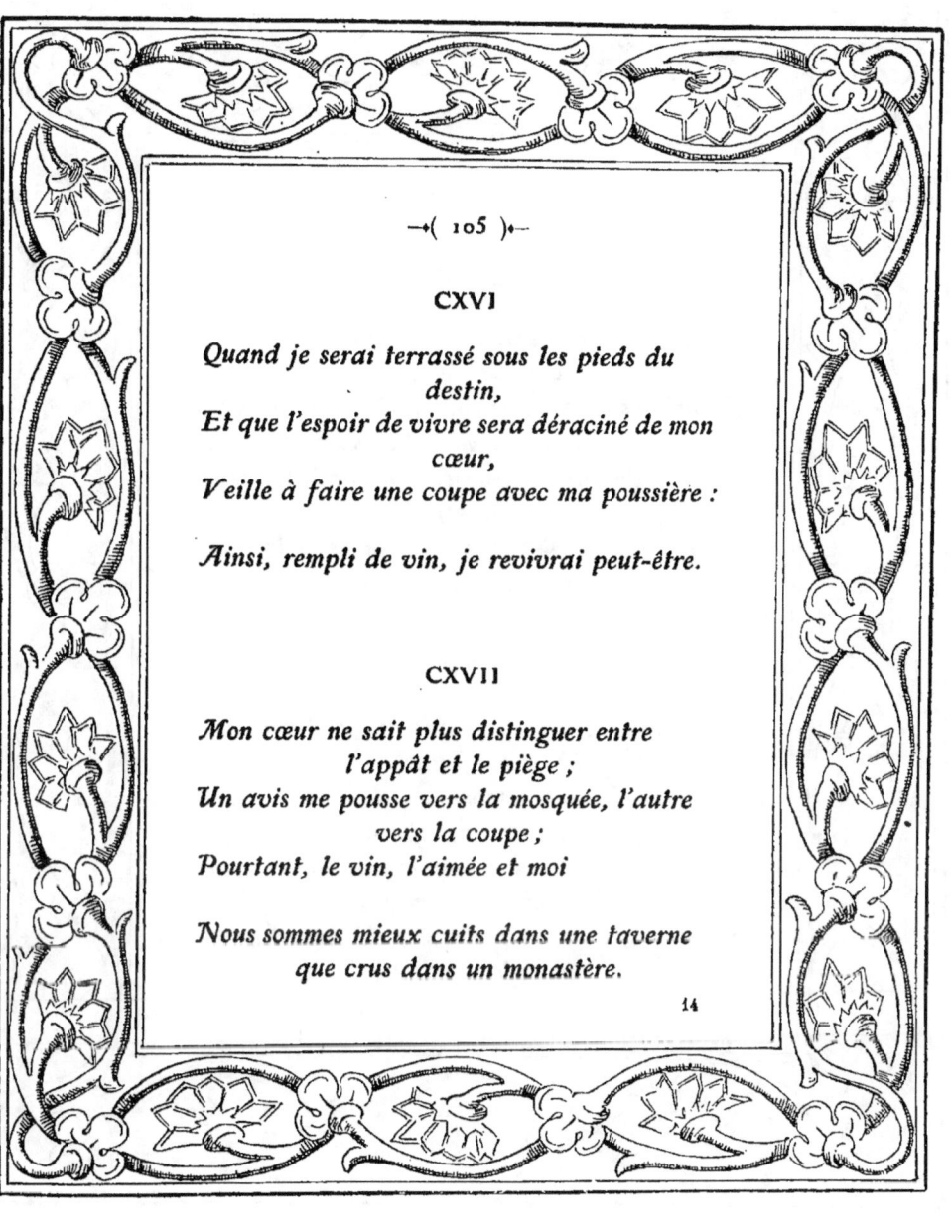

## CXVI

*Quand je serai terrassé sous les pieds du*
*destin,*
*Et que l'espoir de vivre sera déraciné de mon*
*cœur,*
*Veille à faire une coupe avec ma poussière :*

*Ainsi, rempli de vin, je revivrai peut-être.*


## CXVII

*Mon cœur ne sait plus distinguer entre*
*l'appât et le piège ;*
*Un avis me pousse vers la mosquée, l'autre*
*vers la coupe ;*
*Pourtant, le vin, l'aimée et moi*

*Nous sommes mieux cuits dans une taverne*
*que crus dans un monastère.*

14

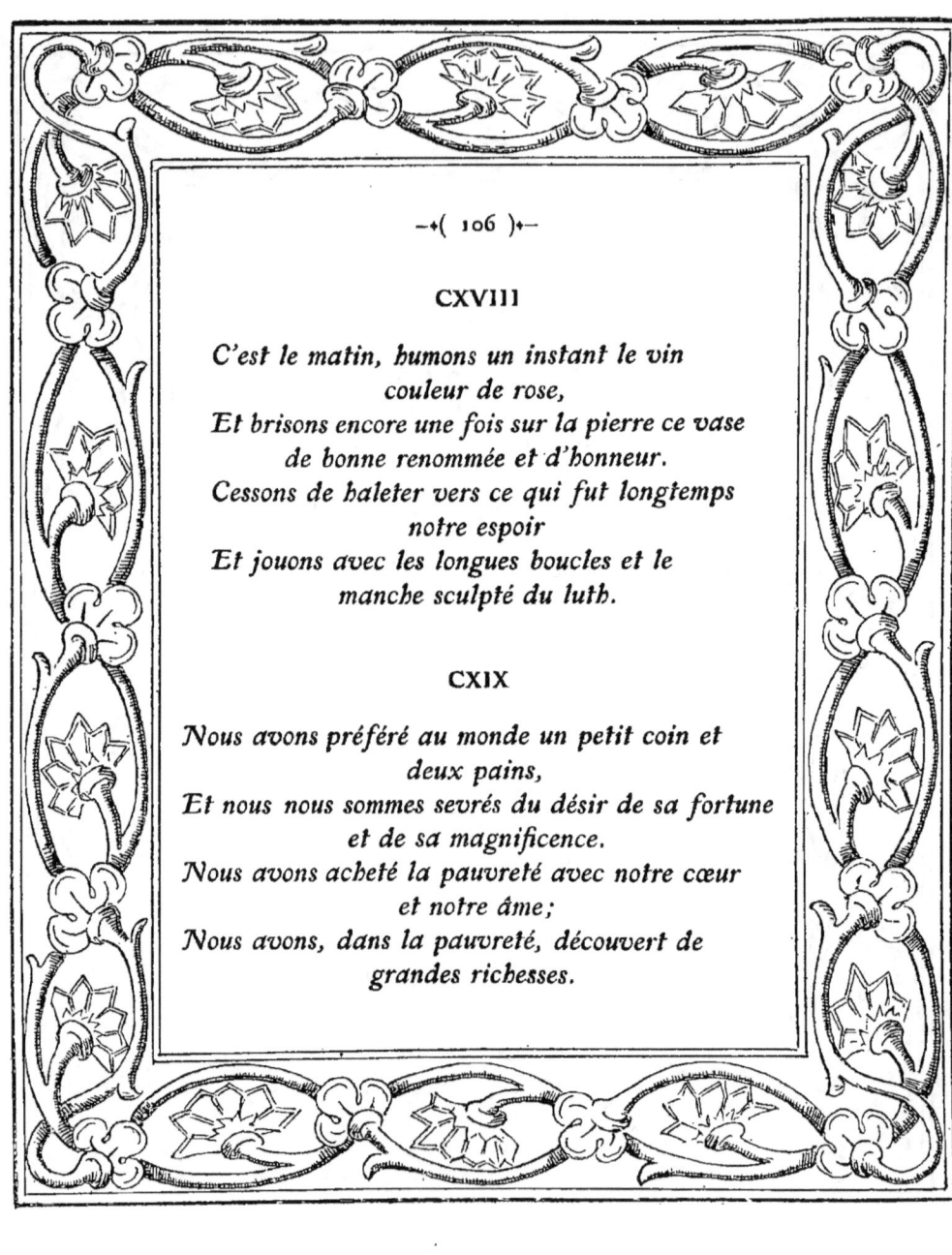

## CXVIII

*C'est le matin, humons un instant le vin*
*couleur de rose,*
*Et brisons encore une fois sur la pierre ce vase*
*de bonne renommée et d'honneur.*
*Cessons de haleter vers ce qui fut longtemps*
*notre espoir*
*Et jouons avec les longues boucles et le*
*manche sculpté du luth.*

## CXIX

*Nous avons préféré au monde un petit coin et*
*deux pains,*
*Et nous nous sommes sevrés du désir de sa fortune*
*et de sa magnificence.*
*Nous avons acheté la pauvreté avec notre cœur*
*et notre âme;*
*Nous avons, dans la pauvreté, découvert de*
*grandes richesses.*

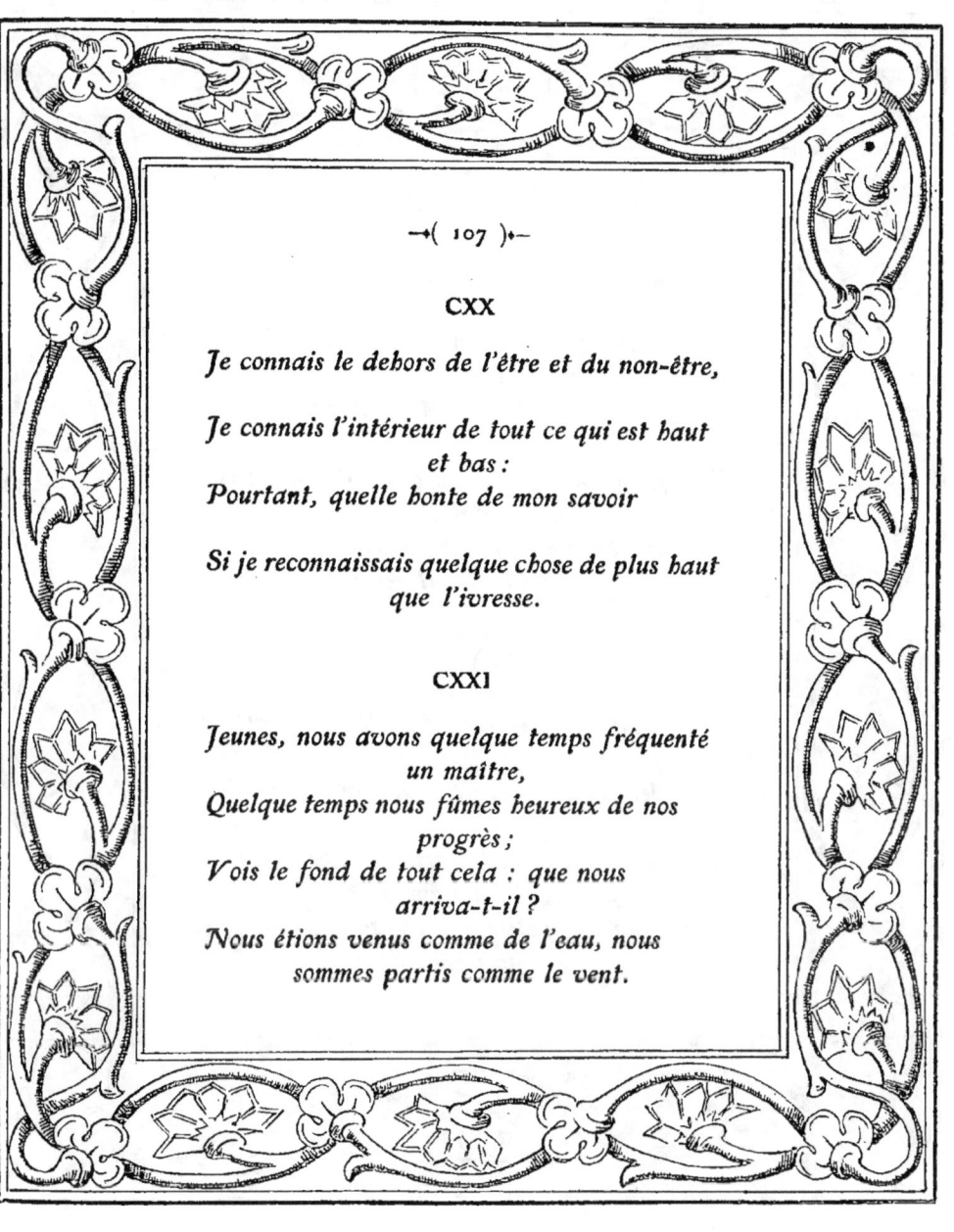

## CXX

*Je connais le dehors de l'être et du non-être,*

*Je connais l'intérieur de tout ce qui est haut*
*et bas :*
*Pourtant, quelle honte de mon savoir*

*Si je reconnaissais quelque chose de plus haut*
*que l'ivresse.*

## CXXI

*Jeunes, nous avons quelque temps fréquenté*
*un maître,*
*Quelque temps nous fûmes heureux de nos*
*progrès ;*
*Vois le fond de tout cela : que nous*
*arriva-t-il ?*
*Nous étions venus comme de l'eau, nous*
*sommes partis comme le vent.*

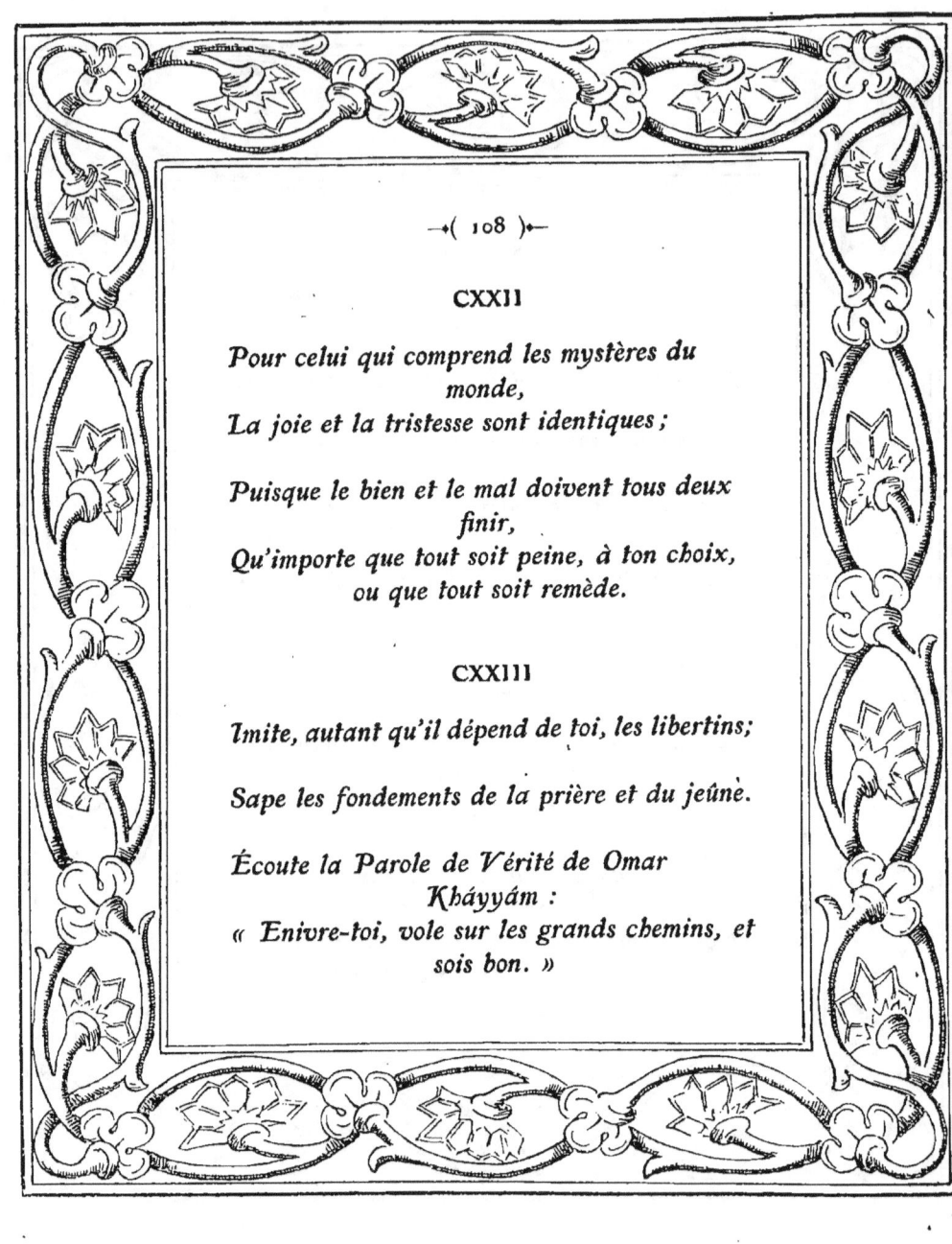

## CXXII

*Pour celui qui comprend les mystères du
monde,
La joie et la tristesse sont identiques ;*

*Puisque le bien et le mal doivent tous deux
finir,
Qu'importe que tout soit peine, à ton choix,
ou que tout soit remède.*

## CXXIII

*Imite, autant qu'il dépend de toi, les libertins ;*

*Sape les fondements de la prière et du jeûne.*

*Écoute la Parole de Vérité de Omar
Kháyyám :
« Enivre-toi, vole sur les grands chemins, et
sois bon. »*

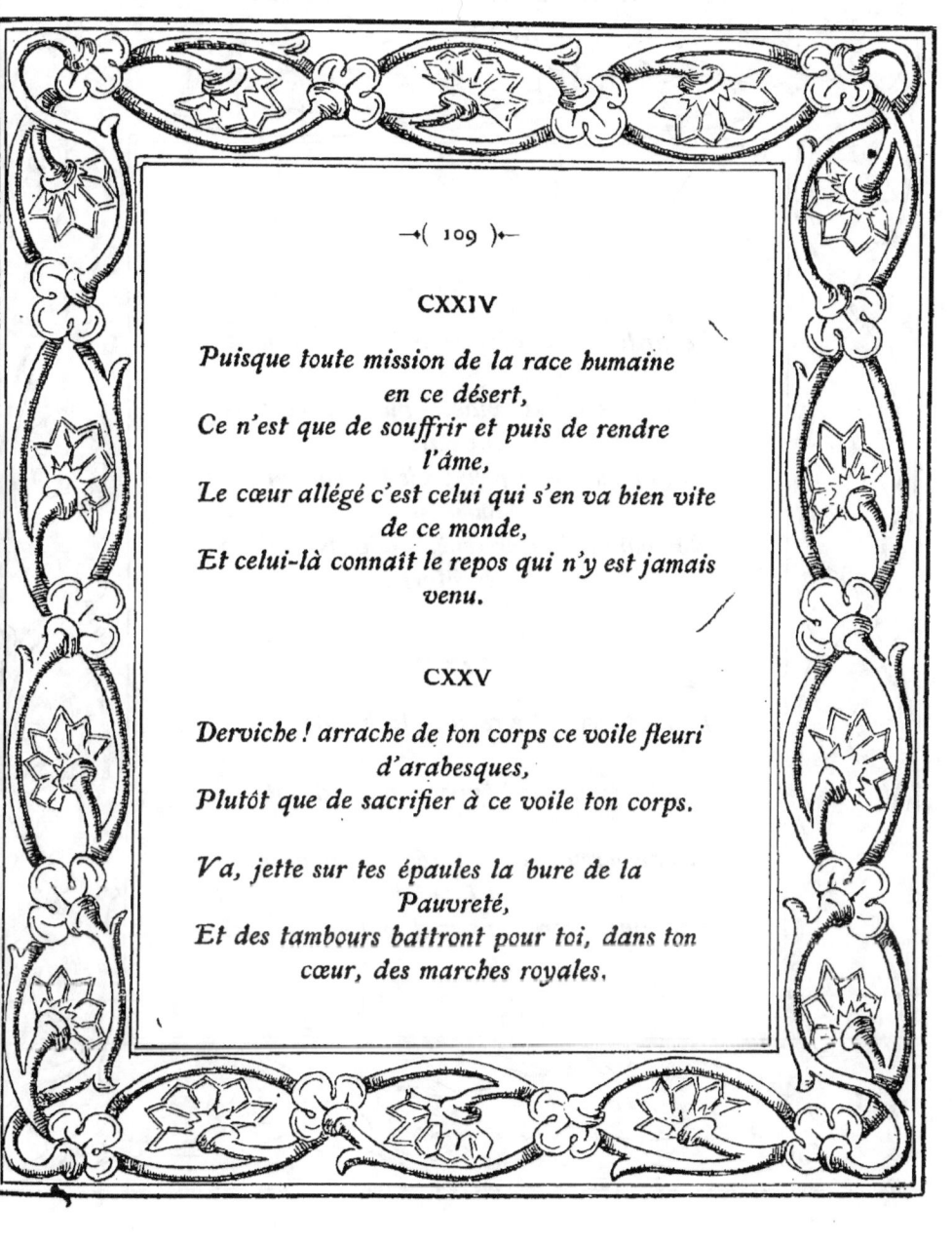

### CXXIV

Puisque toute mission de la race humaine
en ce désert,
Ce n'est que de souffrir et puis de rendre
l'âme,
Le cœur allégé c'est celui qui s'en va bien vite
de ce monde,
Et celui-là connaît le repos qui n'y est jamais
venu.

### CXXV

Derviche ! arrache de ton corps ce voile fleuri
d'arabesques,
Plutôt que de sacrifier à ce voile ton corps.

Va, jette sur tes épaules la bure de la
Pauvreté,
Et des tambours battront pour toi, dans ton
cœur, des marches royales.

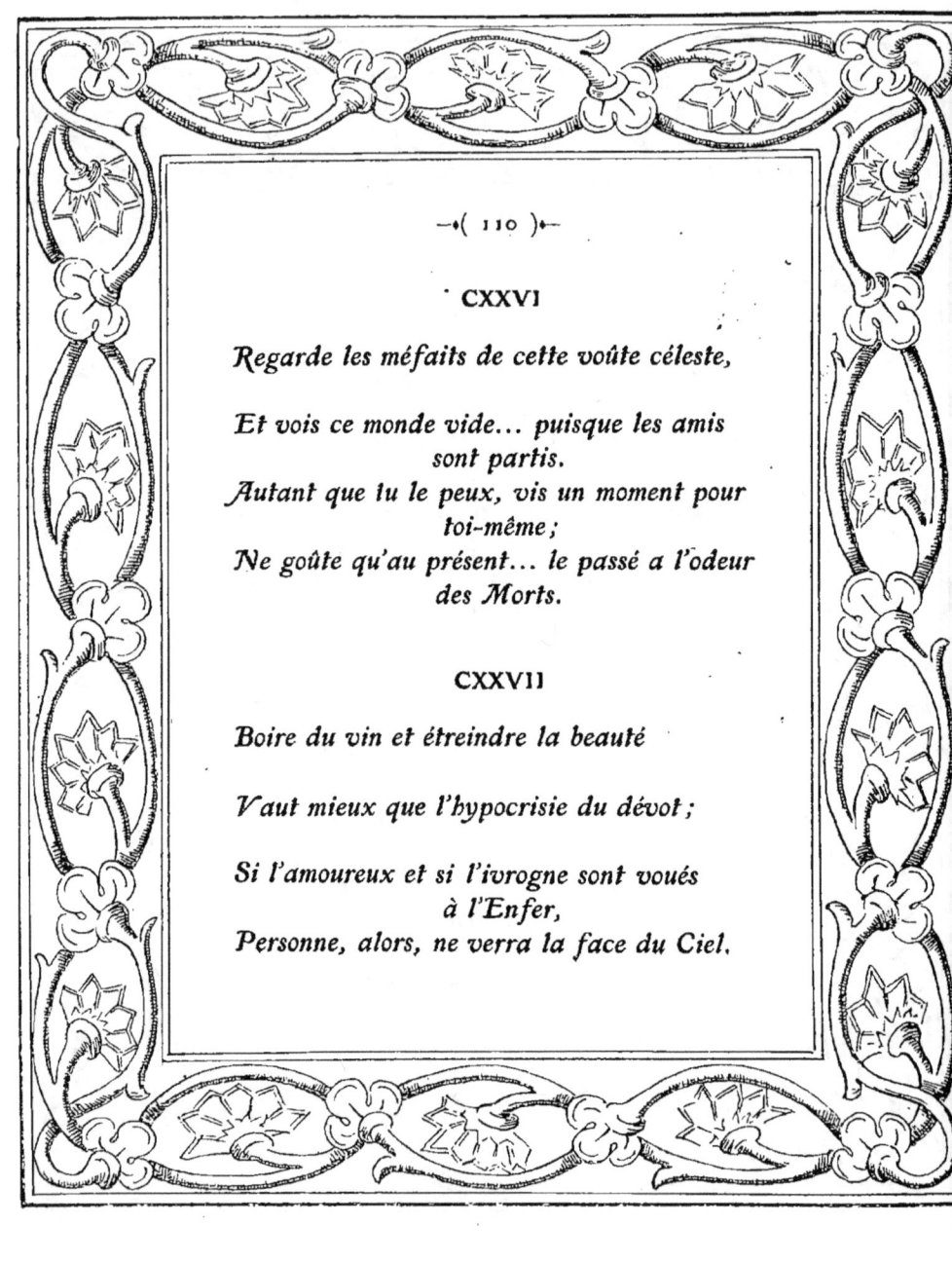

### · CXXVI

*Regarde les méfaits de cette voûte céleste,*

*Et vois ce monde vide... puisque les amis*
*sont partis.*
*Autant que tu le peux, vis un moment pour*
*toi-même;*
*Ne goûte qu'au présent... le passé a l'odeur*
*des Morts.*


### CXXVII

*Boire du vin et étreindre la beauté*

*Vaut mieux que l'hypocrisie du dévot;*

*Si l'amoureux et si l'ivrogne sont voués*
*à l'Enfer,*
*Personne, alors, ne verra la face du Ciel.*

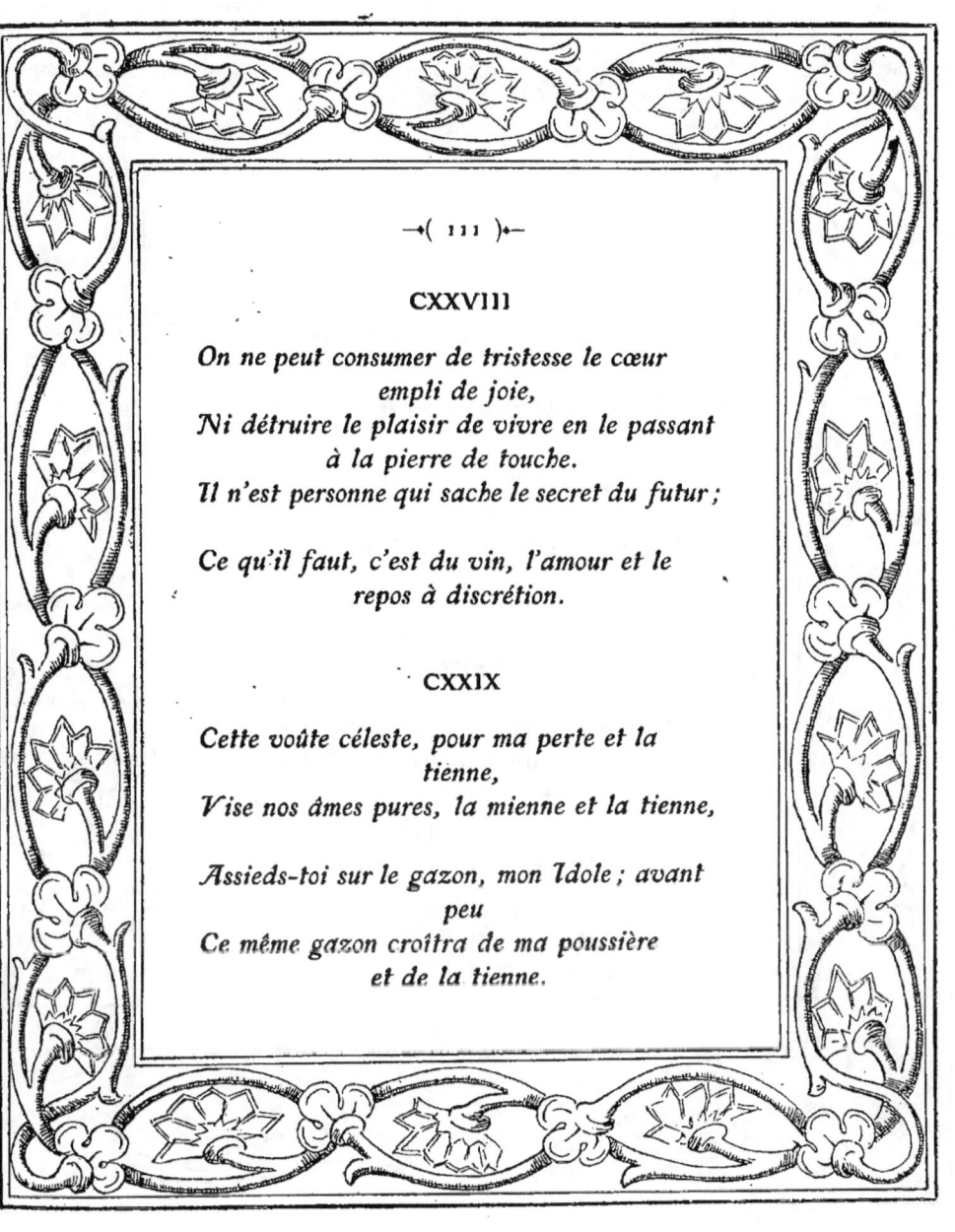

### CXXVIII

On ne peut consumer de tristesse le cœur
empli de joie,
Ni détruire le plaisir de vivre en le passant
à la pierre de touche.
Il n'est personne qui sache le secret du futur ;

Ce qu'il faut, c'est du vin, l'amour et le
repos à discrétion.

### CXXIX

Cette voûte céleste, pour ma perte et la
tienne,
Vise nos âmes pures, la mienne et la tienne,

Assieds-toi sur le gazon, mon Idole ; avant
peu
Ce même gazon croîtra de ma poussière
et de la tienne.

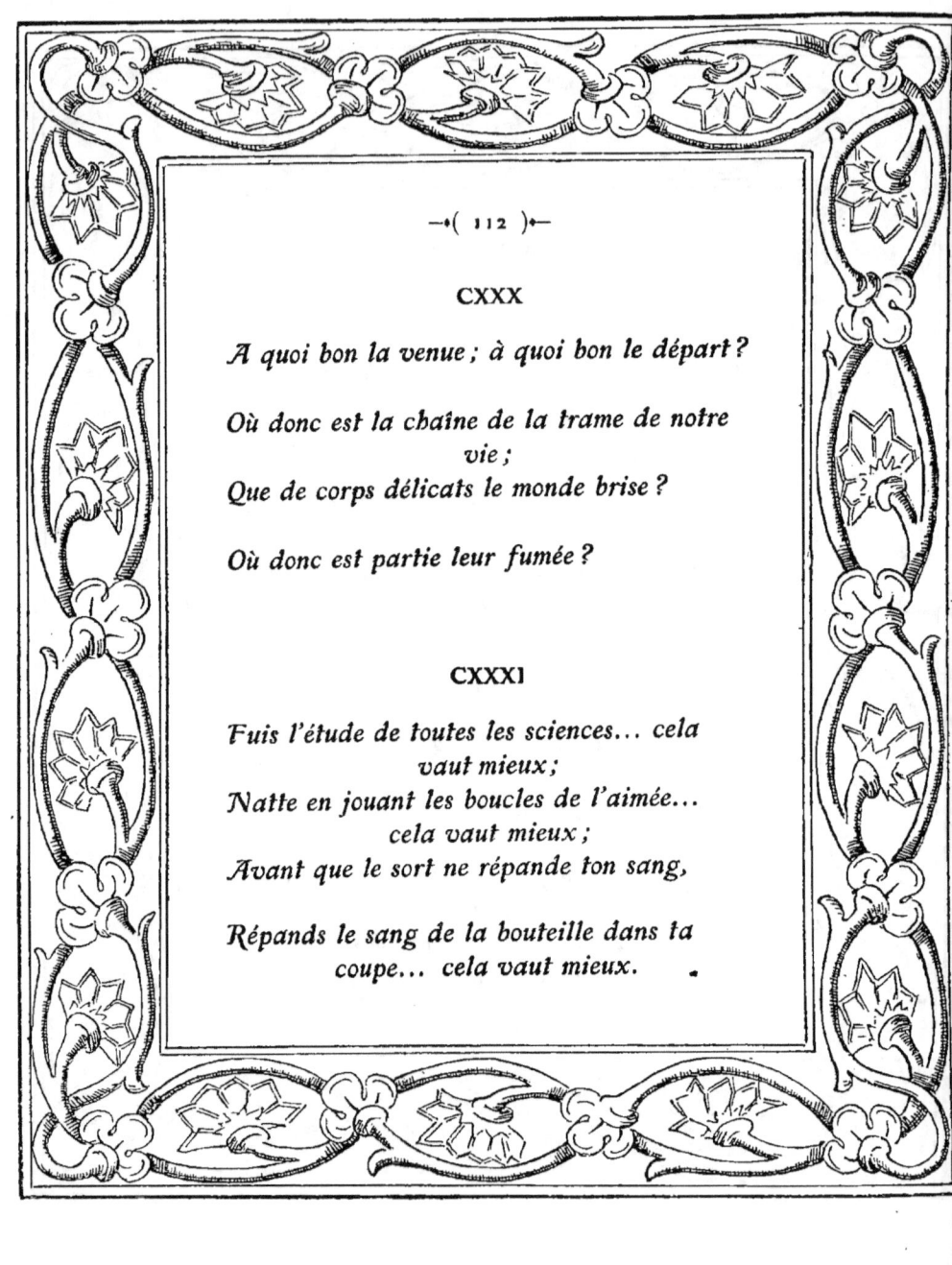

### CXXX

*A quoi bon la venue ; à quoi bon le départ ?*

*Où donc est la chaîne de la trame de notre*
*vie ;*
*Que de corps délicats le monde brise ?*

*Où donc est partie leur fumée ?*

### CXXXI

*Fuis l'étude de toutes les sciences... cela*
*vaut mieux ;*
*Natte en jouant les boucles de l'aimée...*
*cela vaut mieux ;*
*Avant que le sort ne répande ton sang,*

*Répands le sang de la bouteille dans ta*
*coupe... cela vaut mieux.*

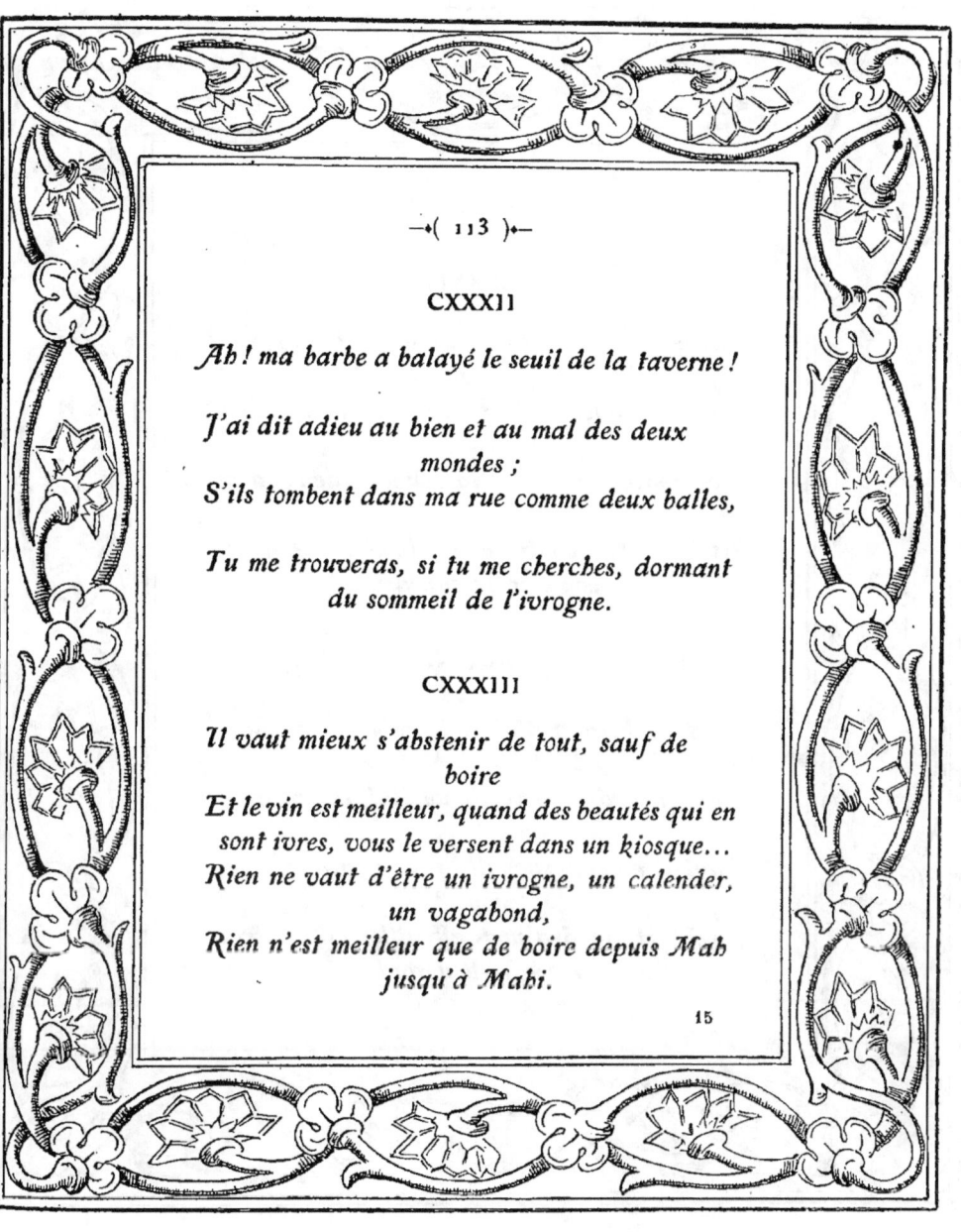

## CXXXII

*Ah ! ma barbe a balayé le seuil de la taverne !*

*J'ai dit adieu au bien et au mal des deux*
*mondes ;*
*S'ils tombent dans ma rue comme deux balles,*

*Tu me trouveras, si tu me cherches, dormant*
*du sommeil de l'ivrogne.*

## CXXXIII

*Il vaut mieux s'abstenir de tout, sauf de*
*boire*
*Et le vin est meilleur, quand des beautés qui en*
*sont ivres, vous le versent dans un kiosque...*
*Rien ne vaut d'être un ivrogne, un calender,*
*un vagabond,*
*Rien n'est meilleur que de boire depuis Mah*
*jusqu'à Mahi.*

15

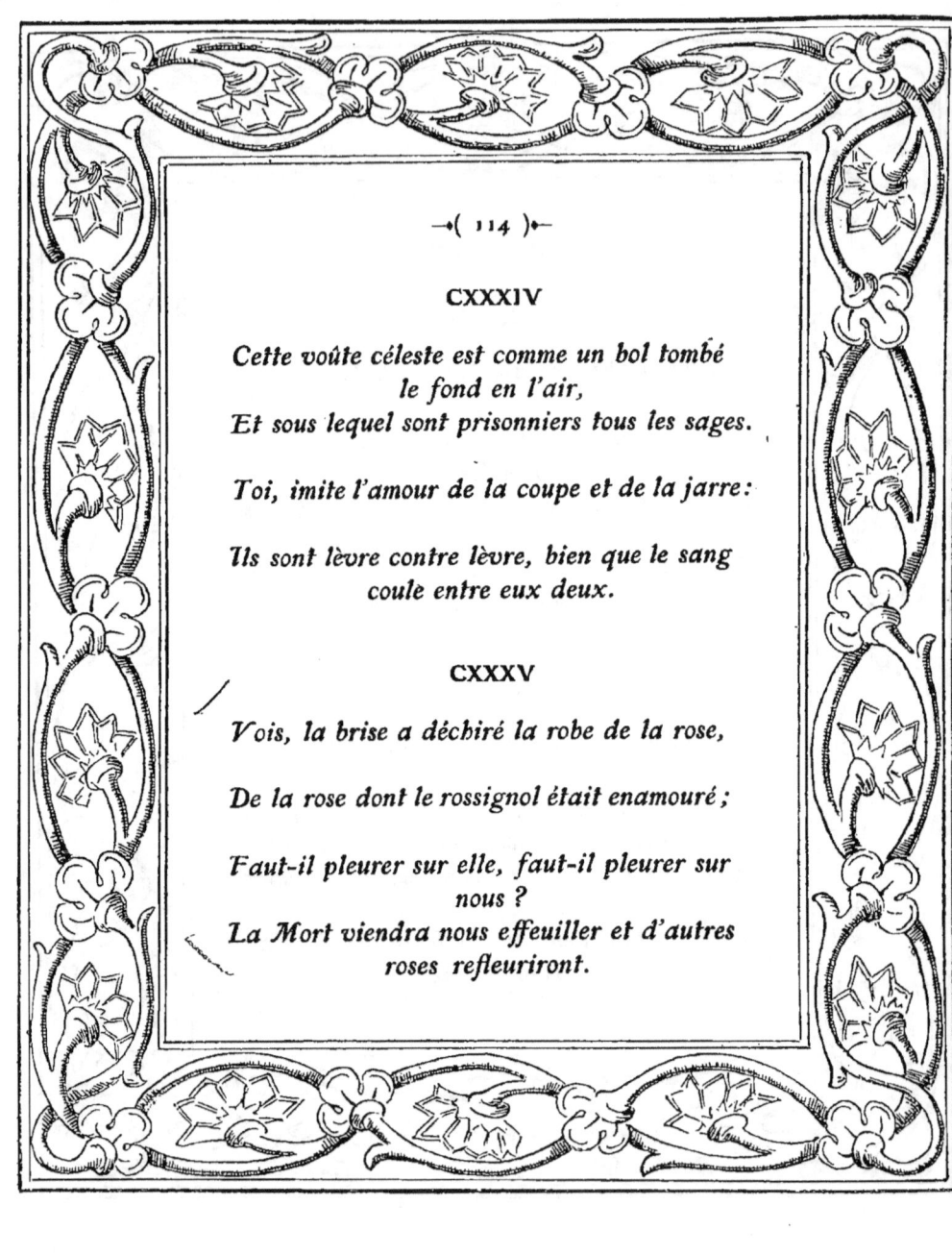

### CXXXIV

*Cette voûte céleste est comme un bol tombé*
*le fond en l'air,*
*Et sous lequel sont prisonniers tous les sages.*

*Toi, imite l'amour de la coupe et de la jarre:*

*Ils sont lèvre contre lèvre, bien que le sang*
*coule entre eux deux.*

### CXXXV

*Vois, la brise a déchiré la robe de la rose,*

*De la rose dont le rossignol était enamouré;*

*Faut-il pleurer sur elle, faut-il pleurer sur*
*nous ?*
*La Mort viendra nous effeuiller et d'autres*
*roses refleuriront.*

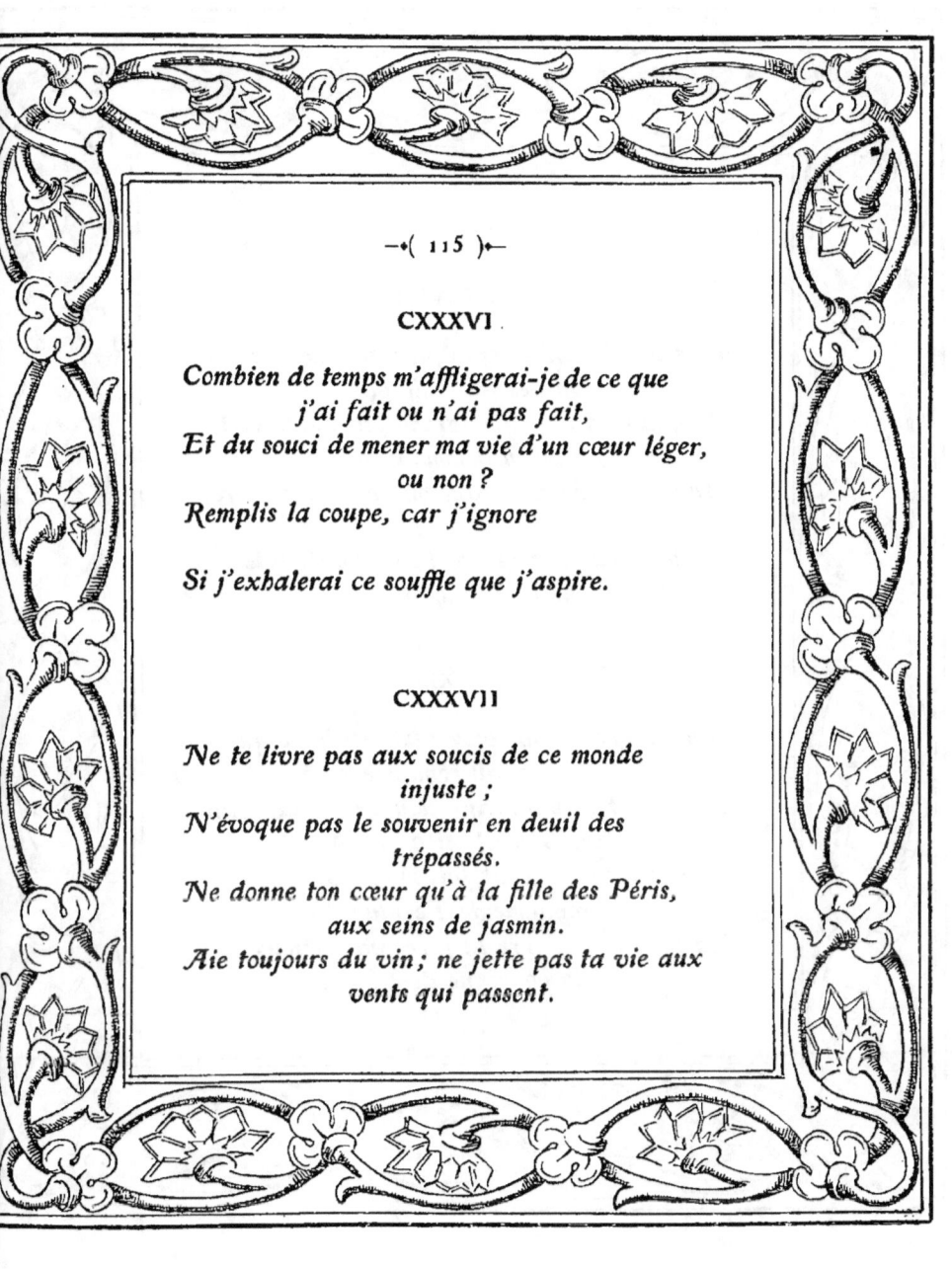

### CXXXVI

Combien de temps m'affligerai-je de ce que
j'ai fait ou n'ai pas fait,
Et du souci de mener ma vie d'un cœur léger,
ou non ?
Remplis la coupe, car j'ignore

Si j'exhalerai ce souffle que j'aspire.

### CXXXVII

Ne te livre pas aux soucis de ce monde
injuste ;
N'évoque pas le souvenir en deuil des
trépassés.
Ne donne ton cœur qu'à la fille des Péris,
aux seins de jasmin.
Aie toujours du vin ; ne jette pas ta vie aux
vents qui passent.

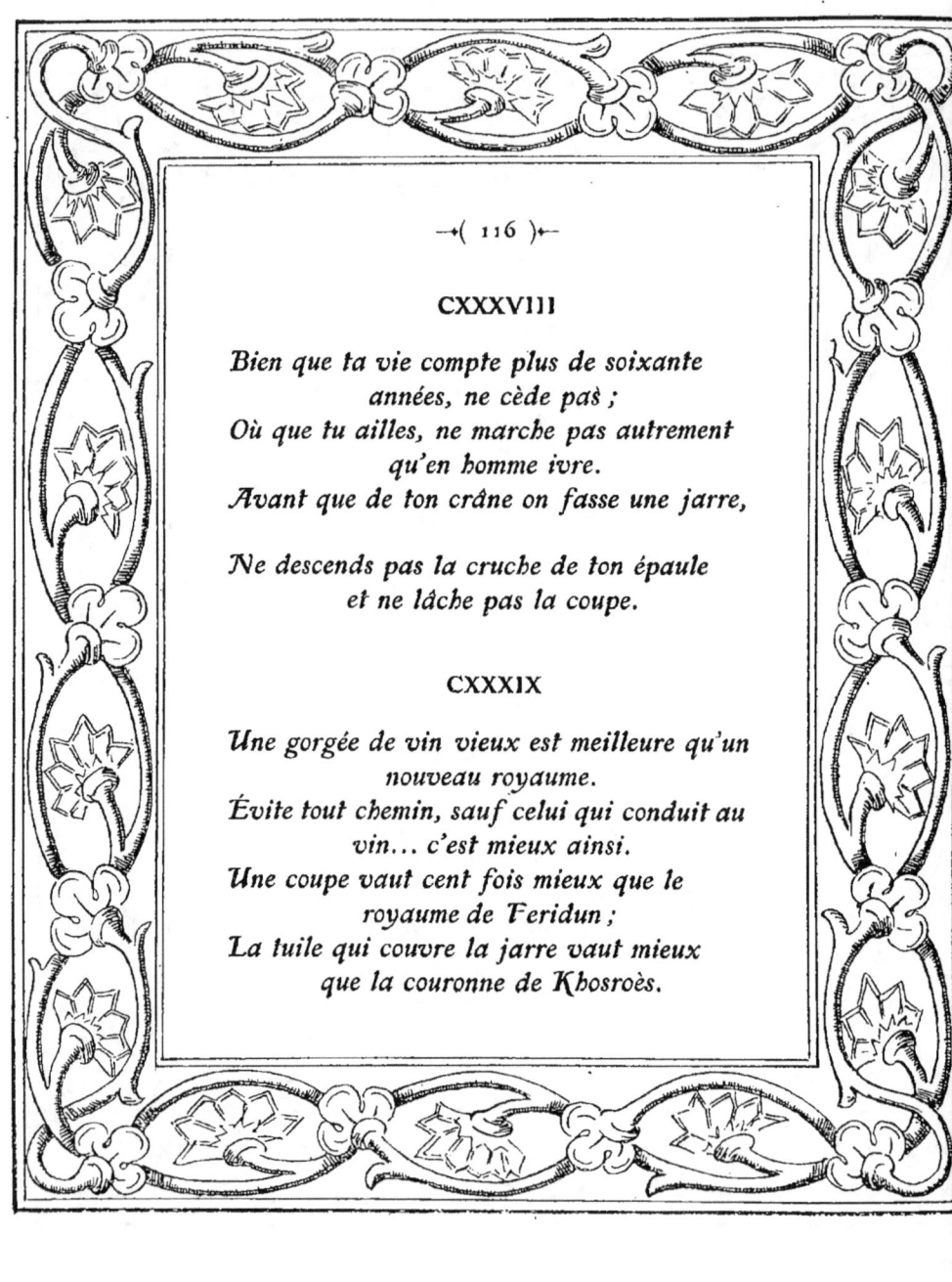

## CXXXVIII

Bien que ta vie compte plus de soixante
années, ne cède pas ;
Où que tu ailles, ne marche pas autrement
qu'en homme ivre.
Avant que de ton crâne on fasse une jarre,

Ne descends pas la cruche de ton épaule
et ne lâche pas la coupe.

## CXXXIX

Une gorgée de vin vieux est meilleure qu'un
nouveau royaume.
Évite tout chemin, sauf celui qui conduit au
vin... c'est mieux ainsi.
Une coupe vaut cent fois mieux que le
royaume de Feridun ;
La tuile qui couvre la jarre vaut mieux
que la couronne de Khosroès.

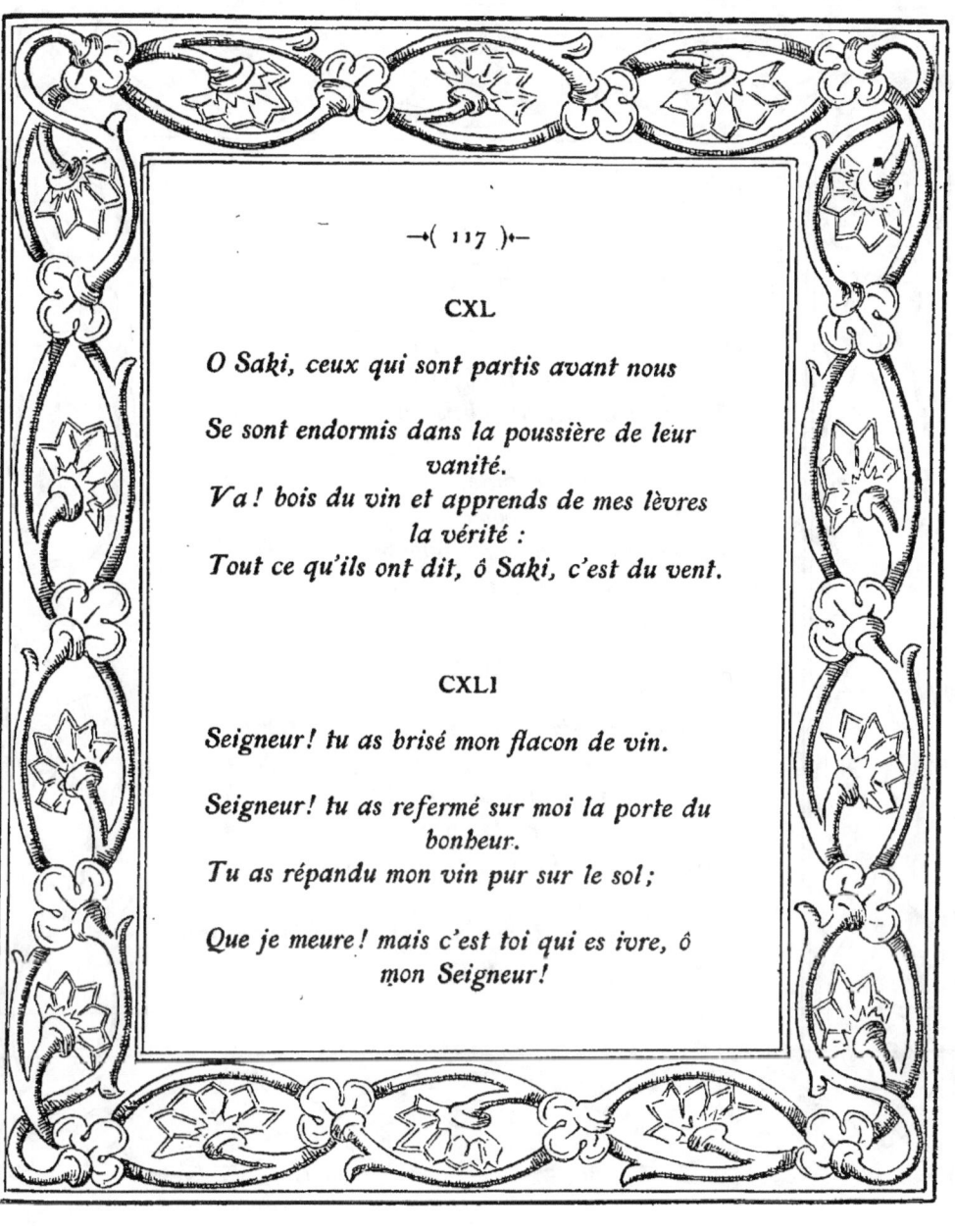

### CXL

O Saki, ceux qui sont partis avant nous

Se sont endormis dans la poussière de leur
vanité.
Va ! bois du vin et apprends de mes lèvres
la vérité :
Tout ce qu'ils ont dit, ô Saki, c'est du vent.


### CXLI

Seigneur ! tu as brisé mon flacon de vin.

Seigneur ! tu as refermé sur moi la porte du
bonheur.
Tu as répandu mon vin pur sur le sol ;

Que je meure ! mais c'est toi qui es ivre, ô
mon Seigneur !

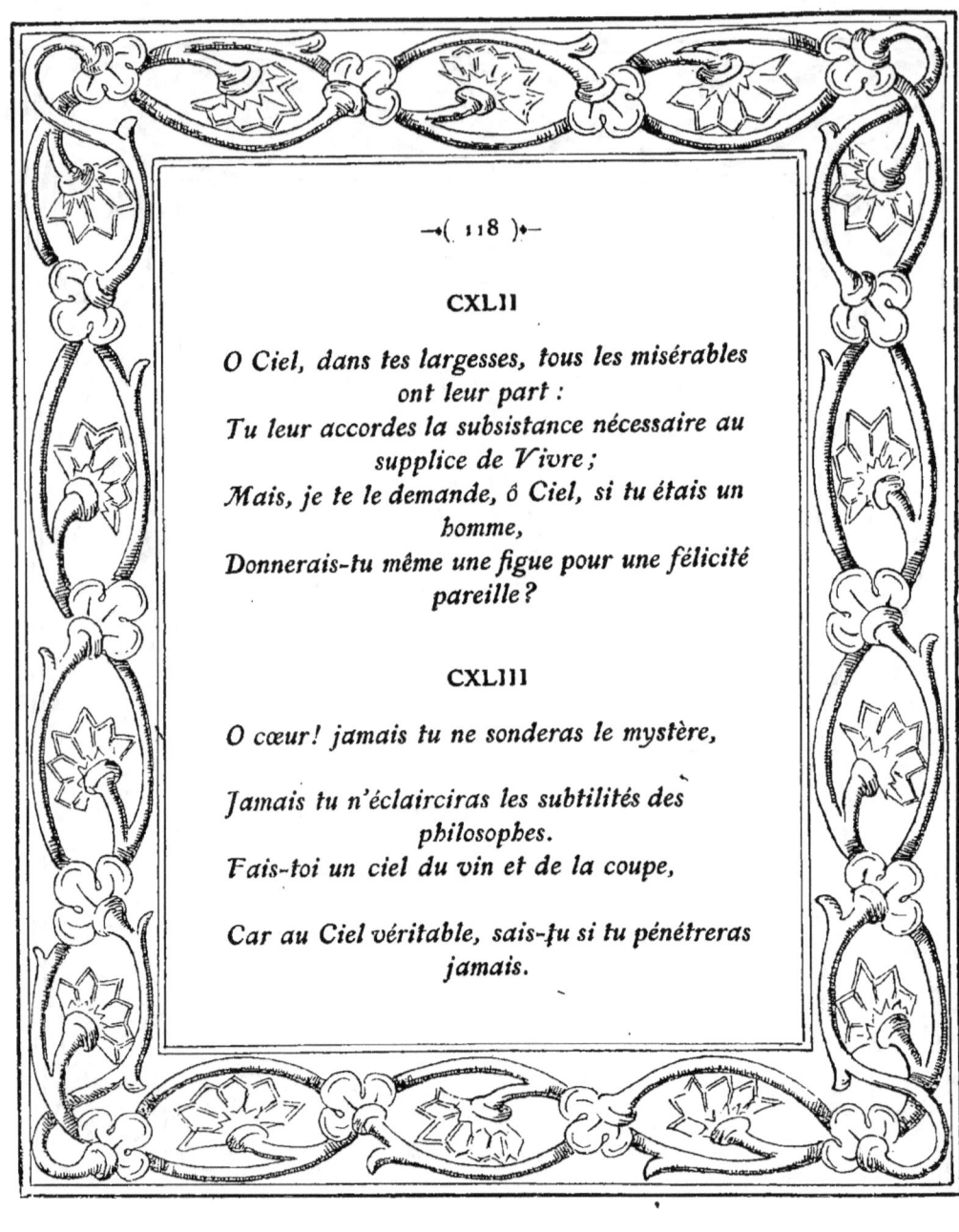

## CXLII

*O Ciel, dans tes largesses, tous les misérables
ont leur part :
Tu leur accordes la subsistance nécessaire au
supplice de Vivre ;
Mais, je te le demande, ô Ciel, si tu étais un
homme,
Donnerais-tu même une figue pour une félicité
pareille ?*

## CXLIII

*O cœur! jamais tu ne sonderas le mystère,*

*Jamais tu n'éclairciras les subtilités des
philosophes.
Fais-toi un ciel du vin et de la coupe,*

*Car au Ciel véritable, sais-tu si tu pénétreras
jamais.*

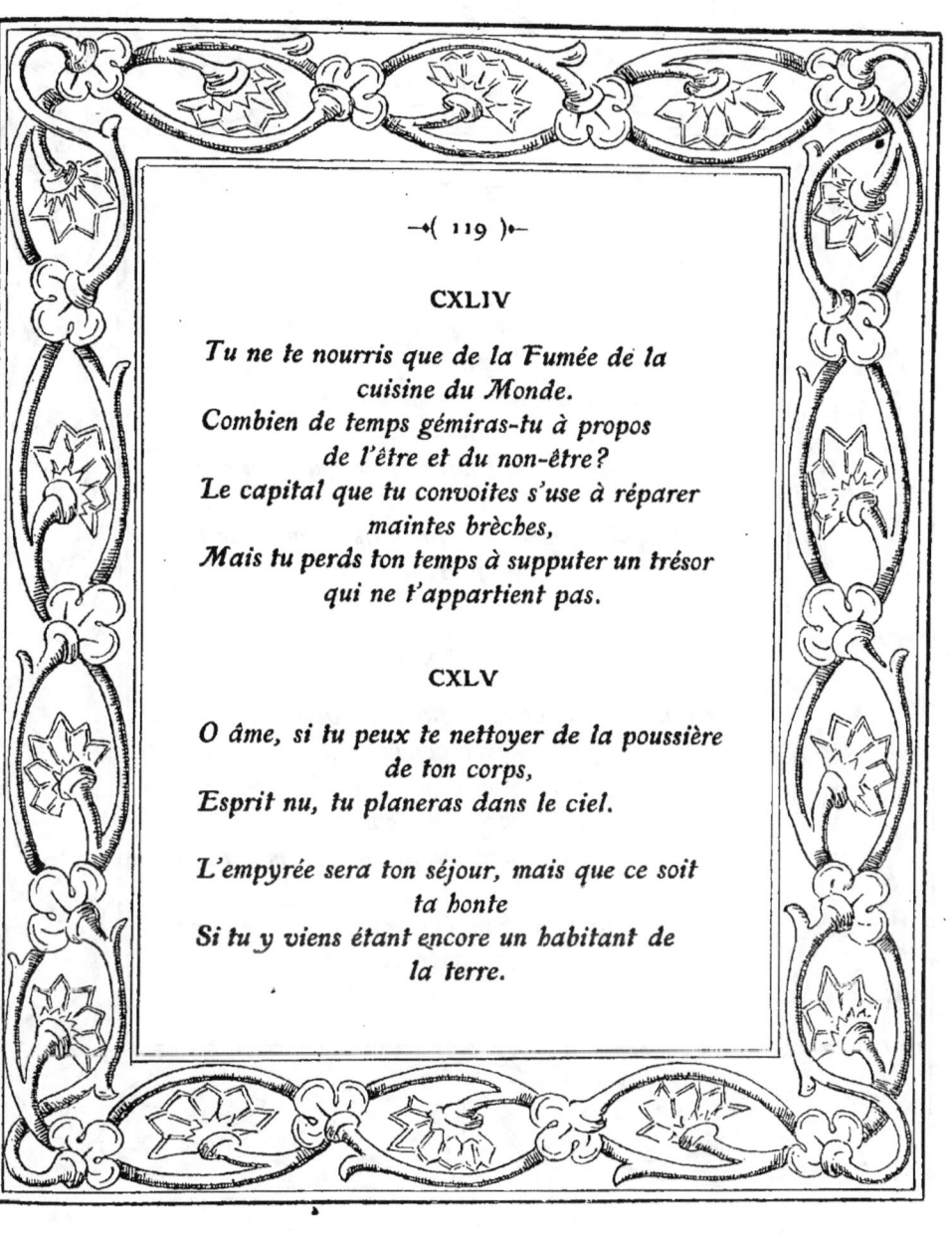

### CXLIV

*Tu ne te nourris que de la Fumée de la*
*cuisine du Monde.*
*Combien de temps gémiras-tu à propos*
*de l'être et du non-être?*
*Le capital que tu convoites s'use à réparer*
*maintes brèches,*
*Mais tu perds ton temps à supputer un trésor*
*qui ne t'appartient pas.*

### CXLV

*O âme, si tu peux te nettoyer de la poussière*
*de ton corps,*
*Esprit nu, tu planeras dans le ciel.*

*L'empyrée sera ton séjour, mais que ce soit*
*ta honte*
*Si tu y viens étant encore un habitant de*
*la terre.*

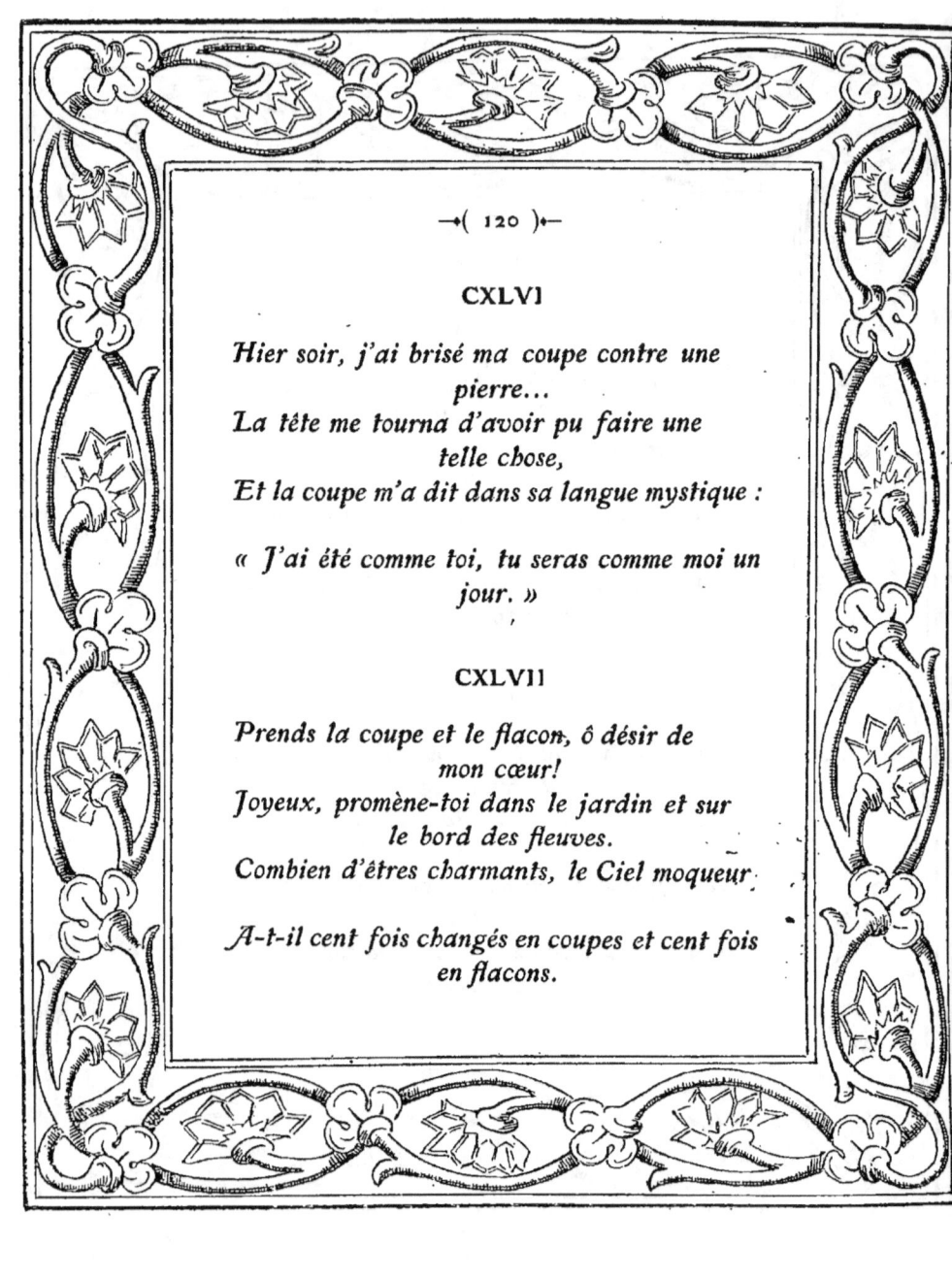

## CXLVI

*Hier soir, j'ai brisé ma coupe contre une*
*pierre...*
*La tête me tourna d'avoir pu faire une*
*telle chose,*
*Et la coupe m'a dit dans sa langue mystique :*

*« J'ai été comme toi, tu seras comme moi un*
*jour. »*

## CXLVII

*Prends la coupe et le flacon, ô désir de*
*mon cœur!*
*Joyeux, promène-toi dans le jardin et sur*
*le bord des fleuves.*
*Combien d'êtres charmants, le Ciel moqueur*

*A-t-il cent fois changés en coupes et cent fois*
*en flacons.*

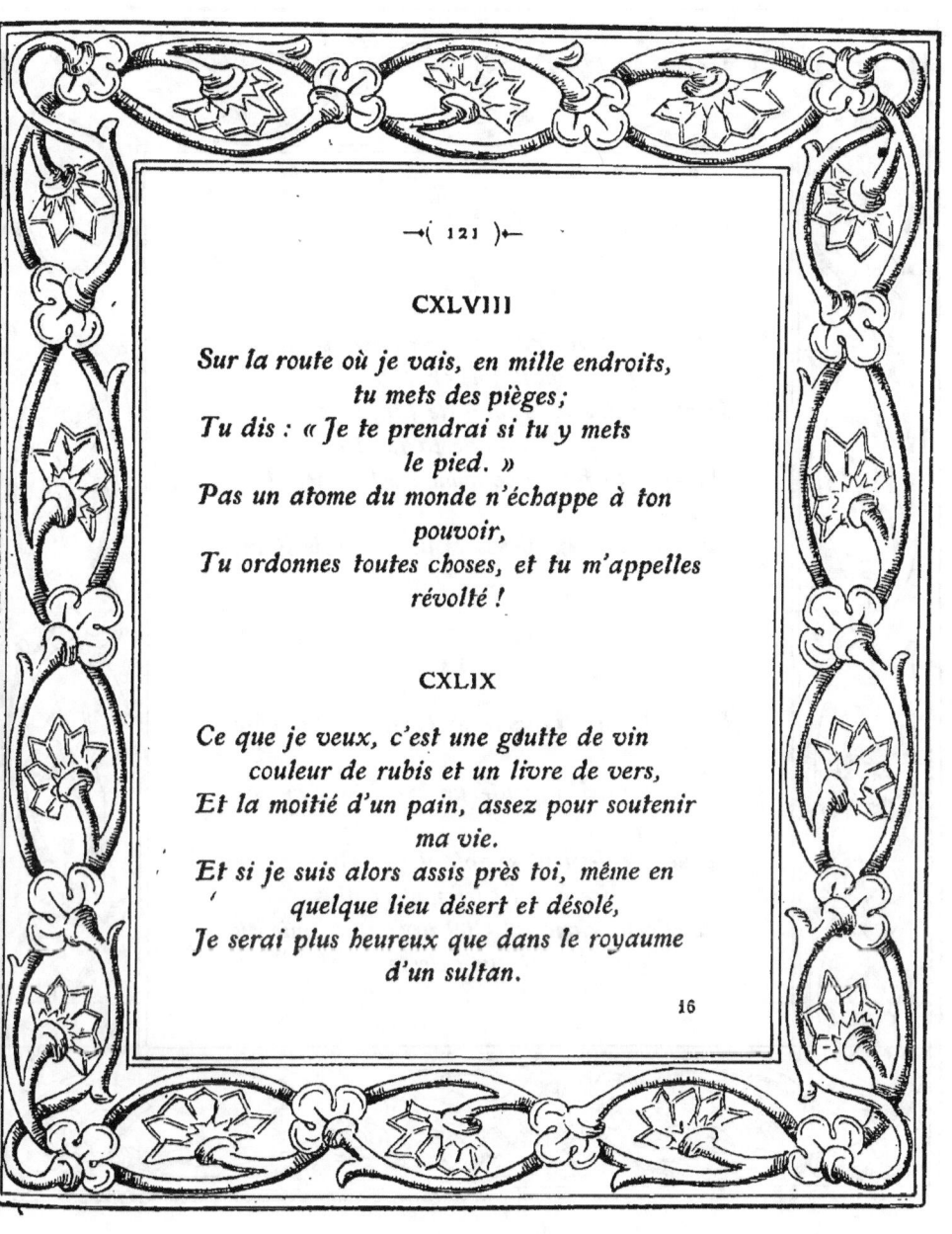

### CXLVIII

*Sur la route où je vais, en mille endroits,*
*tu mets des pièges;*
*Tu dis : « Je te prendrai si tu y mets*
*le pied. »*
*Pas un atome du monde n'échappe à ton*
*pouvoir,*
*Tu ordonnes toutes choses, et tu m'appelles*
*révolté !*

### CXLIX

*Ce que je veux, c'est une goutte de vin*
*couleur de rubis et un livre de vers,*
*Et la moitié d'un pain, assez pour soutenir*
*ma vie.*
*Et si je suis alors assis près toi, même en*
*quelque lieu désert et désolé,*
*Je serai plus heureux que dans le royaume*
*d'un sultan.*

16

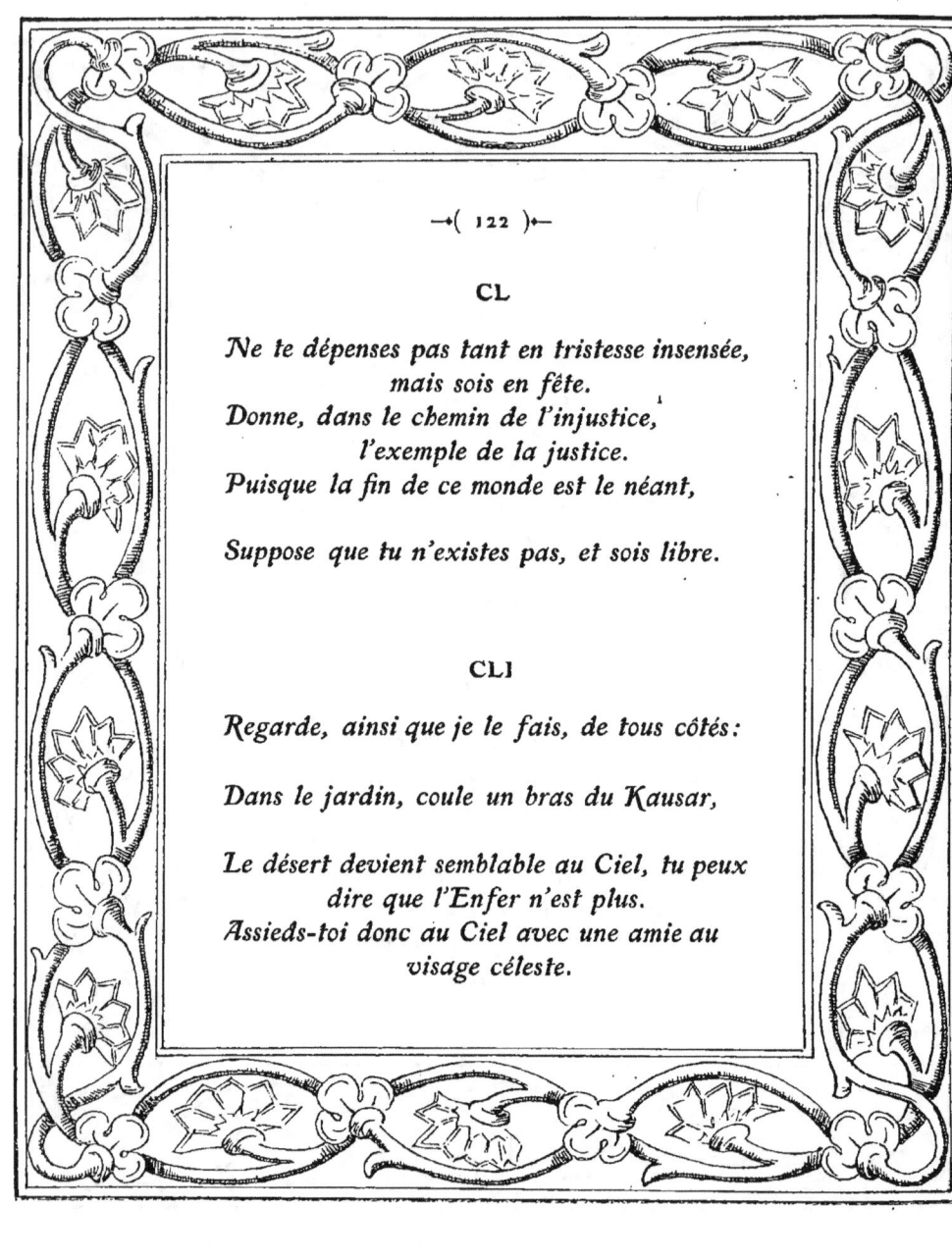

## CL

*Ne te dépenses pas tant en tristesse insensée,*
*mais sois en fête.*
*Donne, dans le chemin de l'injustice,*
*l'exemple de la justice.*
*Puisque la fin de ce monde est le néant,*

*Suppose que tu n'existes pas, et sois libre.*

## CLI

*Regarde, ainsi que je le fais, de tous côtés :*

*Dans le jardin, coule un bras du Kausar,*

*Le désert devient semblable au Ciel, tu peux*
*dire que l'Enfer n'est plus.*
*Assieds-toi donc au Ciel avec une amie au*
*visage céleste.*

### CLII

*Sois heureux, car on a fixé hier ta*
*récompense,*
*Et l'hier est bien loin, au delà de ta portée.*

*Sois heureux, sans que tous tes efforts*
*aboutissent,*
*Hier, avec certitude, on a marqué ce que*
*tu feras demain.*

### CLIII

*Verse le vin rouge, couleur des tulipes*
*nouvelles,*
*Tire le sang pur de la gorge de la jarre,*

*Car aujourd'hui, hors la coupe, je n'ai pas*

*Un seul ami qui possède un cœur pur.*

## CLIV

*A mon cœur attentif le ciel a murmuré en*
*secret :*
*« Apprends de moi les commandements que*
*j'ai décrétés,*
*Si j'avais pu quelque chose sur mes propres*
*évolutions*
*Le vin m'aurait préservé du vertige. »*


## CLV

*Tant que j'aurai un peu de pain à portée*
*de ma main,*
*Une gourde de vin et un morceau de viande,*

*Et que nous pourrons tous les deux nous*
*asseoir dans la solitude,*
*Aucun sultan ne m'aura pour convive dans ses*
*plus somptueux festins.*

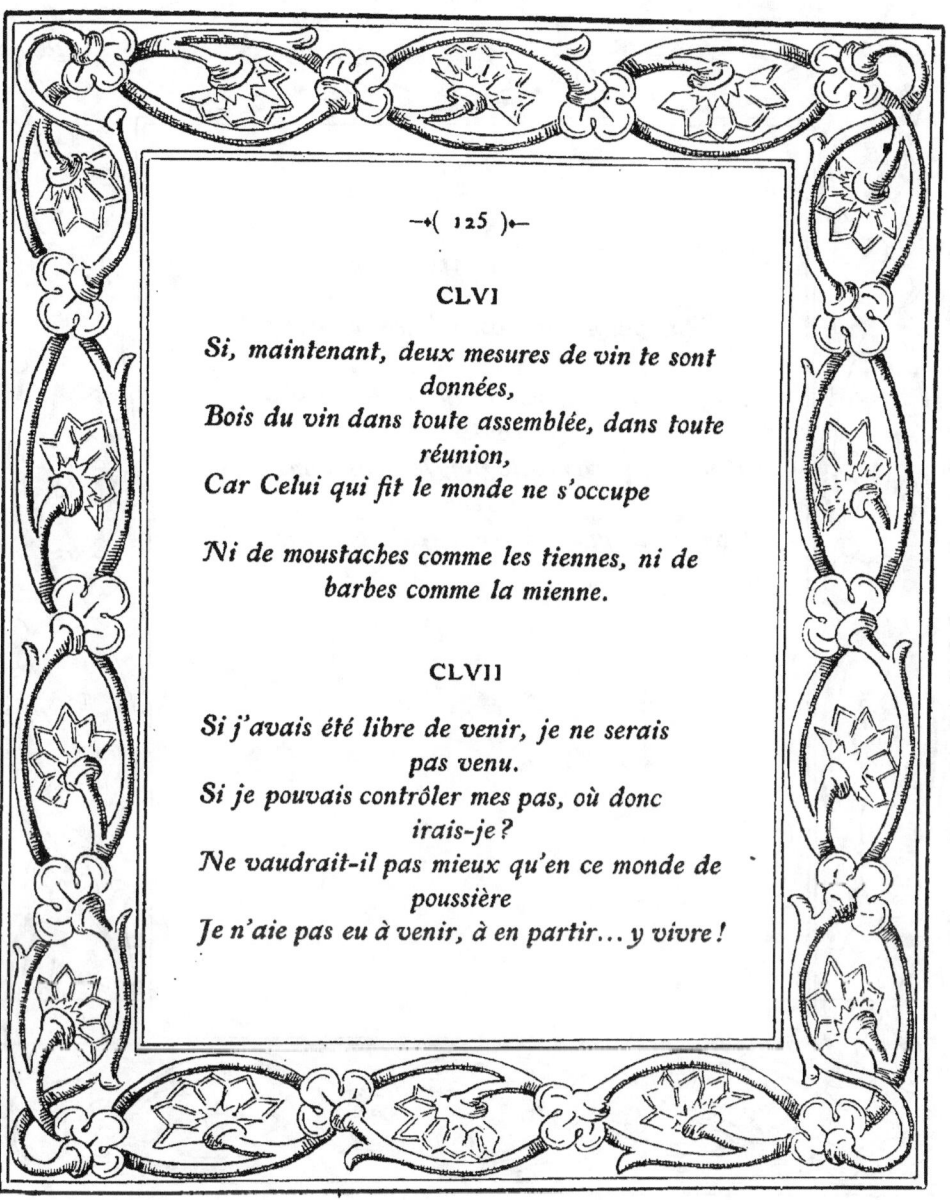

### CLVI

*Si, maintenant, deux mesures de vin te sont*
*données,*
*Bois du vin dans toute assemblée, dans toute*
*réunion,*
*Car Celui qui fit le monde ne s'occupe*

*Ni de moustaches comme les tiennes, ni de*
*barbes comme la mienne.*

### CLVII

*Si j'avais été libre de venir, je ne serais*
*pas venu.*
*Si je pouvais contrôler mes pas, où donc*
*irais-je?*
*Ne vaudrait-il pas mieux qu'en ce monde de*
*poussière*
*Je n'aie pas eu à venir, à en partir... y vivre!*

### CLVIII

*Le Ramadan finit, voici la saison des fêtes,*

*La saison de la joie et des beaux diseurs de*
*contes...*
*Voici les porteurs de vin, les marchands*
*de rêve...*
*Cœurs fatigués du jeûne, enivrez-vous!*

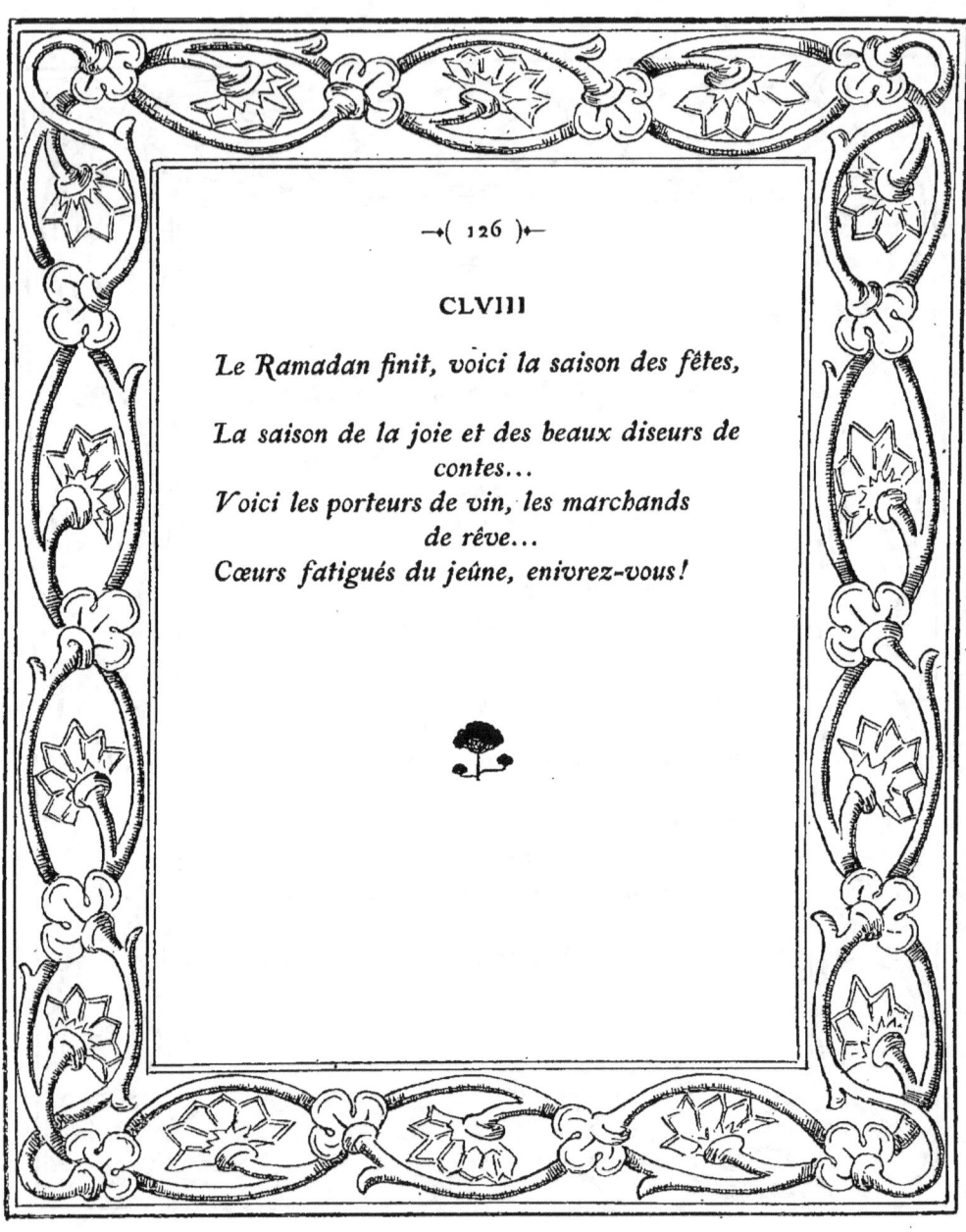

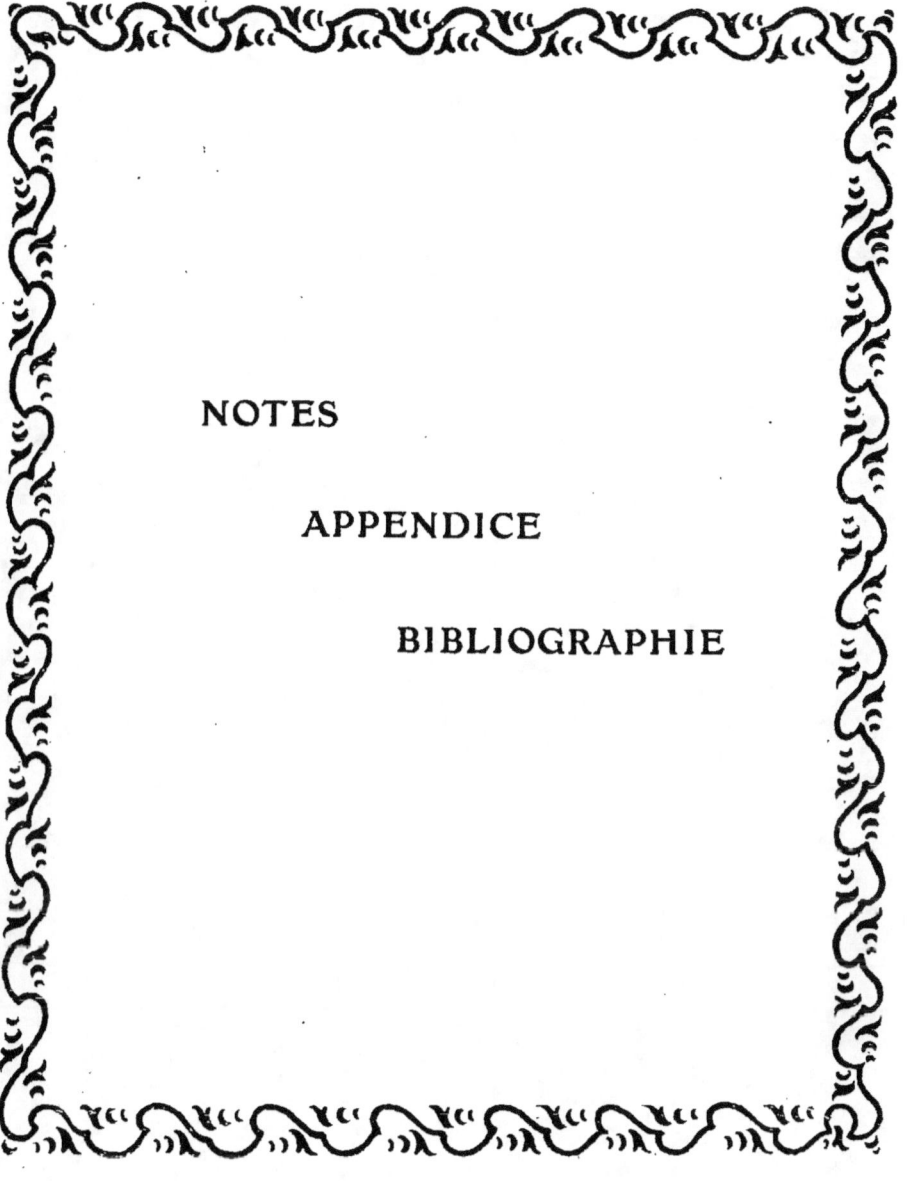

NOTES

APPENDICE

BIBLIOGRAPHIE

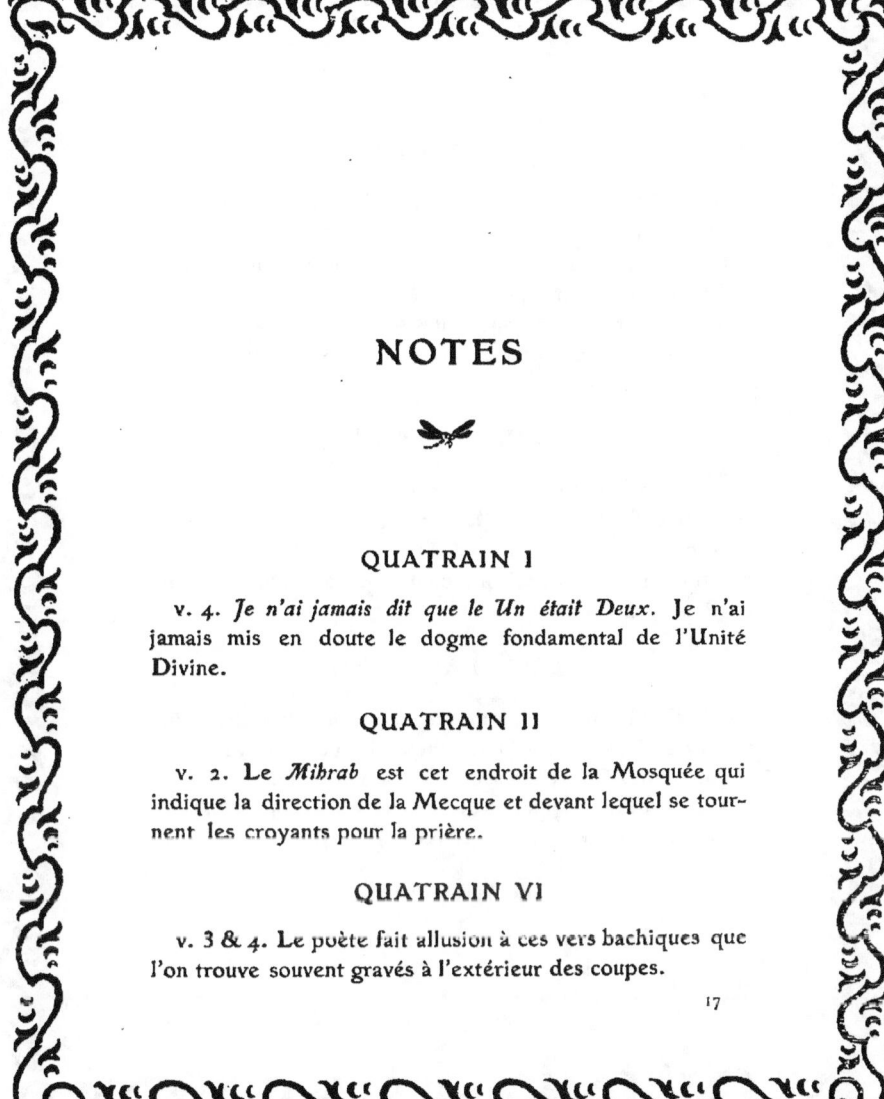

# NOTES

### QUATRAIN I

v. 4. *Je n'ai jamais dit que le Un était Deux.* Je n'ai jamais mis en doute le dogme fondamental de l'Unité Divine.

### QUATRAIN II

v. 2. Le *Mihrab* est cet endroit de la Mosquée qui indique la direction de la Mecque et devant lequel se tournent les croyants pour la prière.

### QUATRAIN VI

v. 3 & 4. Le poète fait allusion à ces vers bachiques que l'on trouve souvent gravés à l'extérieur des coupes.

## QUATRAIN XIII

v. 3. Allusion au passage de l'Exode, chap. IV, v. 6 :
« L'Eternel lui dit encore : Mets maintenant ta main dans
ton sein ; et il mit sa main dans son sein, puis il la tira ; et
voici, sa main était blanche de lèpre, comme la neige. »

v. 4. Les traditions islamiques sont d'accord avec les traditions chrétiennes pour célébrer le pouvoir revivifiant du
souffle de Jésus.

## QUATRAIN XV

v. 4. Les Mahométans disent que la première chose créée
par Dieu fut une plume (Kalam). La création tout entière
n'est qu'une copie, et quand Dieu créa l'univers, il ne fit
que transcrire l'original que contenait, de toute éternité,
sa Pensée Divine.

## QUATRAIN XXIII

M. E. Heron-Allen suggère, à propos de cette définition de la Miséricorde, une comparaison avec le verset 20,
chap. V, de l'Epître de saint Paul aux Romains.

Ce quatrain rappelle également les étranges vers du
poète visionnaire William Blake :

LES DEUX CHANSONS

*J'entendais chanter un ange*
*En l'aurore :*

« *Clémence, paix et pitié*
*Sauvent le monde.* »
*Tout le jour il chantait*
*En la fenaison,*
*Jusqu'au tomber du soir,* —
*Les meules se doraient.*
*J'entendais maudire un diable*
*En les ronces, en les joncs :*
« *Point besoin de clémence,*
*S'il n'y avait pas de pauvres ;*
*Point besoin de pitié,*
*S'il y avait bonheur pour tous :*
*La réciproque peur enfante la paix*
*Et la misère accrue, exagérée,*
*Fait clémence, paix et pitié.* »
*Et le soleil se couchait sur cette clameur,*
*Le ciel devenait noir.*

## QUATRAIN XXVIII

*Alif,* première lettre de l'alphabet, allusion à l'Unité Divine.

« *Celui qui connaît le Un connaît tout.* » (HAFIZ.)

## QUATRAIN LXI

v. 2. *Nebid,* vin de dattes.

## QUATRAIN LXV

v. 1. *Wuzu,* ablution que les fidèles font avant la prière.

## QUATRAIN LXXVII

v. 2. Les Soixante-douze sectes ou religions qui, d'après certains Mahométans, divisent le Monde.

## QUATRAIN LXXXIV.

v. 1. *Maghâni,* Moughanah, épithète appliquée au vin comme indice d'excellence et de supériorité. Son sens littéral dit un rapport avec les *Moughs,* Mages.

## QUATRAIN XCI

v. 1. *Sunnat,* traditions Mahométanes, complément du Coran.

## QUATRAIN XCIX

v. 2. *Les Cinq Prières.* Suivant la tradition, Mohamed reçut du ciel l'ordre de prescrire aux fidèles cinquante prières par jour. Il demanda et obtint de Dieu, par ses supplications, de réduire ce nombre à cinq.

### QUATRAIN CXVII

v. 4. Les expressions métaphoriques de *cru* et de *cuit* se rencóntrent fréquemment dans les écrits orientaux. *Cuit* s'entend du puissant et du sage ; *cru :* de l'ignorant, du faible et du pécheur.

### QUATRAIN CXXXII

v. 2. *Les deux Mondes,* le visible et l'invisible.

### QUATRAIN CXXXIII

v. 4. *Depuis Mah jusqu'à Mahi,* depuis le mois de la Lune (Mah) jusqu'au mois des Poissons (Mahi). Suivant la cosmogonie persane, le monde repose sur un poisson. Le sens de cette phrase est : « continuellement ». (Note de M. Heron-Allen.)

### QUATRAIN CXXXVII

v. 3. *Péri,* nom persan des Fées.

### QUATRAIN CXL

v. 1. *Saki,* échanson.

### QUATRAIN CXLI

Voir à l'appendice la légende rapportée par M. James Darmesteter.

## QUATRAIN CLI

v. 2. Le *Kausar* est cette source du Paradis mahométan d'où coulaient tous les autres fleuves. Un chapitre entier du Coran lui est consacré. Son lit est formé de perles, son onde est plus blanche que le lait, plus fraîche que la neige, plus douce que le sucre, plus parfumée que le musc. L'échanson qui verse l'eau du Kausar aux bienheureux, dans des coupes d'argent, est Ali, le gendre de Mohamed.

## QUATRAIN CLVIII

v. 1. Le *Ramadan,* neuvième mois de l'année mahométane, pendant lequel les fidèles observent l'abstinence.

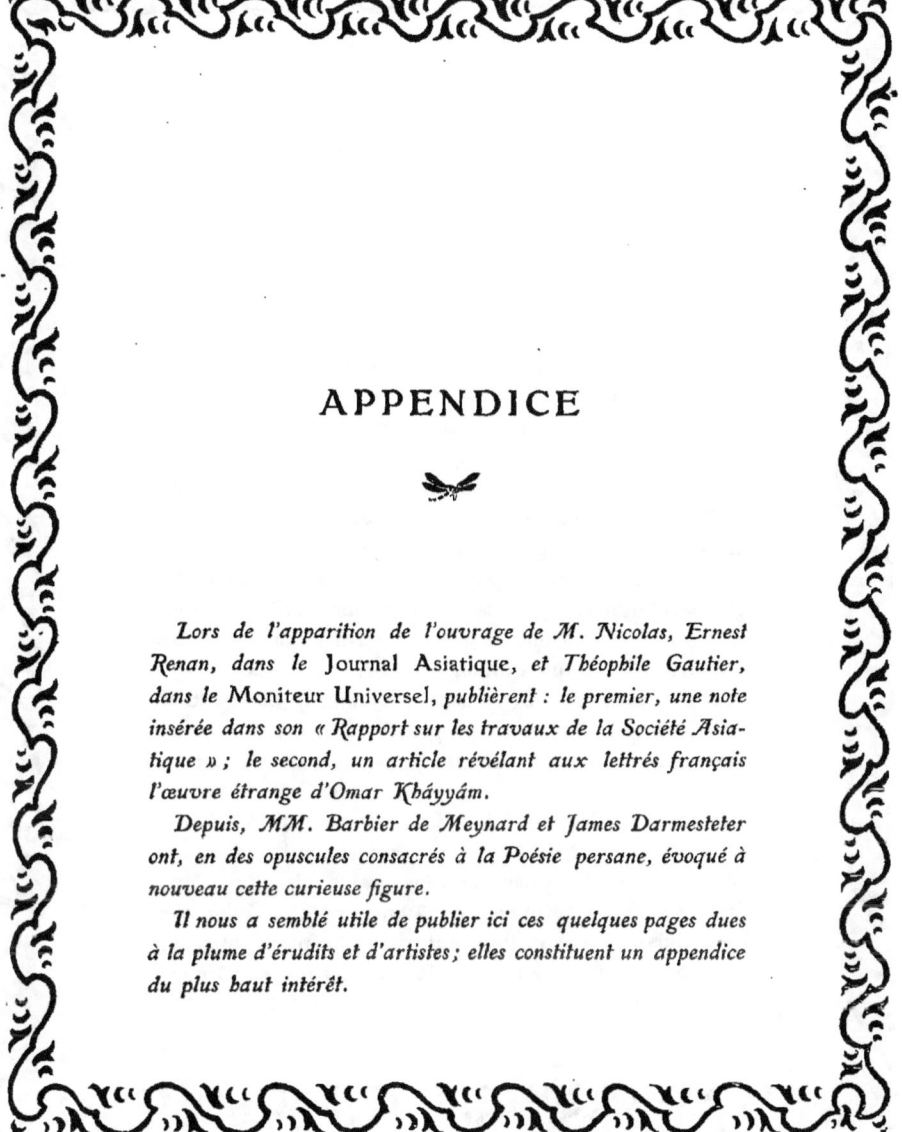

# APPENDICE

Lors de l'apparition de l'ouvrage de M. Nicolas, Ernest Renan, dans le Journal Asiatique, et Théophile Gautier, dans le Moniteur Universel, publièrent : le premier, une note insérée dans son « Rapport sur les travaux de la Société Asiatique » ; le second, un article révélant aux lettrés français l'œuvre étrange d'Omar Khâyyâm.

Depuis, MM. Barbier de Meynard et James Darmesteter ont, en des opuscules consacrés à la Poésie persane, évoqué à nouveau cette curieuse figure.

Il nous a semblé utile de publier ici ces quelques pages dues à la plume d'érudits et d'artistes ; elles constituent un appendice du plus haut intérêt.

## I

S'il fallait un exemple pour prouver combien l'esprit persan est resté fidèle à lui-même et à son origine aryenne, on le trouverait dans ces quatrains de Kháyyám que vient de publier M. Nicolas, consul de France à Recht. Ce Kháyyám est l'algébriste célèbre dont le regrettable M. Wœpcke a exposé les théories dans ce journal même. Mathématicien, poète, mystique en apparence, débauché en réalité, hypocrite consommé, mêlant le blasphème à l'hymne mystique, le rire à l'incrédulité, Kháyyám est peut-être l'homme le plus curieux à étudier pour comprendre ce qu'a pu devenir le libre génie de la Perse dans l'étreinte du dogmatisme musulman. La traduction des quatrains a obtenu un grand succès en dehors du monde des orientalistes. Des critiques exercés ont tout de suite senti sous cette enveloppe singulière un frère de Gœthe ou de Henri Heine. Certainement, ni Moténabbi, ni même aucun de ces admirables poètes arabes anté-islamiques, traduits avec le plus grand talent, ne répondraient si bien à notre esprit et à notre goût... Qu'un pareil livre puisse circuler librement dans un pays musulman, c'est là pour nous un sujet de surprise; car, sûrement, aucune littérature européenne ne peut citer un ouvrage où, non seulement la religion positive, mais toute croyance morale soit niée avec une ironie si fine et si amère. Le manteau hypocrite des explications mystiques couvre toutes ces hardiesses. Il paraît qu'on possède du même Kháyyám un dictionnaire des termes du Soufisme, où, d'un bout à l'autre, la même équivoque entre l'incrédulité et le mysticisme est soutenue. Il serait bien intéressant d'en connaître au moins des extraits.

ERNEST RENAN.

*Rapport sur les Travaux du Conseil de la Société Asiatique pendant l'année 1867-1868* (Journal Asiatique, *juillet-août 1868, pp. 56, 57).*

## II

Dès les premiers siècles de l'hégire, l'incarnation de Dieu dans l'initié, à la suite d'un renoncement absolu et de mortifications rigoureuses, cette doctrine dont la provenance orientale n'est pas douteuse, s'enseignait à Basrah, et Halladj la scellait de son sang. Mais dans les contrées où dominait l'élément arabe, elle demeura toujours à l'état sporadique. C'est en Perse seulement qu'elle pouvait se propager et s'affirmer dans des œuvres littéraires, telles par exemple que les *Quatrains de Khâyyâm*. Que ce livre soit, comme on l'a prétendu, une protestation contre le dogmatisme musulman, ou qu'il soit le produit d'une imagination maladive, singulier mélange de scepticisme, d'ironie et de négation amère, il n'en est pas moins curieux de trouver en Perse, dès le xiᵉ siècle, des précurseurs de Gœthe et de Henri Heine.

BARBIER de MEYNARD.

La Poésie en Perse, *Paris, E. Leroux, 1877.*

## III

# POÉSIE PERSANE

*Les Quatrains de Kháyyám*

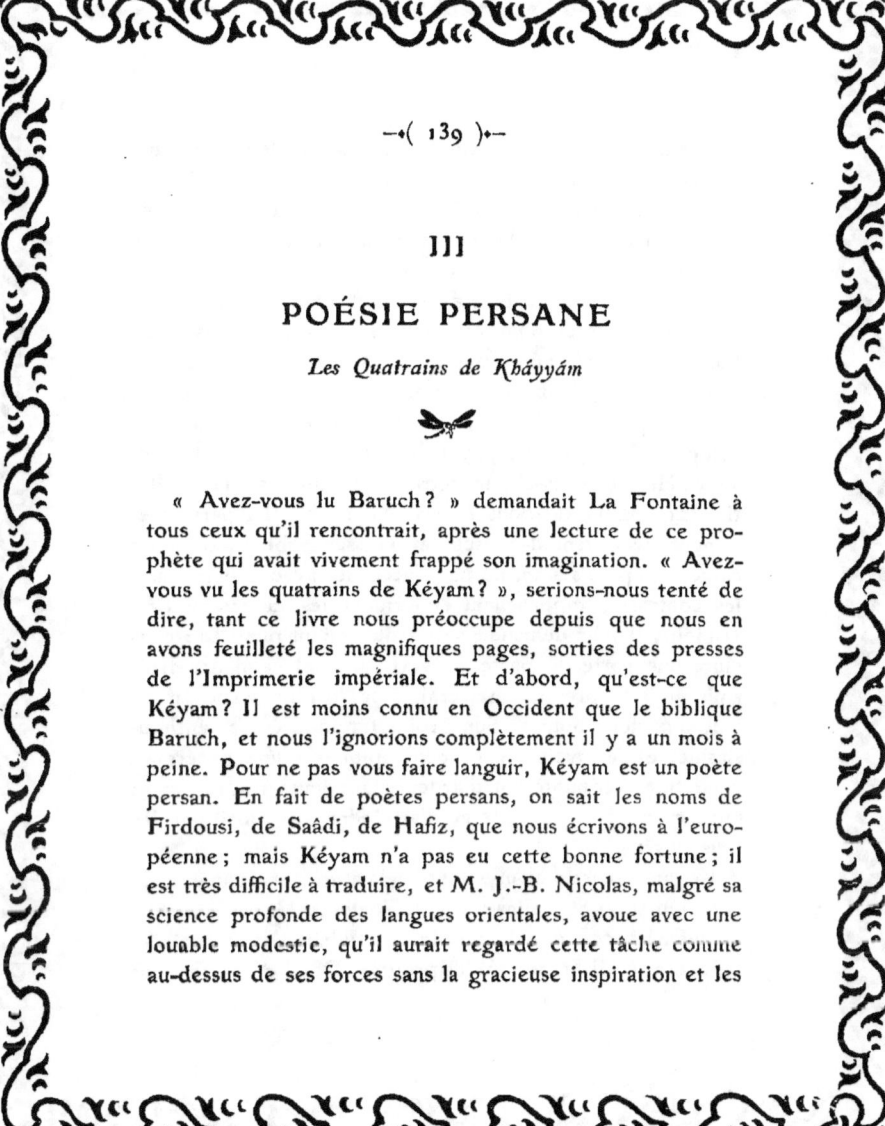

« Avez-vous lu Baruch ? » demandait La Fontaine à tous ceux qu'il rencontrait, après une lecture de ce prophète qui avait vivement frappé son imagination. « Avez-vous vu les quatrains de Kéyam ? », serions-nous tenté de dire, tant ce livre nous préoccupe depuis que nous en avons feuilleté les magnifiques pages, sorties des presses de l'Imprimerie impériale. Et d'abord, qu'est-ce que Kéyam ? Il est moins connu en Occident que le biblique Baruch, et nous l'ignorions complètement il y a un mois à peine. Pour ne pas vous faire languir, Kéyam est un poète persan. En fait de poètes persans, on sait les noms de Firdousi, de Saâdi, de Hafiz, que nous écrivons à l'européenne ; mais Kéyam n'a pas eu cette bonne fortune ; il est très difficile à traduire, et M. J.-B. Nicolas, malgré sa science profonde des langues orientales, avoue avec une louable modestie, qu'il aurait regardé cette tâche comme au-dessus de ses forces sans la gracieuse inspiration et les précieux avis de Hassan-Ali-Khan, ministre plénipotentiaire de Perse près la cour des Tuileries. Pour la revision du style et la correction des épreuves, il s'est encore adjoint M<sup>me</sup> Blanchecotte, et l'ouvrage est maintenant aussi parfait que possible.

Le véritable nom de Kéyam était Omar : il avait pris par humilité ce surnom, qui signifie en persan « faiseur de tentes », lorsqu'il aurait pu, comme ses confrères, s'appeler le Céleste, le Bienheureux, le Lumineux, le Conservateur. Il naquit près de Néchapour, dans le Khorasan, et vint compléter ses études, vers l'an 1042 de l'ère chrétienne, au célèbre médressèh de cette ville, qui avait la réputation de former de bons élèves. Kéyam s'y lia particulièrement avec Abdul-Kassem et Hassan-Sebbah, dont les caractères paraissaient ne pas s'accorder avec le sien ; mais les contrastes rapprochent et forment les solides amitiés. Un jour, il leur demanda s'ils trouveraient puéril de conclure une sorte de pacte en vertu duquel celui des trois amis qui le premier arriverait à la fortune viendrait en aide aux deux autres. Son projet fut adopté avec enthousiasme, et les trois jeunes gens, piqués d'une généreuse émulation, redoublèrent d'ardeur dans leurs travaux et se mirent rapidement en état d'atteindre aux positions les plus élevées.

Kéyam, rêveur et mystique de nature, s'adonnait à la contemplation et inclinait vers la doctrine des soufis ; mais, en même temps que la poésie, il étudiait l'astronomie et l'algèbre, où il fit de rapides progrès. Doué d'un sens plus pratique, Abdul-Kassem apprenait l'histoire, les rouages de l'administration et les secrets de la politique ; il avait l'ambition de devenir un grand homme d'État. Hassan-Sebbah visait aussi au même but, mais avec un esprit moins noble et moins élevé. Quand les trois amis sortirent du médressèh, ils restèrent quelque temps obscurs, et le premier qui émergea de l'ombre fut Abdul-Kassem. Il se fit connaître avantageusement à la cour d'Alp-Arslan, deuxième roi de la dynastie des Seldjoukides, par divers écrits sur l'administration, et ne tarda pas à devenir le secrétaire particulier de ce monarque, puis sous-secrétaire d'État, et enfin sedr-azem (premier ministre). Il déploya des talents si supérieurs qu'il reçut le titre de Nezam-el-Moulk (régulateur de l'empire). En effet, jamais la Perse ne fut plus prospère.

Vers cette époque, les deux amis dont la fortune n'était pas faite vinrent trouver leur ancien compagnon et lui rappelèrent le pacte conclu au médressèh. Abdul-Kassem leur demanda ce qu'ils désiraient. « Accorde-moi, dit Kéyam, les revenus du village qui m'a vu naître. Je n'ai pas d'ambition, et mon bonheur serait de cultiver en paix la poésie et de méditer sur la nature des choses divines. »

Hassan-Sebbah sollicita une place à la cour. Les vœux du poète et de l'ambitieux furent remplis. Mais bientôt Hassan montra son ingratitude en tâchant de supplanter son bienfaiteur ; ses menées furent déjouées, et, le cœur plein de rage et de haine, il se réfugia dans les montagnes, où tout ce qu'il y avait de natures perverses, audacieuses et mécontentes le rejoignit. Il se créa ainsi une bande redoutable, dont les excès et les brigandages semèrent partout l'épouvante. Hassan avait su provoquer chez ses affiliés des dévouements fanatiques ; ils exécutaient ses ordres avec une passivité d'obéissance extraordinaire, quels qu'ils fussent; on croit que c'est à Hassan qu'il faut rattacher étymologiquement l'ordre des assassins et le mot qui signifie meurtrier dans la pire acception du mot. Les âmes basses éprouvent le besoin de se venger des bienfaits, et un jour, Abdul-Kassem, que son maître Alp-Arslan avait légué à son fils, Malek-Schah, qui ne sut pas apprécier un pareil trésor et lui retira le turban et l'encrier, signes du pouvoir, fut trouvé poignardé sous sa tente par un des sectateurs d'Hassan-Sebbah.

Quant à Kéyam, étranger à ces alternatives de guerres, d'intrigues et de révoltes, il vivait tranquille dans son village natal, se livrant avec passion à l'étude de la philosophie des soufis, les libres penseurs de l'Orient. Entouré d'amis et de disciples, Kéyam cherchait dans le vin cette ivresse extatique qui sépare des choses de la terre et enlève l'âme au sentiment de la réalité. Il se procurait ainsi ce vertige qu'amènent les derviches tourneurs par leurs valses pivotantes où, les bras étendus, la tête renversée, ils semblent s'endormir au milieu de leur fustanelle évasée en cloche ; les derviches hurleurs, par leurs cris forcenés, leurs bonds épileptiques et les coups de couteau dont ils se lardent; les Hindous, par les effroyables tortures de leurs pénitences ; les mangeurs de haschich et d'opium, par l'ingestion

de leurs drogues hallucinantes. Certes, de toutes les
manières d'anéantir le corps pour exalter l'esprit, le vin est
encore la plus douce, la plus naturelle et, pour ainsi dire,
la plus raisonnable. Assis sur la terrasse de sa maison, pendant une de ces belles nuits d'été qu'argente la lune et
que choisit le rossignol pour conter ses amours à la rose,
Kéyam, seul avec quelque belle au teint nuancé des
fraîches couleurs de la tulipe et relevé par un de ces grains
de beauté si chers aux poètes persans, vidait la coupe de
l'amour et de l'ivresse, ou bien encore, avec des amis
qu'abreuvait un infatigable échanson, improvisait des vers
qui se rythmaient aux chants des musiciens.

D'autres fois il s'en allait dans la campagne, déployait
un de ces tapis sur lesquels les Orientaux aiment à
s'accroupir au bord d'un ruisseau limpide, à l'ombre des
platanes ou des cyprès, et il se laissait aller au kief tout
en donnant des baisers aux lèvres de la coupe pleine d'un
vin couleur de rubis, préférable à tous les joyaux d'Haroun-
al-Raschid. Mais si Kéyam s'abandonne à l'ivresse dans
le but de se rapprocher de la divinité, il a parfois, il faut
en convenir, le vin impie : témoin ce quatrain qu'il
improvisa un soir qu'un coup de vent éteignit à l'impro-
viste les chandelles allumées et renversa à terre la cruche
de vin imprudemment posée au bord de la terrasse. La
cruche fut brisée et son contenu se répandit. Le poète
irrité s'écria : « Tu as brisé ma cruche de vin, mon Dieu !
tu as ainsi fermé sur moi la porte de la joie, mon Dieu !
C'est moi qui bois et c'est toi qui commets les désordres

de l'ivresse ! Oh ! (puisse ma bouche se remplir de terre !) Serais-tu ivre, mon Dieu ? »

Après avoir prononcé ce blasphème, le poète, s'étant regardé par hasard dans un miroir, se serait aperçu, à ce que raconte la légende, que son visage, par une punition du Ciel, était devenu noir comme du charbon. Vous imaginez peut-être que ce changement de couleur amena le poète à résipiscence ? Nullement ; il fit un second quatrain encore plus audacieux, car la doctrine des Soufis n'admet pas les peines futures, qu'elle trouve indignes de la miséricorde divine, et se raille des menaces que font les mollahs des supplices réservés en enfer aux infidèles qui transgressent la loi. Voici ce quatrain irrévérencieux :

« Quel est l'homme ici-bas qui n'a point commis de péchés, dis ! Celui qui n'en aurait point commis aurait-il vécu, dis ? Si, parce que je fais le mal, tu me punis par le mal, où est donc la différence qui existe entre toi et moi, dis ? »

La doctrine des Soufis, presque aussi ancienne que l'islamisme, comme le dit M. J.-B. Nicolas dans une note de sa préface, enseigne à atteindre par le mépris absolu des choses d'ici-bas, par une constante contemplation des choses célestes et par l'abnégation de soi-même, à la suprême béatitude, qui consiste à entrer en communication directe avec Dieu. Pour arriver à cette perfection, les Soufis doivent passer par quatre degrés différents. Dans le premier de ces degrés, qui s'appelle *perdakté-djesmani* (direction du corps), le disciple doit mener une conduite exemplaire et se conformer aux pratiques extérieures de

la religion révélée. Dans le second, nommé *terik* (le chemin), l'adepte n'est pas tenu à l'observance des formes
du culte dominant, parce qu'ayant acquis par sa dévotion
mentale la connaissance de sa nature divine il quitte le
culte pratique et passe de la religion du corps à celle de
l'âme. Le troisième degré est désigné sous la dénomination
de *erf* (sagesse) ; le soufi, détaché de la terre, possède la
science et communique avec la divinité. Au quatrième
degré, appelé *hekiket* (vérité), le soufi a opéré sa jonction
définitive avec Dieu et jouit, dans la contemplation extatique, de la suprême béatitude.

Selon quelques auteurs orientaux, le mot soufi signifierait
sage vêtu de laine, ce qui n'empêche pas M. Nicolas
d'avoir vu des soufis revêtus de riches étoffes de soie et
de cachemire. Les derviches et les pauvres sont seuls
restés fidèles au *kerket* (manteau de laine) par dénûment
plus encore que par dévotion. On les rencontre aussi dans
les provinces, et demandant l'aumône au nom de Jésus et
de Marie chez les chrétiens, de Mohamed chez les musul-
mans, de Moïse chez les juifs : car, au fond, toute
religion leur est indifférente, et leur doctrine autorisant
la restriction mentale, ils peuvent se conformer extérieu-
rement à la foi des autres.

Le soufisme se divise en plusieurs branches dont
quelques-unes inclinent vers un panthéisme mystique et
spiritualiste, où la matière s'évanouit dans la pensée
divine, mais toutes ont au fond la même doctrine secrète :
le dédain des choses terrestres, le mépris des formes

19

religieuses regardées comme inutiles, et l'anéantissement
en Dieu.

Arrivons, maintenant que le lecteur connaît Kéyam, à
l'appréciation de ses quatrains. Rien ne ressemble moins
à ce qu'on entend chez nous par poésie orientale, c'est-
à-dire un amoncellement de pierreries, de fleurs et de
parfums, de comparaisons outrées, emphatiques et bizar-
res, que les vers du soufi Kéyam. La pensée y domine et
y jaillit par brefs éclairs, dans une forme concise, abrupte,
mystique, illuminant d'une lueur subite les obscurités de
la doctrine, et déchirant les voiles d'un langage dont
chaque mot, suivant les commentateurs, est un symbole.
On est étonné de cette liberté absolue d'esprit, que les
plus hardis penseurs modernes égalent à peine, à une
époque où la crédulité la plus superstitieuse régnait en
Europe, aux années les plus noires du moyen âge. Le
monologue d'Hamlet est découpé d'avance dans ces
quatrains où le poète se demande ce qu'il y a derrière ce
rideau du ciel tiré entre l'homme et le secret des mondes,
et où il poursuit le dernier atome d'argile humaine jusque
dans la jarre du potier ou la brique du maçon, comme le
prince de Danemark essayant de prouver que la glaise qui
lute la bonde d'un tonneau de bière peut contenir la
poussière d'Alexandre et de César. Comme il s'écrie avec
une mélancolie amère : « Marche avec précaution ; la terre
que tu foules est faite avec les joues de rose, les seins de
neige, les yeux de jais de la beauté ; dépêche-toi de t'aller
asseoir près de ces fleurs avant qu'elles soient fanées ; va,

car bien souvent elles sont sorties de terre et bien souvent elles y sont rentrées. Hâte-toi de vider ta coupe, car tu n'es pas sûr d'exhaler le souffle que tu aspires, et du limon dont tu es composé on fera tantôt des coupes, tantôt des bols, tantôt des cruches ! » Quel profond sentiment du néant des hommes et des choses, et comme Horace, avec son *carpe diem* de bourgeois antique et son épicuréisme goguenard, est loin de cette annihilation mystique qui cherche dans l'ivresse l'oubli de tout et l'anéantissement de la personnalité ! Kéyam n'exagère pas son importance, et jamais le peu qu'est l'homme dans l'infini de l'espace et du temps n'a été exprimé d'une façon plus vive. Que vous semble de ce quatrain ? ne dirait-on pas une strophe de Henri Heine dans l'*Intermezzo* ? « La goutte d'eau s'est mise à pleurer en se plaignant d'être séparée de l'Océan. L'Océan s'est mis à rire en lui disant : C'est nous qui sommes tout ; en vérité, il n'y a pas en dehors de nous d'autre Dieu, et si nous sommes séparés, ce n'est que par un point presque invisible. » C'est là l'arcane du soufisme : la multiplicité dans l'unité, l'unité dans la multiplicité. Dieu est tout, et les êtres s'en détachent quelques minutes par un accident qui est la vie, mais pour y rentrer aussitôt. Dieu est comme la lumière, qui brille sur les objets sans se diminuer et ne s'éteint pas lorsqu'ils disparaissent. Elle les éclaire, mais n'en fait pas partie. Ce retour à la Divinité peut se hâter par l'extase ou l'ivresse qui vous sépare des choses, comme la mort. Arrivé à ce degré, le soufi ne pèche plus, il n'y a plus pour lui ni bien ni mal. L'absolu n'admet pas de relativité, et l'Eternel, lorsqu'il écrivait le monde sur la tablette de la création, n'a rien loué ni blâmé. C'est là, certes, une doctrine dangereuse, et il ne faut pas s'étonner que la secte des soufis ait été en butte à de nombreuses persécutions. Dans les quatrains de Kéyam, le vin, selon les commentateurs, signifie la divinité, et l'ivrognerie l'amour divin. Cependant il nous semble difficile d'expliquer d'une manière mystique les vers suivants : « Je veux boire tant et tant de vin que l'odeur puisse en sortir de terre quand j'y serai rentré, et que les buveurs à moitié ivres de la veille qui viendront visiter ma tombe puissent, par l'effet seul de cette odeur, tomber ivres-morts. » Cela ressemble à un vœu bachique de maître Adam, exagéré jusqu'à l'ampleur orientale, plutôt qu'à l'invitation d'un sage appelant ses disciples pour recueillir sa doctrine.

En d'autres endroits, la pensée de l'inanité de la vie se traduit chez Kéyam avec une grâce étrange et une énergie singulière : « Cette cruche a été comme moi une créature aimante et malheureuse ; elle a soupiré après une mèche de cheveux de quelque jeune beauté. Cette anse que tu vois attachée à son col était un bras amoureux passé au cou d'une belle. » Ecoutez encore cet autre quatrain d'un charme si mélancolique et si pénétrant : « Bien que ma personne soit belle, que le parfum qui s'en exhale soit agréable, que le teint de ma figure rivalise avec celui de la tulipe et que ma taille soit élancée comme celle d'un cyprès, il ne m'a pas été démontré cependant pourquoi

mon céleste peintre a daigné m'ébaucher sur cette terre. »
Dans cet autre quatrain, ce que les philosophes appellent
« la tolérance » est exprimé avec une largeur de vue sans
pareille. Nathan le Sage, de Lessing, n'aurait pas mieux
parlé : « Le temple des idoles et la Kaaba sont des lieux
d'adoration ; le carillon des cloches n'est autre chose qu'un
hymne chanté à la louange du Tout-Puissant. Le mehrab,
l'église, le chapelet, la croix sont en vérité autant de
façons différentes de rendre hommage à la Divinité. »
Mais le sentiment qui domine est la fuite rapide du temps
et le peu d'heures qui nous sont laissées pour jouir de
notre frêle existence : « Le clair de lune a découpé la robe
de la nuit : bois donc du vin, car on ne trouve pas toujours un moment aussi précieux. Oui, livre-toi à la joie,
car ce même clair de lune éclairera bien longtemps encore
après nous la surface de la terre. »

Pour finir cet article sur Kéyam, terminons par ce fier
quatrain où il semble défier toute critique : « Si je suis
ivre de vin vieux, eh bien! je le suis. Si je suis infidèle,
guèbre ou idolâtre, eh bien! je le suis. Chaque groupe
d'individus s'est formé une idée sur mon compte. Mais
qu'importe ? je m'appartiens et suis ce que je suis. »

### THÉOPHILE GAUTIER.

Moniteur Universel, *feuilleton du 8 décembre 1867.* —
*Cet article a été reproduit dans l'ouvrage* l'Orient,
*du même auteur, Paris, Charpentier, 1877.*

*ı*

# IV

Ces Persans d'il y a mille ans sont plus près de nous que quelques-uns de leurs plus glorieux successeurs. Il nous faut un effort d'esprit pour entrer dans le génie de Saadi, de Hafiz, de Djami, de tous ces habiles artistes, rhétoriciens de génie qui auraient pu être autre chose, mais rhétoriciens, emprisonnés dans la convention littéraire. Ici, la convention déjà puissante n'a pas encore eu le temps de tout glacer ; elle n'a pas encore figé dans son moule ces éternels lieux communs du cœur, toujours si neufs quand ils repassent par une âme de poète. Par instants aussi, les angoisses de la pensée et le sentiment du mal universel éclatent en cris modernes, sûrs d'éveiller un écho dans les âmes d'aujourd'hui, et de tout l'horizon de nos poésies, des voix se lèvent pour répondre à ces maîtres lointains du Héri-Roud et de l'Amou-Daria.

*Plus loin, en parlant d'Avicenne, M. Darmesteter écrit ces lignes qui se rapportent trop à notre sujet pour que nous les omettions :*

La plupart des poésies qui nous restent de lui sont des poésies en l'honneur du vin ; je ne dis pas : des poésies

bachiques. L'étranger est d'abord étonné et un peu scanda-
lisé de la place que le vin occupe dans la poésie persane.
Rien pourtant qui ressemble moins à nos vaudevires et à
nos chansons à boire. Les chansons à boire de l'Europe
ne sont que des chansons d'ivrogne; celles de la Perse sont
un chant de révolte contre le Coran, contre les bigots,
contre l'oppression de la nature et de la raison par la loi
religieuse. L'homme qui boit est pour le poète le symbole
de l'homme émancipé; pour le mystique, le vin est plus
encore, c'est le symbole de l'ivresse divine.

*Après s'être arrêté longuement devant l'admirable Abou-*
*Saïd, M. Darmesteter ajoute :*

Pourtant, le panthéisme d'Abou-Saïd n'a pas la déci-
sion et la certitude des poètes qui viendront plus tard; et
c'est pour cela qu'il est si grand poète. La *Science*, comme
on appelait alors l'intuition mystique, n'est pas pour lui,
comme elle le sera pour ses successeurs, une doctrine
arrêtée et fixée, une tradition qu'ils ont reçue de leurs maîtres, une matière à mettre en vers. Cette science, il la crée,
il la nourrit de son sang et de ses larmes, avec les angoisses, les doutes, les contradictions de son cœur. Son grand
imitateur, Omar Kháyyám, l'algébriste poète, aura la force
de la certitude implacable ; mais c'est une force qui, en
poésie, est presque une faiblesse, car elle est mortelle à
l'émotion. La souffrance humaine est l'écueil du panthéisme.

*Et, après avoir cité ces strophes merveilleuses d'Abou-Saïd :*

« Mes fautes sont plus nombreuses que les gouttes de la
pluie, et ma tête se penche sous la honte de mes fautes.

« Mais une voix descend qui me dit : Rassure-toi, derviche. Tu as agi selon ta nature et j'agirai selon la mienne »,
*Il ajoute :*

Pour sentir tout ce qu'il y a de chrétien dans Abou-Saïd, il faut reprendre ces vers et voir ce qu'ils deviennent chez son grand disciple, l'algébriste de Nichapour.

Un soir qu'Omar Kháyyám s'entretenait avec ses amis, au clair de lune, sur la terrasse, la coupe en main et dans les chansons, un coup de vent éteignit les lampes et renversa la cruche qui se brisa. Le poète irrité lança ce quatrain au Dieu qui troublait ses plaisirs :

« Tu as brisé ma cruche de vin, Seigneur :

« Tu as fermé sur moi la porte du plaisir, Seigneur.

« Tu as versé à terre mon vin pur.

« (Dieu m'étrangle !) — mais serais-tu ivre par hasard, Seigneur ! »

A peine le blasphème lancé, le poète, jetant les yeux sur la glace, vit sa face noire comme du charbon, il s'écria :

« Quel est l'homme ici-bas qui n'a point péché, dis ?

« Celui qui n'aurait point péché, comment aurait-il vécu, dis ?

« Si parce que je fais le mal, tu me punis par le mal,

« Quelle différence y a-t-il entre toi et moi, dis ? »

*Pour clore ces citations, nous croyons utile d'insérer ici la très juste et très claire définition que l'auteur donne du rubâi.*

Un mot sur la forme du quatrain persan. Le quatrain ou rubâi se compose de quatre vers dont le premier, le second et le quatrième riment ensemble ; le troisième est blanc.

Le quatrain est tout un poème qui a son unité de forme et
d'idée ; manié par un vrai poète, c'est le genre le plus puissant de la poésie persane. La répercussion des rimes,
enveloppant et accentuant le silence du vers blanc, produit
des harmonies et des contrastes de sons qui donnent un
relief étrange aux harmonies et aux contrastes de l'idée.

*Dans la préface de sa traduction d'un des manuscrits de
Kháyyám, M. John Payne, parlant des roses, si chères aux
poètes persans, note la très curieuse légende que voici :*

La vue et le parfum des roses nouvelles semblent avoir
un effet tout particulier d'excitation sur l'imagination orientale. Je me souviens d'avoir lu, dans un auteur arabe (Ibn
Khellikan, je crois, ou Ibn Khaldoun), l'histoire d'un save-
tier de Bagdad (un prototype de ce Hans Sachs, si cher
aux amants de Nuremberg et de la musique) qui, à chaque
printemps, dès que les roses commençaient à fleurir, cédant
à un entraînement irrésistible, fermait son échoppe et allait
se poster avec un flacon, un gobelet et un vase plein de
roses, au bord du grand chemin. Il restait là jusqu'à la fin
de la saison, refusant toute besogne, chantant à tue-tête
des rapsodies bachiques dont l'invariable refrain disait
toujours : « Buvez du vin en la saison des roses, la saison
des roses se passe ! ».

# DOCTRINE DES SOUFIS

*Résumé succinct*

Dieu seul existe. Il est en toutes choses et toutes choses sont en lui.

Tous les êtres visibles et invisibles sont une émanation de lui-même et ne sont pas réellement distincts de lui.

Les religions sont choses indifférentes : elles servent toutefois à conduire aux réalités. Certaines sont pour cela plus avantageuses que d'autres, parmi celles-là est l'Islam, dont le soufisme est la vraie philosophie.

Il n'existe, en réalité, aucune différence entre le bien et le mal, car tout est réduit à l'Unité, et Dieu est l'auteur réel des actes de l'humanité.

C'est Dieu qui fixe le vouloir de l'homme : l'homme n'est donc pas libre de ses actions.

L'âme existe avant le corps et y est enfermée comme dans une cage. La mort serait donc le désir du soufi, car c'est alors qu'il retourne dans le sein de la Divinité.

La vie humaine, la vie véritable, du moins : celle de l'adepte est comparée à un voyage.

✦

*L'écrivain Soufi, Aziz Ibn Muhammad Nafasi, dans son livre intitulé* Al-Maqsadur'l Aqsa, *traduit en anglais par le professeur Palmer* (Oriental Mysticism, Cambridge, *1867*), *décrit ainsi le voyage (Safar) :*

— Quand un homme, possédant les qualités requises — faculté rationnelle pleinement développée — se tourne vers les maîtres pour résoudre ses doutes et ses incertitudes concernant la nature de la Divinité, il est appelé *Talib* « Chercheur de Dieu ».

— S'il manifeste plus vivement son réel désir de poursuivre sa recherche conformément à leur système, il se nomme *Murid*, « qui incline, est porté vers ».

— Se plaçant alors sous l'autorité spirituelle de quelque chef éminent de la secte, il part réellement et devient un *Salik*, « Voyageur » dont l'unique souci n'est plus désormais que de vivre dans une dévotion parfaite, afin de parvenir à la connaissance de Dieu.

— Il est exhorté à servir Dieu, premier pas vers la connaissance.

C'est la première étape : *Ubidiyah*, « Service ».

— Quand, en réponse à ses prières, l'attraction divine a développé son inclination vers l'amour de Dieu, il est dit avoir atteint l'étape *Ishq*, « Amour ».

(Ce mot, qui désigne plus spécialement l'amour sensuel

et humain, est employé par les mystiques. Les orthodoxes désignent par un autre mot : *Hubb*, l'amour de Dieu.)

— Cet Amour divin, chassant de son cœur tous les désirs terrestres, le conduit à l'étape suivante : *Zudh*, « Retraite ».

— Vivant désormais dans la contemplation et la recherche des théories métaphysiques sur la nature, les attributs et les œuvres de Dieu, il atteint *Ma'rifah*, « la Connaissance ».

— Cette contemplation assidue produit une sorte de fascination toute-puissante pour un esprit oriental et crée en lui une véritable ivresse mentale. Cet état d'extase est considéré comme un signe très sûr de l'illumination directe du cœur par Dieu et constitue l'étape *Wajd*, « Extase ».

— L'adepte, à ce moment, reçoit une révélation de la vraie nature de la Divinité et atteint *Haqiqah*, « la Vérité ».

— Il marche alors vers l'étape *Wasl*, « Union ».

— C'est là qu'il s'arrête, ne pouvant aller plus loin, mais il poursuit jusqu'à la mort son œuvre de renoncement et sa contemplation du but ardemment désiré : *Fana*, « l'Extinction ».

(Hughe's Dictionary of Islam).

# BIBLIOGRAPHIE

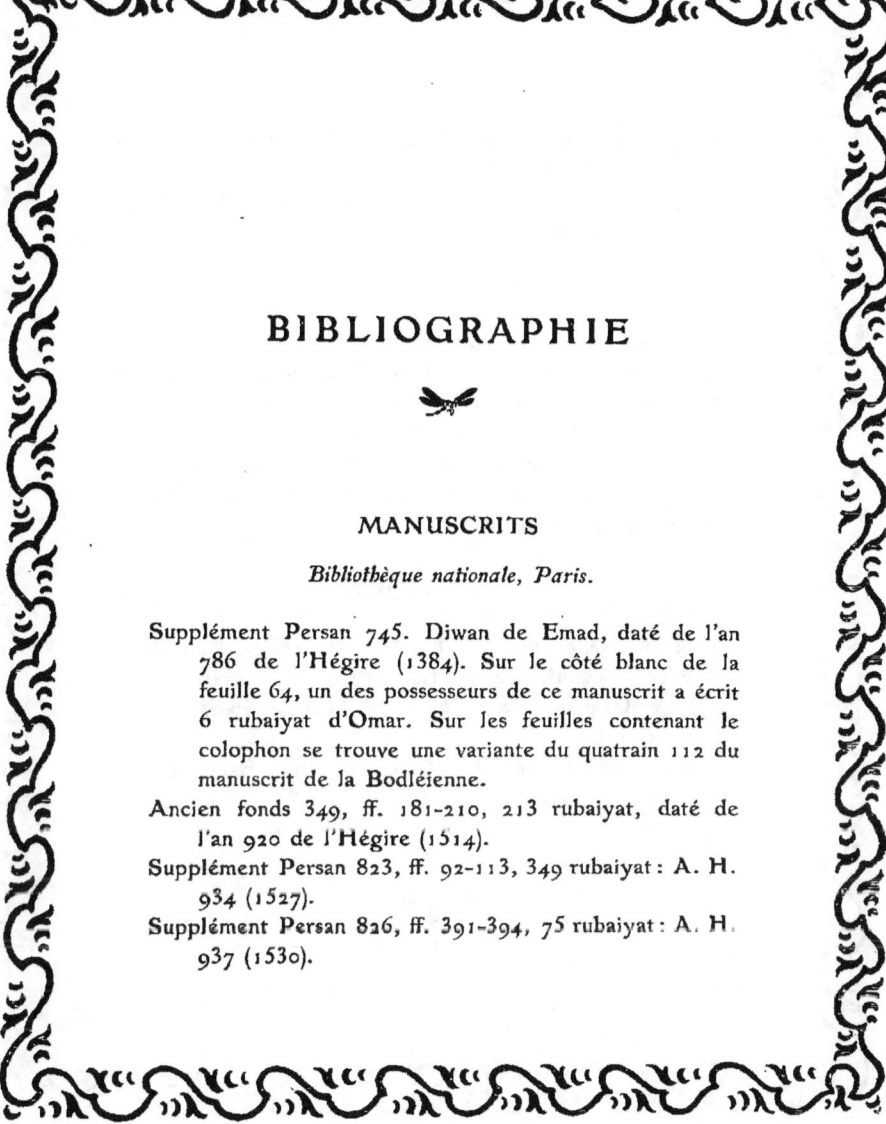

## MANUSCRITS

*Bibliothèque nationale, Paris.*

Supplément Persan 745. Diwan de Emad, daté de l'an 786 de l'Hégire (1384). Sur le côté blanc de la feuille 64, un des possesseurs de ce manuscrit a écrit 6 rubaiyat d'Omar. Sur les feuilles contenant le colophon se trouve une variante du quatrain 112 du manuscrit de la Bodléienne.

Ancien fonds 349, ff. 181-210, 213 rubaiyat, daté de l'an 920 de l'Hégire (1514).

Supplément Persan 823, ff. 92-113, 349 rubaiyat : A. H. 934 (1527).

Supplément Persan 826, ff. 391-394, 75 rubaiyat : A. H. 937 (1530).

Supplément Persan 793, f. 104, 6 rubaiyat d'une écriture du xi⁰ siècle de l'Hégire.

Supplément Persan 833 (Ms de l'Atash Kadah), 31 rubaiyat : A. H. 1217 (1802).

## TRADUCTIONS

Nᴵᴄᴏʟᴀs. — *Les Quatrains de Kéyam traduits en persan par J.-B. Nicolas, ex-premier drogman de l'ambassade française en Perse, consul de France à Rescht,* Paris, imprimerie impériale, 1867, 8⁰.

Gᴀʀᴄɪɴ ᴅᴇ Tᴀssʏ. — Note sur les Rubaiyat de Omar Khaïyam *(Journal asiatique,* juin 1857 ; (contient 10 quatrains traduits en prose).

## CRITIQUE

*Le Moniteur universel,* 8 décembre 1867. Article de Théophile Gautier sur les traductions de M. Nicolas.

Jᴀᴍᴇs Dᴀʀᴍᴇsᴛᴇᴛᴇʀ. — *La Poésie en Perse,* Paris, Ernest Leroux, 1887.

Voir aussi l'article très judicieux, signé Sᴀʟᴍᴏɴ, dans la *Grande Encyclopédie.*

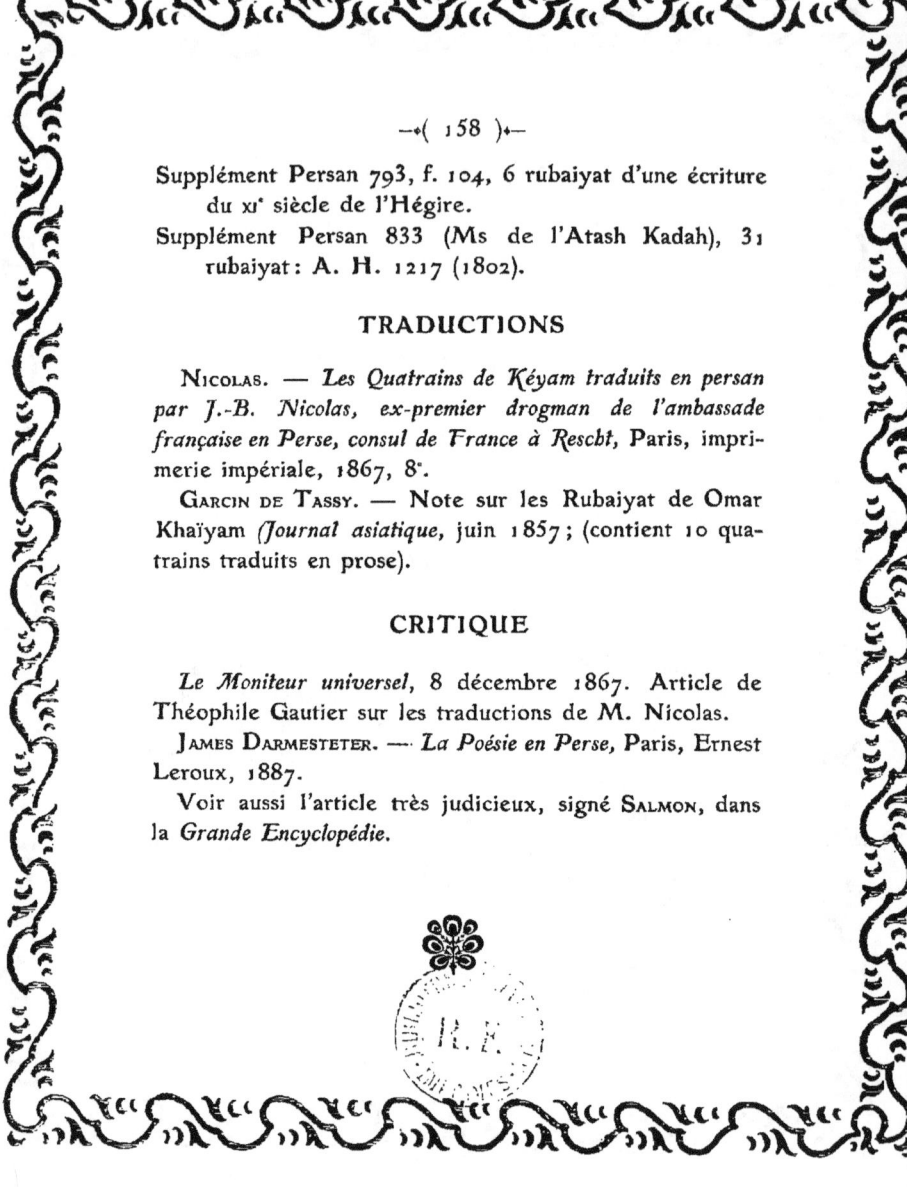

# TABLE DES MATIÈRES

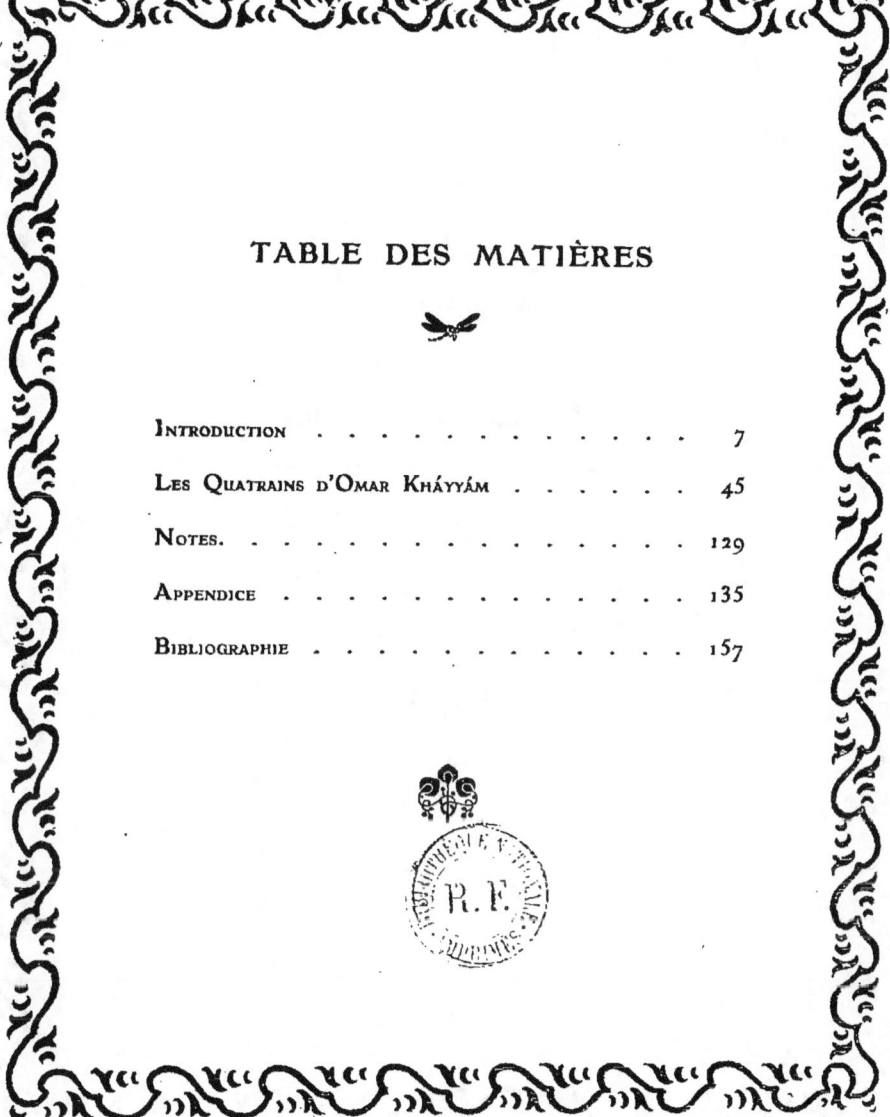

Achevé
d'imprimer
le vingt février
mil neuf cent deux
pour Charles Carrington
libraire-éditeur à Paris
par A. Rey & C$^{ie}$
imprimeurs
à Lyon

**FITZGERALD'S "RUBAIYAT"** (4th Edition)

*Each morn a thousand roses brings; you say;*
*Yes, but where leaves the rose of yesterday?*
*And this first summer month that brings the rose*
*Shall take Jamshíd and Kaikobad away.*

FITZGERALD'S "RUBAIYAT" (4th Edition)

*For some we loved, the loveliest and the best
That from his Vintage rolling Time hath prest,
Have drunk their Cup a Round or two before,
And one by one crept silently to rest.*

# Omar and His Interpreters

by S. T. SHEPPARD

ears since the
irst edition
lward Fitz
's "Rubaiyat
ar Khayyam" was pub-
and that its merits were
mmediately recognised
s to this day one of the
mysteries of literary cri-
and public taste. The
olume, it will be recall-
first showed every symptom of being what is
in the expressive term of to-day a complete flop.
ly failure can never be adequately explained, but
ncludes that England in the late 'fifties, suffering
more than one shock to her self-esteem, was in
od to sympathise with an indolent author's trans-
from a mediæval Persian poet of whom it had
heard.
tzGerald had read Omar Khayyam " in a paddock
d with butterflies and brushed by a delicious
, while a dainty racing filly of W. Browne's came
g up to wonder and snuff" about him. That
ot England's mood at the moment when the
ppeared and it was only by slow degrees that the
and subtle art of this masterpiece came to be
iated. Edition followed edition, and, though
translators essayed to show the exact meaning
t the astronomer-poet had written, the popularity
zGerald's adaptation has seldom waned. Yet
rld seems to be as far as ever it has been from
ining what exactly Omar Khayyam meant to
The interpretation of his writing will long
one of the most fascinating of literary pursuits.
n acute French critic and historian of English
re, M. Louis Cazamian, has maintained that the
tion of the Persian quatrains, their moulding and
ement in a personal way by FitzGerald, express
nermost soul and subtlest essence of 19th century
holy, which, acquiring thus the depth of a far-
past, seems to spread as well over the whole
destiny." The implication is not very exact
e doubts whether it would stand analysis, even
makes allowance for the fashionable melancholy
period, for the teaching of Matthew Arnold and
More light is to be obtained from the Cambridge
y of English Literature, where Mr. A. Hamilton
pson writes that FitzGerald's main object was
esent, in a connected form intelligible to English
, the characteristics of Omar's thought, his ponder-
pon life and death, the eternal mysteries of the
e, why and whither of man, and the influence
ernal and irresponsible power upon him, and his
to the pleasures of the moment as a refuge
the problem." FitzGerald, he continues,
tually concealed his own thoughts on the mysteries
perplexed Omar." So do most English readers
. The tendency to resort to the pleasures of the
nt as a refuge from great problems is as great
r (it is to be hoped that observation may be made
t incurring the odious charge of indulgence
ralising) and one does not deliberately read the
yat for the sake of the essence of nineteenth century
holy. One reads them mainly for their beauty and
n imagery, and one finds in them very much what
res to find. To every reader his own interpretation.
lies one of the attractions of Omar Khayyam.

seizes the imagination of the reader and hap
it as a rule without raising speculations as to
the precise school of mysticism which the poet
FitzGerald in his preface to the Rubaiy
that Omar, having failed of finding any Pr
but destiny, and any world but this, set abou
the most of it " preferring rather to soothe
through the senses into acquiescence with thir
saw them than to perplex it with vain disquiet
what they might be." That of course com
near to asking one to consider the sedativ
of the Rubaiyat, and sedatives are always sough

> Waste not your Hour, nor in the vain pursuit
> Of This and That endeavour and dispute ;
>   Better be jocund with the fruitful Grape
> Than sadden after none, or bitter, Fruit.

Naturally enough it is not the poets and phil
alone who have sought to interpret Omar K
Many a painter has seized upon the more famil
of the Rubaiyat and given to them his own
design—such painters as Edmond Dulac an
Bagdatopulos who have portrayed the East v
and insight. Some of the latter artist's r
from Omar were published a few years ago in th
and were deservedly popular for their beauty c
One might sum up the matter by saying that
any poet has so often enthralled the artist, wh
latter seeks to be interpreter of the inner meani
poet's thought or merely illustrator of the w
have been made familiar to all the world in tra
To the long list of painters who have foun
tion in the twelfth century poet of Naishapur l
been added an Iranian named Darvish, some
vivid work, lately exhibited at the Greatore
in London, is reproduced in these pages. His
the strange, but by no means unfamiliar, histo
artist from his youth onwards insisting on finding
of expressing the thoughts within him. Insp
of all by his father's reading of the Shahnameh,
to paint as a child and kept at it when he grew
hood and produced as many as 416 paintings ill
of Firdausi's great epic. Then, after leading tl
a hermit for a time, he determined to drown th
a pursuing phantom in wine and to pass his
garden of roses listening to nightingales and
Thoughts of that kind naturally led
writings of Hafiz and Omar Khayyam. On
the urge to paint seized him and in his pictor
sentations of what Omar taught may be fou
of the fancy and the philosophy which may be se
translated works of that great poet. His painti
the unusual distinction of being the work of
countryman of Omar's and on that account, a
for their artistic merit, they deserve the mos
attention. Darvish is probably not the first I
paint scenes from Omar Khayyam and to
him to the world of to-day ; but as the lates
to attempt that task he comes with a m
authenticity that is both delightful and welcom

www.ingramcontent.com/pod-product-compliance
Lightning Source LLC
Chambersburg PA
CBHW070859030726
47504CB00005B/1394